La mare au diable
魔 沼

〔法〕乔治·桑 著　　林珍妮 译

百花洲文艺出版社
BAIHUAZHOU LITERATURE AND ART PRESS

图书在版编目（CIP）数据

魔沼 /（法）乔治·桑著；林珍妮译. — 南昌：百花洲文艺出版社，2023.11
ISBN 978-7-5500-5176-8

Ⅰ.①魔… Ⅱ.①乔…②林… Ⅲ.①中篇小说–小说集–法国–近代
Ⅳ.①I565.44

中国国家版本馆CIP数据核字（2023）第084695号

魔沼

〔法〕乔治·桑　著　林珍妮　译

出 版 人	陈　波
丛书策划	程　玥
责任编辑	黄文尹　雷芯玥　徐文娟
书籍设计	方　方
制　　作	何　丹
出版发行	百花洲文艺出版社
社　　址	南昌市红谷滩区世贸路898号博能中心一期A座20楼
邮　　编	330038
经　　销	全国新华书店
印　　刷	江西千叶彩印有限公司
开　　本	720mm×1000mm　1/32　印张　7.75
版　　次	2023年11月第1版
印　　次	2023年11月第1次印刷
字　　数	160千字
书　　号	ISBN 978-7-5500-5176-8
定　　价	45.00元

赣版权登字：05-2023-109
版权所有，盗版必究

邮购联系　0791-86895108
网　址　http://www.bhzwy.com
图书若有印装错误，影响阅读，可向承印厂联系调换。

目 录

001   魔沼

103   小法岱特

译 序

乔治·桑（1804—1876），十九世纪法国著名女作家，在世界文坛上享有相当声誉。

乔治·桑原名奥洛尔·杜班，出身于没落贵族家庭，在贝里的诺昂乡村度过童年。她四岁丧父，后由祖母送至巴黎一所女修道院当了三年寄宿生，十八岁嫁给一位伯爵的私生子，成为杜德望伯爵夫人，生有一儿一女。但夫妻感情不和，终致离婚。她于1830年开始从事文学创作，1832年以乔治·桑的笔名出版反映妇女问题的小说《安蒂亚娜》，得到法国文坛的高度评价。这位天才女作家一生笔耕不辍，出版了一百多部小说。这些小说反映了作家的政治观点和进步思想，为争取妇女自由大声呐喊，赞同并讴歌建立于爱情基础上的婚姻，反对男性社会对妇女的压迫和奴役，反对统治阶级对劳动人民的压迫和奴役，无情地抨击了上流社会的虚伪、自私、腐朽和丑恶。她同情劳苦大众，热爱淳朴的乡村和农民，关心广大平民的疾苦和不幸，支持共和制，支持1848年革命，向往空想社会主义。

乔治·桑性格热烈浪漫，敢作敢为。她对平庸的婚姻生活不满，便毅然决然地与之决裂；遇见情投意合的异性，她也不畏公众议论、恶意中伤，大胆与之恋爱、同居；合则留，不合则散，态度明确，行动果决，可谓女中豪杰。她不但在许多作品中主张基于爱情的婚姻，批判拜金主义，反对门第观念，赞颂真挚的爱情，而且以身作则，身体力行，在这方面，她可称为是走在时代前面的女权运动的先驱；她的作品亦是她的性格和观念的形象化的反映。

作为女作家，乔治·桑的文风清新秀丽，温婉亲切，细腻入微。作为毫不逊色于男性作家的小说天才，她的作品的特色是观察深刻，分析精辟，匠心独运，情节曲折，对话生动。她在一百多部小说里，塑造了无数人物形象，上至上流社会的达官贵人、宫廷命妇、贵族公子、名门淑媛，下至三教九流、城市平民、农夫乡民、百工艺人；总之，不同阶层，不同个性，不同职业的人物一应俱全，而令人惊叹的是，这些人物无一雷同，个个栩栩如生，呼之欲出；他们的言行举止，思维方式，无不符合人物特定的环境、性格及其阶级本性。真可谓令人叹服。她既作品多，写作的速度又快，可见其思想极为活跃，才情不同凡响。在法国文学史乃至世界文学史中，这样的天才小说家并不多见。

1846年至1854年，乔治·桑相继出版了四部田园小说：《魔沼》（1846）、《弃儿弗朗索瓦》（1848）、《小法岱特》（1849）、《打钟师傅》（1853）。它们是乔治·桑小说中最有特色、最为优秀的代表作，自问世一百多年来，一直为文学爱好者所推崇，既是法国文学宝库的经典之作，又是经久不衰的畅销书。

这几本小说有不少共同点：它们反映的都是诺昂乡村的农民生活、风土人情；歌颂的都是淳朴憨厚、正直善良、勇敢无畏、宽容无私、通情达理的劳苦农民。从文风上说，文字简洁流畅、朴实无华；人物性格鲜明、真实可信；对话生动，体现人物的性格特征、思想活动；而主题思想无一不是劝诫读者学会宽容，为他人着想，处世要通情达理,要检点自己的行为,怀有信仰。

《魔沼》写的是青年农民日尔曼不幸丧偶,带着三个孩子艰难度日的故事。通情达理的岳父出于对他的关怀,劝其续弦,并好意为他介绍邻村好友的女儿,对方是个有钱的寡妇。日尔曼携幼子及邻居一位贫女前往邻村求亲。三人在当地人称为"魔沼"的水塘边露宿,这一对青年男女在途中相互关照,增进了解,产生感情,最后结为夫妇。

《小法岱特》中的女主人公小法岱特是乡村少女,自幼失去父母,她和跛腿弟弟由祖母抚养。祖母是村中"巫婆",略懂草药知识,能给村人治病。小法岱特也被村民称为"小女巫",受到村民的歧视和误解。同村的一对孪生子中的一个名为朗德利的帅小伙,在了解了她的高尚人品之后,不顾父母家人的反对以及村人的嘲笑,爱上了她。在爱情的推动下,往日调皮任性,不修边幅的野性难驯的女孩改掉了陋习,成为斯文整洁的、受人尊敬的姑娘。村里人和朗德利的父母也变得通情达理,改变了对小法岱特的态度,最后有情人终成眷属。

这几本田园小说取材于当时法国乡村的日常生活,饱含诚挚细腻的生话真情;选用的素材都是人们耳熟能详的关于友情、亲情、爱情等情感纠纷及家庭琐事。透过这些人和事,具有不同性格特征的人物便跃然纸上,读者就能感受到他们的喜怒哀乐。《魔沼》中单纯憨厚、对感情专一的日尔曼,善良羞怯的小玛丽,活泼天真的小孩,有点虚荣心的寡妇,好心眼的老农,都被刻画得准确生动,给我们留下极深的印象。《小法岱特》中还运用了对比等手法,增强了表达效果,如作为孪生兄弟的朗德利与西尔维涅,相貌与性格的差异,常通过对比手法表现出来,亦让读者过目不忘。

  长期以来,乔治·桑的小说一直受到我国译界的关注,不少译家已翻译介绍了她的不少作品,但这方面的工作远未完善,乔治·桑的许多作品尚未在国内面世,对她的研究仍停留在起步阶段。我期待更多的译界高手能把她留给人类的宝贵文学遗产介绍给中国的读者,这无疑是一项十分有意义的工作。

La mare au diable

魔沼

1

双颊汗如雨,
辛劳难果腹。
终岁苦耕作,
死神索命速。

题在奥尔贝纳①的一幅版画下面的这首四行古诗,朴实中饱含深沉的悒郁。版画描绘了一个农夫在农田中央扶犁耙地的情景。田野辽阔,伸展到远方。远处点缀着破败简陋的木板棚舍。夕阳西下,落到山冈后面。这是一天艰苦劳作的结束。农夫垂垂老矣,却还粗壮,着一身敝旧的衣裳。拉犁的四匹马羸瘦而疲乏。犁刀深深插进高低不平、坚硬的泥土里。在这幅名为《汗水与劳作》的画作中,唯有一个愉快轻松、步履轻捷的幻想人物,为一具手执鞭子的骷髅。它在犁沟里的马儿旁奔跑,鞭打着受惊的马儿,给老农夫做犁地的下手。它就是死神。奥尔贝纳在一系列表现哲理、宗教题材的画面里描绘了这个幽灵。这些画作含有深刻的寓意,画面阴郁而又滑稽。

在这套画集里,或不如说在这广阔的画面中,死神在每一页都起了作用,是各页之间的联结和主题。奥尔贝纳再现了君王、祭司、情人、赌徒、酒鬼、修女、妓女、强盗、穷人、战士、僧侣、旅游者——他那个时代以及我们这个时代的所有人物。而死神这具幽灵则在四处嘲弄、

---

① 奥尔贝纳(1497—1543):德国画家。

威胁,以胜利者的姿态出现。只有一幅画中它没有出现,这幅画描绘的是可怜的拉撒路①,倒卧于富人家门口的垃圾粪便上面,他宣称自己不惧死神。大概是因为他一无所有,生不如死。

文艺复兴时期所宣扬的禁欲主义,它能安慰人吗?教徒们能从中得到好处吗?野心家、骗子、暴君、酒色之徒,所有这些糟蹋生命的罪人,被死神揪住头发的人也许将受到惩罚,但瞎子、乞丐、疯子、贫农,难道只有死亡,才能摆脱他们长期遭受的苦难吗?不!艺术家的作品中透着难以排遣的忧愁,充满无奈的悲悯,似乎在对人类的命运发泄苦涩的咒骂。

这就是奥尔贝纳心目中真实的社会景象,发自他内心的痛苦的讽刺。罪恶与不幸令他愤慨,而我们这些身处不同时期的艺术家在描绘什么呢?难道现今人类从寻死中获得报偿?乞求于死亡,把死亡当作对不义的惩罚,对痛苦的补偿?

不,我们不再着眼于死亡,而要立足于生存。我们不再相信虚无的坟墓,不再相信通过无奈的遁世能够换取灵魂的救赎;我们希望过好日子,希望生活丰富多彩。拉撒路应当离开粪堆,穷人也不会对富人的死亡幸灾乐祸,大家都应当幸福。一部分人的幸福不会受到上帝的诅咒,不会成为罪过。农夫在播种小麦的时候,应当知道他是为了生存而劳作,而不应为死神的降临而高兴。总之,死亡不

---

① 拉撒路:《圣经》中记载的人物,耶稣祈祷后使病故的他复活。

该是对幸运者、成功者的惩罚,对不幸者的安慰。上帝没有把死亡当作对生的惩罚或补偿,因为上帝祝福生命。坟墓不应是运蹇者的归宿。

我们这个时代的某些艺术家以严肃的目光审视他的四周,着力于描绘人世间的残酷与磨难,这也许属于哲学的范畴。但是,把苦难描绘得如此卑鄙甚至丑陋不堪,他们达到目的了吗?对此我们不敢妄加断言。有人也许会说,只要指出富裕这层薄土覆盖下的是深渊,就会使为富不仁者惊慌。就如中世纪人们跳骷髅舞,给富人指出豁开的深坑,指出死神就要把他们搂进不洁的怀中;今天人们给他们指出,强盗正在撬他家的门,杀人犯在他酣睡之际虎视眈眈。我们承认,我们不太明白,告诉为富不仁者,这些逃犯和歹徒就是穷人,为富不仁者怎么可能对他蔑视的群体生出好感,怎么可能让他同情他所惧怕的穷人?在奥尔贝纳及其前人的画中,面目狰狞的死神,拨弄着琴弦,这副模样无法规劝恶人改邪归正、抚慰穷人。我们现在的文学创作在这方面不是有点类似中世纪和文艺复兴时期的风格吗?

奥尔贝纳笔下的酒鬼,为了排遣对死亡的恐惧,疯狂地酗酒。而酒鬼肉眼见不到的死神,正给他斟酒。今天的为富不仁者要求修筑工事,备办枪炮,为的是防止农民暴动。艺术向他们指出,农民正在暗中酝酿暴动,周密策划,只待时机成熟,便向他们发动攻击。中世纪的教会兜售"赦罪"来消除权贵的恐惧,当今的政府则令富人出资,设立宪兵、狱吏、刺刀、监狱,以平息他们的不安。

阿尔贝·都列、米歇尔·安儒、奥尔贝纳、卡罗、戈雅,都对他们的时代和国家的种种弊端做过深刻有力的讽刺。他们的作品都是不朽的杰作。我们不否认艺术家有权揭露社会的创伤,把它们暴露在人们的眼皮底下。但现在,难道除了描绘恐怖和威胁,就没有别的事可做了吗?在一些反映道德败坏的隐秘文学中,作家的才能与想象力使这些作品在读者间流行,我们更喜爱温柔可爱的面孔,不喜欢令人心惊肉跳的混蛋流氓。前者教人从善,改邪归正;后者教人恐惧,而恐惧不能克服自私,甚至使自私者更为自私。

我们认为,艺术的任务应是宣扬爱和感情。今天的小说应取代那些幼稚的故事、寓言。艺术家的任务不能局限于"制造恐慌,提醒世人"。他们有更广阔更诗意的任务。他们的目的应是使读者热爱他们的生活、珍惜宝贵的生命。艺术不仅仅是研究现实,而是对理想的热烈追求。《威克菲尔牧师传》这本书就比《堕落的农民》和《危险的关系》于人更有教益。

读者们,原谅我说的这番话吧。就请把它作为我的序言吧。接下来,我要讲的这个故事简短而朴实,因而我要先把自己关于艺术创作的看法阐明如上,求得你们的谅解。

提及这个农夫,我忍不住扯上这些题外话。我想给你们讲的正是一个农夫的故事,我现在便开始讲述……

2

我怀着深深的忧郁，久久凝视着奥尔贝纳画笔下的农夫。然后我漫步乡间田野，脑际萦回着农村生活和农夫命运的问题。农夫终岁劳作，竭尽气力，在这块吝于献出丰富物产的土地上辛勤耕耘。一天所得，仅是一块味如嚼木屑般的黑面包，实在可悲。覆盖在土地上面的财富、庄稼、果实，以及嚼吃茂草而膘肥体硕的牲畜，是少数人的财产和大多数人受奴役的工具。有闲者一般不在意田野、牧场、大自然的景物，健壮的牲畜；有闲者到乡间小憩，是要呼吸新鲜空气，怡养精神，然后返回大城市，心安理得地享受奴仆们的劳动果实。

然而庄稼人过于劳累，过于不幸，对未来忧心如焚，无心体味乡村之美和田园生活的乐趣。对于他们来说，金黄的田野，肥沃的牧场，健壮的牲畜代表着一袋袋的金钱，而他们仅获得其中少得可怜的一部分，温饱堪忧，但他们每年还得填满贪得无厌的主人的钱袋，供他们挥霍，以换取在主人的领地里劳作的资格。

可是，大自然永远年轻、美丽、慷慨。它把诗意和美赋予所有的生灵，让它们肆意生长。它掌握着幸福的奥秘，没有人能窥见和夺走。掌握劳动技能、自食其力、在运用智力中汲取舒适和自由的人，也许是最幸福的人。他们有时间凭心灵和智慧生活，热爱自己的事业，热爱上帝的事业。艺术家在观察和再现大自然之美的时候，也享受到这类乐趣。但是，悲天悯人的艺术家，眼见麇集在人世间的痛苦，他的乐趣也会减去几分。上帝的仁慈和人类的欢乐之间存在着神圣的和谐，精神、心灵和双手在上帝的眼皮底下协力工作，也许这就是幸福。因此，画家们不必描绘手执鞭子、走在田垄上的可怕死神，大可以在农夫身边画一个神采奕奕的天使，在水汽蒸腾的沟垄里撒下一把把受过祝福的麦种。

庄稼人希望有朝一日享受甜蜜、自由、诗意、舒适的生活，这并非不可企及的妄想。"啊，庄稼汉要是自知幸福的话，那才是幸福啊！"维吉尔这句深情又忧郁的话饱含了惋惜和感叹，这句话也同样是预言。终有一日，农夫也会成为艺术家，即使他不会表达（那时这已无关紧要），至少他懂得感受美。能不能认为，这种对诗意的神秘直觉，在他身上已处于本能和模糊幻想间的状态呢？那些今天生活富足的人，那些精神与智力未被不幸压抑的人，能够感觉到纯粹的幸福尚处于原始状态之中，而劳苦大众当中已经扬起了诗人的声音，那么，我们为什么要说，体力劳动与心灵活动是相排斥的呢？大概这种排斥是过度劳动与极度贫困造成的结果；可是我们不能说，当人们的劳动有节制、有成效的时候，世上就只有坏工人和坏诗人了。能在诗般的感情中汲取高尚情趣的人是真正的诗人，尽管他一生都没有写过诗。

我海阔天空地浮想联翩，没有发觉自己由于受到景色的影响，对教化世人的信心竟增强了。我走到一块田边时，农民们正在做播种的准备。如奥尔贝纳笔下的田野一样，这儿的田地是寥廓的，景色也是。深褐色的一大片土地，镶嵌着绿色的宽线条，初秋时节，绿中泛着浅红。最近的几场雨在犁沟里留下积水,在阳光下折射出银线般的光芒。这一天天气温煦晴和,新犁的土地散发出微微的湿润之气。这块田的高处有个老人,面容冷峻,肩宽背厚,令人联想起奥尔贝纳画笔下的老农夫。但这个农夫的衣衫并不褴褛,他稳扶犁耙,这把犁古色古香,由两头健壮的牛拖着——它们是牧场真正的主人,毛皮淡黄,高骨架,稍瘦,牛角长而下弯。它们由于长期的共同劳动而结成"兄弟",我们乡下的村民是这样称呼它们的。这两头牛只要失去一个伴,剩下的那头会拒绝与新伙伴合作,最后悒悒而死。不了解农村的人会把牛对同伴的情谊看作是寓言故事,那就请他们来牛棚看看这头可怜的牛吧。它瘦骨嶙峋,精疲力竭,相貌可怜,不安地用尾巴拍打骨棱棱的肚腹,恐惧而轻蔑地对面前的饲料喷着响鼻,眼睛望着门口,蹄子刨着旁边的空当,不时嗅嗅它伙伴套过的牛轭和链条,口里发出哞哞的哀鸣。养牛人说:"我们等于失去两头牛。它的兄弟死了,这一头也不肯干活儿了。最好把它宰掉,因为它吃不下任何东西,很快也会饿死的。"

老农夫沉默不语,有条不紊地耕种,轻松自如地劳作。被驯服的耕牛和他一样,从容不迫地拉犁。由于他专心致志,加上农事熟练,不惮辛劳,犁地的速度并不慢于他的儿子。他的儿子和他相隔一段距离,在一块土质较为坚硬、石头较多的地里,赶着四头相对瘦弱的牛犁地耙田。

接着吸引我的是一片真正美丽的风景,它可为画家提供一个绝佳的题材。在宽广平坦的耕地的另一头,一个红润脸膛的壮汉扶驭着一副不同寻常的犁,四头年幼的牲口拖着犁。牲口皮毛深色杂有黑斑，闪着火般光亮。牛头短，鬃毛，悍然如野牛，目光灼灼，动作急躁，对牛轭和鞭棒显然不服，怒气冲冲，勉强屈从，这是人们称为"新近上轭的牛"。驾驭牛群的壮汉要开垦这块贫瘠的荒地，需要耗费不少力气。以他的青春活力和四头桀骜不驯的牲口之力，亦只能勉强应付。

一个天使般的漂亮男孩，约六七岁，罩衫外面披着一块羔羊皮，宛若文艺复兴时期的画家描绘的受洗的小约翰。他沿着犁侧的垄沟前行，手执一根又长又细、不太尖锐的鞭棒拍打牛的两肋。桀骜的牲口在孩子的小手下战栗，震得牛轭和皮套嘎嘎作响，辕木也抖动不已。树根卡住犁刀，农夫便高声吆喝牛的名字，既给它们鼓劲，也为了稳定它们的情绪，因为它们被阻遏前进的树根激怒了，气得蹦跃起来，大蹄子刨出了坑。壮汉的吆喝和鞭挞已经难以控制四头牛了，这群牛很快便会带犁奔向垄外。可怜的小孩也高声吆喝，声调带着恫吓，但他的声音过于稚气。所有这一切，景色、壮汉、孩子、公牛，都极具生活气息和力量之美，笼罩着柔和与安宁的气氛。不久后，障碍被攻克，牛群的步伐恢复了平稳，农夫也长吁一口气，冷静下来，刚才装出来的凶恶不过是精力与活力的施展。他向孩子投去慈父嘉许的一瞥，孩子也回头报以会心的微笑。接着，年轻的父亲扯起雄浑的嗓子高唱歌曲。唱的是当地流传的古老曲调，音韵庄严而忧郁。这歌并非所有农夫都会唱，只有懂得驾驭和鼓动耕牛的农夫才能唱得好。这种曲调也许来源于圣歌，从前受过某种神秘的启示，至今人们仍认为它具有保持耕牛气力、安抚耕牛情绪的效力。只懂得掌握犁沟深浅程度从而减轻耕牛的负荷是远远不够的。不会给牛唱歌，就绝不是一个能干的好农夫。唱好这歌不是件易事，是一门特殊的本领。

说实话，这歌曲只不过是一种宣叙调，可以随意中断，随意续唱。形式没有规则，音准不合乐理，因而无法谱写下来。但它仍不失为悦耳的歌曲。它与劳作的节奏、耕牛的步伐、乡间的氛围、歌者的淳朴如此和谐统一，任何不懂农事的天才都创作不出这样的歌曲。如不是当地聪明能干的农夫，任何歌手也唱不出其中的韵味。一年当中的农忙时节，这曲子便如微风般悠然飘扬；它的调子独特，每个乐句的最后一个音符拖曳颤动，歌者运气之长令人难以置信，并须提升四分之一的音阶，不合乐理却暗含规则，虽不规范却韵味无穷。你听惯了这歌曲，便觉得这是劳动人民的天才手笔。

因此，尽管背景相同，在我眼前便展现了与奥尔贝纳的创作迥然不同的画面，愁容满面的老人换作了精力旺盛的年轻人；四头生气勃勃的耕牛代替了疲弱不堪的瘦马；天使般的孩童取代了狰狞的死神；象征绝望和毁灭的图景换作了生机盎然、幸福和谐的画面。

这时，我想起了那四行古诗"双颊汗如雨……"以及维吉尔的感叹："啊，要是庄稼人……"看到这汉子与小孩如此美妙的搭档，在充满诗意的氛围里，优雅与力量相结合，完成了一项伟大且庄严的工作，我产生了悲悯的情怀。农夫多么幸福啊！是的，设身处地，我会感到幸福：假如我的双臂瞬间结实，胸脯强壮，足以创造大自然的财富并为之讴歌；假如我的眼睛和头脑时时刻刻能领略万物的声色，简而言之，领会一切事物的潜在之美！尤其是，假如我的心与上帝的神圣感情息息相通，这感情主宰着永恒的创造力。

然而，唉！这汉子并不懂美的奥秘，这孩子也永远不会了解……当然，我不会认为他们不解风情，他们一刻也没有释放心灵的启示，从而减轻劳累，消除忧患！我在他们高贵的额上见到了上帝的烙印，他们是土地真正的主人，比起通过金钱获得土地的人更加强大。他们也意识到这一点，如果谁迫使他们离乡背井，谁就要受到惩罚；他们热爱用自己汗水灌溉出来的土地。土生土长的农民远离出生的田野去执戈从戎，会因思乡而亡。但这汉子缺少我所拥有的情趣，这本应属于他所有，属于创造广大天地者所有，但他尚未觉醒。那些在他未来到人世时便决定奴役其命运的人，没能剥夺他幻想的自由，却剥夺了他思考的能力。

他并不完美，而且总处于混沌未开的状态。你们这些自以为拥有支配他权利的人哟，其实并不配凌驾于他之上。你们的错误观点，足以证明你们的心灵已经蒙尘，你们才是人类中具有缺陷且盲目的人……我更欣赏他心灵的淳朴，而不好奇你们骄矜的光泽；我描述他的生活时，会因突出其柔和动人的一面而分外喜悦。你们的才能仅限于描绘他的卑贱，那是由于你们的社会偏见，以苛刻和蔑视的态度把他纳入卑贱者的名单。

我认识这位年轻人和这个美丽的孩子，我知道他们的故事，因为他们有段感人的经历。每个善良温柔的人，都会对他的故事产生兴趣……日尔曼虽是个平凡的庄稼汉，但他了解自己的职责和感情。他用朴素的语言,毫无保留地向我讲述他的故事,我也津津有味地倾听着。我在一旁看他耕作,久不离去,暗忖为何不把他的故事记录下来呢?虽然这故事内容简单,有如他犁出的平整而毫无装点的垄沟。

这垄沟,明年又将被人填平,然后被新的犁沟掩盖。许多人在自己人生的原野上也留下了沟痕,继而被湮没。只需一点泥土便足以掩盖它。我们亲手挖的沟垄一个接一个地联结,就如墓园里的一个个坟茔。农夫的人生岂会逊色于哗众取宠之人的人生?

好吧!可能的话,我们把聪明勤劳的农夫日尔曼的故事从被遗忘的角落里挖掘出来吧!他绝不会知道,也绝不会为此抱愧……

3

"日尔曼,"有一天,他的岳父对他说,"你要拿定主意续娶一房媳妇了。我的女儿去世快两年了,你也快到而立之年,大儿子也七岁了。我的孩子,我们这个地方超过三十岁就算老喽,找老婆可就不容易了,这你是知道的。你有三个漂亮的孩子,他们从没给我们添过麻烦。我的妻子与儿媳妇尽了本分,竭尽心力照顾和疼爱他们。眼看小皮埃尔快长大成人,已是赶牛的好把式了,人又聪明伶俐,力气也不小,能牵马到河边饮水。他不用我们操心了,但上帝知道,另外两个可怜的小家伙今年可费了我们不少心思。我的儿媳妇快分娩了,身边再添一口子,她可就分不出身来照料你的小索朗日了。还有不到四岁的小西尔迈,日夜让我们操心。他像你一样好动,将来会是耕田的好手,可现在他仍是个淘气鬼,他若跑去沟边或窜到牲口脚下,他外婆可拗不过他啦。再说,我儿媳妇生产后,大的那个也需要我们帮衬着照料。我们实在分身乏术,却不愿孩子们因照顾不周而出意外,而且也放心不下。你需要一个妻子,操持这些家务事,我的孩子,你好好思量一下吧。我已经催过你多少回了,岁月不饶人呀。为孩子们着想,也为了你自己着想,你该尽早做决定才是。"

"好吧,父亲,"女婿答道,"您既然要我续弦,我听命便是。不过,我不想瞒您,这样做是违背我心意的。我知道自己失去了怎样的妻子,却不知道我会找到怎样的人。我有过一个漂亮、温柔、勇敢、孝敬父母、体贴丈夫、疼爱孩子、贤外惠中的好妻子。总之,样样都好。您将她许配给我,我娶她的时候,我俩可没约定,如果她不幸先我而去,我就得把她忘掉呀。"

"日尔曼,你的这番话说明你情深意厚,心地善良。"莫里斯老爹说,"我知道你很爱我的女儿,并令她感到幸福,但人死不能复生,这是命运的安排。她确实值得你深爱。你不要悲伤了,我们也不要悲伤了。我并不是叫你忘记她。慈悲的上帝召唤她,我们没有一天不通过祈祷,让她知道我们深切的思念。如果她在地下有知,可以与你交谈,表达自己愿望的话,她一定会嘱咐你为她的孩子们找一位合适的母亲,一个可以代替她的好女人。这当然不容易,但也并非不可能。如果找到了,你会像爱我女儿般爱她的。你为人忠厚,定会善待一个既疼爱你的孩子,又贤惠持家的女人。"

"好吧，父亲，"日尔曼说，"我会一如既往，按您的意愿去做。"

"我的孩子，平心而论，你是个好儿子，一贯听从家长的善意教导。让我们商量一下，如何挑选你的新媳妇吧。首先，我不赞成你讨年轻姑娘，她们不适合你。年轻姑娘不稳重，难挑抚养三个孩子的重担，何况又是前妻所生的孩子。你更需要一个通情达理、温柔体贴、吃苦耐劳的女人。如果她的年纪不与你相近，便无法接受这样的重担，且会嫌你太老，孩子太小，口出怨言，你的孩子便要遭罪受苦了。"

"这正是我担心的事儿呢，"日尔曼说，"这几个可怜的孩子今后会不会受虐待呢？"

"应该不至于！"老人接着说，"我们这儿，好女人很多。除非我们自己糊里糊涂，无法辨别合适的对象。"

"正是，父亲。我们村里有的是好姑娘。像露易斯、茜尔迈娜、玛格丽特……总之，有您看得中的姑娘。"

"冷静些，冷静些，我的孩子。这些姑娘有的太年轻，有的太贫穷……或是模样儿太标致。这个嘛，是要考虑的，我的孩子。漂亮的姑娘不一定靠得住。"

"这么说，您要我娶一个丑女人？"日尔曼有点不安。

"不，最好是端庄大方、温婉贤淑的女人，最合适你了。"

"我懂了，"日尔曼苦笑了下，"要找像您所说的那种女人，除非上帝为我牵线，这种好女人怎肯嫁给一个鳏夫。"

"日尔曼，假如这女人是没有孩子，家境殷实的寡妇呢？"

"目前在我们这一带，我还没听说过有这样的女人。"

"我也没听说过有，但其他地方有。"

"父亲，原来您心中有数了。那么，便听从您的安排吧。"

4

"是的，我已经物色好了。"莫里斯老爹说，"这女人的娘家姓列奥那尔。亡夫姓凯兰，住在富尔什。"

"我不认识这女人，也不知道富尔什在什么地方。"日尔曼有点无奈，心里益发愁苦了。

"她的名字与你去世的妻子一样，也叫卡特琳。"

"她也叫卡特琳！不错，这名字会令我感到欣慰的！可是，如果她不能使我以前的爱情复苏，那我将更加痛苦，更加怀念亡妻。"

"告诉你，你一定会爱她的：她是个好对象，好心肠的女人。我好久没见过她了，那时她还是个小姑娘，模样不错。现在她不年轻了，三十二岁了。她家里富有，一家都是老实人。她本人拥有近一万法郎的地产，她打算改嫁，到时卖掉地产，在未来的夫家再买进土地。因此，我估计如果你谈得来的话，她不会在乎你境况的好坏。"

"您已经筹划好了吗？"

"不错，现在就看你们双方的意见了。之后你们可以面谈，问清情况。她是我一个挺要好的朋友的女儿，而且还有点亲戚关系。你认识列奥那尔老爹吗？"

"认识。我在集市上看见你们在一块交谈。上回你们还在一起吃饭。你们谈了很久,就是谈这件事吗?"

"是呢。他看见你卖牲口,觉得你十分干练,相貌堂堂,人也勤快机灵。我把你的所有情况跟他聊了聊:你和我们共同生活了八年,一起干活儿,你善待我们,从不发脾气,重话也从没说过一句。于是,他便有意将女儿嫁给你。实话对你说,就凭她的条件和好名声,我也觉得挺合适的。"

"父亲,您似乎有点在意她的家庭条件了。"

"当然,难道你不在意吗?"

"我依您就是了,您高兴就行。可是,您知道的,我一向对账目不在意。哪些收入归我所有,怎么个分法我都不在行,我的脑子不管使,我只懂地里的活儿。牛马、套车、耕作、打场、割草。至于放羊、园艺、种植果树等细活儿,那是由您的儿子负责的,我不大过问。涉及钱财上的事,我的记性不好。我最怕你争我夺,我宁可不要,让给人家算了。我恐怕弄错了账目,得了不该得的份儿。若非简单明了的账,我怎么也理不清楚的。"

"你会吃亏的,孩子。所以我希望你娶个精明能干的妻子。我去世之后,她可以代替我。你从来不把账目的事放在心上,我走后,你们之间可能会有分歧,究竟每人该分多少,你和我的儿子可能会闹翻的。"

"父亲,但愿您长命百岁!您无须担心身后事。我不会和您的儿子闹翻的。雅克是个好人,就和您一样。我信得过他。我自己并无财产,都是您女儿留下来的,属于我的孩子们。我完全放心得下,您也可以放心。雅克不会为了自己的孩子去掠夺他姐姐的孩子的财产,何况他爱他的外甥一如自己的孩子。"

"日尔曼,你说得很对。雅克是好儿子、好兄弟,是深明大义的人。可是,在你的孩子尚未长大成人前,我们必须做好打算,不能让未成年的孩子在缺乏家长指导的情况下解决纠纷。否则讼师会乘虚而入,给他们添乱,为打官司而倾家荡产。为此,我不得不考虑增添一个新人,有一天这人能挑大梁,指挥全家的行动,分配活计……一个家族究竟能扩大到什么地步,难说得很。正如蜂层太挤,蜜蜂就要分开,而每只蜂都想带走属于自己的那份蜜。我招你为上门女婿的时候,尽管你很穷,但我的女儿看中你,我并没有责怪她。我赏识你的勤快,像我们这样的农家,最可贵的财富就是有一双像你那样勤劳的手和一颗淳朴的心。而女人的职责却不同,她在家中的主要任务是保管而不是谋取。你现在是有孩子的人,续弦时必须考虑到,孩子们未来的生活,以及随着他们长大后,今后所要面对的负担与开销。虽然我们乐于出力,但大家都得降低生活水平,日子就更苦了。日尔曼,这便是我的看法,你自己掂量掂量吧。争取凯兰寡妇对你的好感吧。她为人正派,条件不错,现在能带来帮助,日后也能使家庭安宁稳定的。"

"好吧,父亲。我会尽力而为的,但愿她能看得上我。"

"既然你同意了,你这就去看望她吧。"

"去她那里?到富尔什?离这儿远着哪,这季节可没空出门游逛呀。"

"婚姻大事自然该花点时间。你们两人都是理智的成人,不是拿不定主意的小青年了,都明白要挑什么样的人,很快便会有个决定的。明天是星期六,你提早收工,午饭后下午两点左右动身,夜里可赶到富尔什,晚上有月亮照看,道路平坦,不会耽搁多少时间的。你骑上那匹牝马去吧。"

"天气凉快,我徒步去吧。"

"徒步也未尝不可,但骑马的求婚者样子神气得多。你换上新衣,带一份像样的野味给列奥那尔老爹送礼。你就说是我叫你去的,和他聊聊,星期天与他的女儿待上一天,星期一早上事成后便回家告诉我们。"

"好的,就这样决定吧。"日尔曼平静地回答道,心里头却有点乱。

日尔曼与所有吃苦耐劳的农民一样,老实安分地过日子。他二十岁结婚,一辈子只爱过一个女人。他虽然活泼好动,易于冲动,妻子去世后,却没与别的女人嬉皮笑脸过。他深情缅怀亡妻,对岳父的建议不免顾虑重重、忧心忡忡。岳父素来持家有方,日尔曼又是个忠于家族利益的人,因此,对一家之主,他唯命是从。他压根儿没有考虑,他可以拒绝岳父的建议,不必踏上未知的旅途。

他愁眉不展,心事重重。他常常暗地里垂泪,思念亡妻。虽然开始感到孤独的压抑,但他宁愿苦闷也不愿再婚。他隐隐约约觉得,爱情也许会出其不意而至,让他得到慰藉,爱情本身就能抚慰人心。有意寻找爱情,未必找得到;不寻它时,爱情反而来了。莫里斯老爹提出的客观建议,那个陌生的女人,老爹对她的赞许和肯定,都扰乱了他的心思。他边走边思索,如同那些头脑简单、主意不多的人那样忖度,却没为自己着想,遵从内心的决定。他暗自熬受着说不出来的苦恼,并不打算作出任何抗争。

莫里斯老爹回田庄去了。日尔曼在太阳下山之前,利用白天最后的光亮修好了绵羊在屋边围墙上损坏的缺口。他扶起倒下的荆棘篱,培上泥土。这时,画眉鸟在附近的灌木丛中鸣叫,似乎催促他干得快些。待他离开后,这只好奇的鸟儿又飞来查看他的活儿。

5

莫里斯老爹回到家里,只见邻居老大娘在与自己的老伴唠嗑并顺便借火。吉耶特大娘住在一间简陋的农舍里,离田庄约有半公里地。她是个意志坚强、做事有条理的女人。她的陋室拾掇得井井有条、干干净净,衣服的补丁缝得也很细心,说明她虽贫穷却自爱。

"您是来要晚上的火种吧,吉耶特大娘?"老爹对她说,"您还需要什么吗?"

"不用了,莫里斯老爹,"她答道,"现在不用什么。我不是叫花子,是不会轻易叨扰朋友的,更不会滥用他们的善心。这您是清楚的。"

"的确如此。您的朋友正因为这样才更乐意帮忙哩。"

"我正与您的妻子聊天,我问她,日尔曼是不是决定再讨一个媳妇了。"

"您不是爱饶舌的婆娘,我不怕您传话。"老爹说,"我不妨告诉您,日尔曼已经打定主意了,明天他就去富尔什相亲。"

"太好了!"莫里斯大妈听了十分欢喜,说话的声音也大了些,"可怜的孩子!愿上帝祝福他,找到一个与他一样善良忠厚的女人!"

吉耶特大娘像想起了什么事,说:"噢!他要去富尔什吗?您看多凑巧!这倒给我行了个方便。您刚才不是问我需要什么吗?我想请您帮个忙,莫里斯老爹。"

"说吧,说吧,我们一定效劳。"

"我想麻烦日尔曼,带我的女儿一起去。"

"带到什么地方,富尔什吗?"

"不是富尔什,她到奥尔莫,准备在那里待到年底。"

"什么?"莫里斯大妈问,"您要和女儿分开生活吗?"

"她出去打工,赚点钱。我们娘俩都很难过。我可怜的孩子!圣约翰节我们不忍心离别,现在圣马尔丁节又快到了。她已在奥尔莫一个农场找到牧羊的好差使。农场主那天赶集回来经过这儿,看见我的小玛丽在这儿放牧三只羊,他对她说:'小姑娘,你闲得很哪!一个牧羊人放三头羊,太少了。你想放一百只羊吗?我领你去。我们农场的牧羊人因病回父母家去了,如果你答应在一周内上工,到圣约翰节那天我将付给你五十法郎。'孩子没有答应他。可是她晚上回来,看见我愁容满面,为过冬而担忧,今年的冬天一定既漫长又寒冷。她想起白天的这件事,和我说了。我们俩都哭了,最后还是鼓起勇气作出决定。我们都明白两人不能一直守着对方,家里的那点地仅够养活一个人。玛丽已经十六岁了,该和别人一样去干活儿,挣钱养活自己,帮助她可怜的母亲分担生活的压力了。"

"吉耶特大娘,"老农夫说,"如果五十个法郎可以替您解困,不用与女儿饱受离别之苦,说真的,这笔钱我尚能筹到,虽说对我们这样的人家来说也是笔不小的数目。但凡事得考虑长远,即使您避免了今年的困境,将来的苦日子还是要面对的。您的女儿越是迈不出这一步,她和您就越难分离。小玛丽已经长大了,她出去锻炼锻炼,未尝不是一件好事……"

"噢,这一点我倒不担心,"吉耶特大娘说,"玛丽很有主见,勤快能干,从不游手好闲,我们的农活儿做完时,她便收拾家里的东西,把几件寒碜的家具,擦抹得干净整洁。这个孩子品行高尚,我愿意她为您家里放羊,但不愿她到陌生人家里去做工,何况路途遥远。如果我们早拿定主意,您在圣约翰节就雇用她了,但现在您的雇工已满员了,要等到明年的圣约翰节才能考虑她了。"

"嗯,我完全同意,吉耶特大娘!我很欢迎她,不过,在这段时间里,她要学会替别人干活儿,掌握更多的本领。"

"是呀,您说得不错。事情已定下来了。奥尔莫的农场主今天早上派人来问过她,我们答应了,马上就得动身。但可怜的孩子不认识路,我又不放心让她独自到那么远的地方。既然您的女婿明天去富尔什,就请他捎上她。听人说,富尔什与奥尔莫紧挨着,我可从来没去过那儿。"

"是紧挨着的,我女婿可以领她过去,完全没有问题,她甚至可以和他同骑一匹马,保护好她的鞋子。哎,他回家吃晚饭了。日尔曼,吉耶特大娘的小玛丽要去奥尔莫做工,你带上她作个伴,行不行?"

"行啊。"日尔曼爽快地回答道,他虽满怀心事,却一贯乐于助人。

在我们这个生活圈子里，这样的事本不会发生：一个母亲竟将十六岁的闺女托付给一个二十八岁的男子。因为在当地，日尔曼的年龄确实偏大，但他仍然是全村最英俊的男子。长期劳作并没在他的脸上留下皱纹、显出疲态，年轻姑娘大概过于介意年龄，因而不曾仔细打量他红润的脸庞，他的眼睛像五月的天空那般蔚蓝，嘴唇鲜红，牙齿整齐，身材匀称健硕。

但是，在相对封闭的乡村，贞洁是神圣的传统。在贝莱尔村，莫里斯这家又以诚实正直的品行为人称赞。日尔曼这次去相亲，他当然不会垂青于贫穷又年少的小玛丽，他和她同路而行自然不会生出觊觎，除非他是心术不正的坏蛋。莫里斯老爹见这个美貌少女坐在他的背后，丝毫也不担心，而吉耶特大娘也没有叮嘱他要像对待妹妹一样尊重她的女儿，因为她认为这种强调反而侮辱了他的为人。玛丽依依不舍地拥吻母亲和几个年轻的女友，最后才泪眼婆娑地上了马。日尔曼正为自己的事愁闷不安，所以很同情她与母亲分别的悲伤，他神色严峻地上了路，邻居们向可怜的玛丽挥手道别，由衷地希望他们的旅途平安顺利，一点儿歪心思也没有。

6

"小灰"年轻、好看且强壮。它毫不费力地驮着两个人，耳朵耷拉着，衔着马嚼子，神气十足。过路时，它遇到了母亲"老灰"，嘶鸣了几声表示告别。"老灰"走近篱笆，蹄上的防跑器叮当响。它想沿着牧场的边沿追赶女儿，看见"小灰"飞奔而去，便也仰起鼻子啸鸣以应，显得有点不安，嘴里虽然含着青草，却没有心思咀嚼。

"这匹可怜的老马总认得出它的宝贝，"日尔曼想安慰小玛丽的忧伤，故意找些话来说，"这倒使我想起动身时没有吻吻我的小皮埃尔。这个小淘气不知跑哪儿去了！昨晚他要我答应带他一起走，在床上哭了一个钟头。今早他又再三缠住我。唉，他真机灵，真会撒娇！后来知道没希望了，这小子便生气了，跑到地里去，就再没见他的影子了。"

"我可是看见过他，"小玛丽极力忍住眼泪，"他和苏拉家的几个孩子跑到垦殖树林那边去了。他离开家该有很长时间了，因为他似乎很饿，在采摘李子和桑葚充饥呢。我把自己当点心的面包送给他，他对我说：'谢谢，可爱的玛丽，下次你到我们家，我请你吃薄饼。'您这个孩子可爱得很，日尔曼！"

"是的，他很可爱，"农夫说，"为了他，我什么事都肯做！要不是他的外婆比我更坚定，我真不忍心看他哭得这么伤心，几乎答应带他走。"

"您干吗不把他带上呢，日尔曼？您依了他，他会很听话的！"

"我这回去的地方，带他去会碍事的，莫里斯老爹的意思是这样……在我来说，恰恰相反，正好趁此机会看看人家怎样对待他，这么可爱的孩子谁不喜欢……可家里人说，不要刚开始就给人一个有负担的印象……我不知道为什么竟和你谈这些，小玛丽，你不会理解这类事情的。"

"并非如此,日尔曼。我母亲已经告诉过我您这次是去相亲,还嘱咐我要保守秘密,无论是在您家里,还是我要去的地方。我不会说出去的,您放心好了。"

"你不说最好,因为这事还渺茫得很,可能那女人看不上我。"

"她应该看得上您,日尔曼。她凭什么看不上您?"

"谁知道呢?我有三个孩子,对于继母来说,这是个大包袱。"

"这倒也是,不过您的孩子和人家的不一样。"

"你这样认为?"

"他们漂亮得像小天使似的,家里管教得那么好,很难看到有这么可爱的孩子。"

"西尔万很调皮呢。"

"他还那么小,怎会不淘气?他多么聪明呀!"

"他倒是很聪明,胆量也大,任何牲口都不怕,如果随他的意,他早和哥哥爬到马背上去了。"

"我要是换作您,我一定带上大孩子。您有一个这样可爱的孩子,那女人一定就喜欢您了!"

"是的,如果她喜欢孩子的话。可如果她讨厌呢?"

"难道会有不喜欢孩子的女人吗?"

"少数女人是这样,但毕竟会有,我担心的就是这个。"

"那么,您一点也不知道这女人的底细吗?"

"不会比你知道的更多。我正发愁见过之后仍不了解她的为人。我容易相信别人,人家的甜言蜜语,我都深信不疑,为此我后悔过不止一次,发现言语并不能代表行动。"

"听人说,这女人很正派。"

"谁说的?是莫里斯老爹吧!"

"是他,您的岳父。"

"这就好了,不过他也不了解她。"

"您很快就见到她了,您千万看清楚些,希望您不会看走了眼,日尔曼。"

"呃,小玛丽,在你没有去奥尔莫之前,你如果先去那女人家里观察一下,我便更安心些。你既聪明又细心,什么都逃不过你的眼睛。看到什么让你琢磨的情况,你悄悄地告诉我。"

"啊,不行,日尔曼,我办不到!我也许会弄错的。而且,倘若由于我随便说的一句话,而使您不满这门亲事,您的岳父岳母会埋怨我的,我已经够烦恼的了,不可再招惹是非,让我母亲伤脑筋了。"

他们谈得正投机,小灰马忽然竖起耳朵,向旁边一闪,然后又折回来,走近灌木丛,只见一棵茂盛的橡树下的沟里,似乎有样东西,像是一只羊羔。

"这不知是谁家迷了路的牲口,可能已经死了,因为它一动也不动。人家正找它哩,应该去看一下!"

"这不是牲口,"小玛丽嚷了起来,"这是一个睡着的孩子,您的皮埃尔呀!"

"哎哟!"日尔曼赶忙跳下马来,"瞧,这个小捣蛋竟跑到离家这么远的地方,睡到沟里面了,说不定被蛇咬了!"

他抱起孩子,孩子睁开眼睛,用手搂住他的脖子,微笑说道:

"我的好爸爸,你可得带我去啦!"

"好呀,又唱老调了!你在这儿干什么,你这个坏小子？"

"我等您哪，"孩子说，"我盯住这条您的必经之路，盯了许久便睡着了。"

"幸亏我经过这儿时看见你，要不，你夜里在外露宿，狼会吃掉你的。"

"哎，我料到你会看见我的！"小皮埃尔十分肯定地回答道。

"那么，我的皮埃尔，现在吻吻我，说声再见，然后立即回去，如果你不想让家里人等你吃晚饭的话。"

"啊！你不带我去了！"小淘气嚷道，揩着眼睛，做出欲哭的样子。

"你明知外公外婆不许我带你去。"日尔曼无奈地说，他知道自己的真实想法不如岳父岳母的立场更具说服力。

可是孩子怎么劝也不听，最后哭了起来，喃喃地抱怨，既然小玛丽能跟去，为什么不能带他去。父亲恫吓他，要经过一座有许多凶恶野兽的大森林，专吃小孩子。而且"小灰"不答应驮三个人；又告诉他，那地方没有小孩的床，也不供小孩的晚饭。所有这些可怕的理由丝毫说服不了小皮埃尔，他倒在草地上打滚，一面叫嚷爸爸不爱他了，如果不带他去，他就一直待在这儿不回家。

日尔曼的心肠如同妇人般慈爱柔软。妻子去世后，他只好独自照料三个孩子，觉得没娘的孩子更需要疼爱，渐渐变成现在这种性格。孩子的哭闹令他内心十分矛盾，他对自己的软弱感到羞赧，竭力要向小玛丽掩饰自己的窘态，急得头上直冒汗，几乎要掉眼泪了。后来他装作发火的样子，转向小玛丽，似乎要证明自己的刚强，但他却看到这个善良的姑娘热泪盈眶，他立刻失去了勇气，禁不住流下泪来，虽然嘴上仍不住地劝说孩子。

"说真的，您的心肠太硬，"小玛丽终于数落他，"换作我，对这么一个苦苦央求的孩子，我是不忍拒绝的。日尔曼，带上他吧。您的牝马驮得起两个大人和一个小孩的，我见过您的内弟两口子每逢星期六赶集，总是带了孩子骑在这匹好牲口的背上，您的弟媳比我重得多。您让他坐在您前面得了。再说，我宁愿一个人走着去，也不愿让这小家伙失望。"

"这倒不成问题，"日尔曼说，他几乎被说服了，"小灰马很结实，多驮两个人也行。可是，我们在路上怎么照顾他呢？他要吃喝，要添衣……今晚和明天，他由谁料理呢？我不敢把这些麻烦事强加于一个陌生的女人，她会认为我一见面便得寸进尺。"

"您通过她表现出来的是热情还是厌烦的情绪，也就可以判断她的人品了。日尔曼，请相信我的话，退一步说，假如她讨厌小皮埃尔的话，那就由我来照顾他好了。我去她家给他穿衣，明天我带他出来玩，我会照顾他的，让他什么也不缺。"

"这太麻烦你了，好姑娘！他会妨碍你的，而且，一整天太长了。"

"一点也不，这只会使我高兴，他正好给我做伴，让我初到一个陌生的地方减少孤独，使我觉得似乎还在家里。"

孩子看见小玛丽在帮他说话，高兴得紧紧抓住她的裙裾，要掰开他的手可不容易。父亲终于让步时，他把玛丽的手捏在自己晒得黝黑的小手里，一面欢呼一面抱吻她，急急地拉着她走近牝马，兴奋不已。

"行啦，行啦，"少女说，把他抱起来，"这小人儿的心跳得像小鸟似的，该设法让它平静下来。天黑下来你觉得冷就告诉我，我会把你裹在我的斗篷里。我的皮埃尔，吻吻你的好爸爸，请他不要生气，说你下次不敢了，永远不这样了！听见没有？"

"是呀，他总是让我迁就他，对不？"日尔曼说。他用手绢给儿子揩去眼泪，"唉！玛丽，你把这个小淘气惯坏了！你实在是个极善良的姑娘。我真不明白上一次圣约翰节你干吗不到我家牧羊。你可以照顾我的几个孩子，我宁愿多付酬金请你照料他们，而不想另找一个女人。她对孩子们不表现出厌恶，就算作出了不小的牺牲。"

"不要从最坏的角度去推测任何事情。"小玛丽说着稳住马头。日尔曼已把儿子安放在铺了山羊皮的马鞍前边，"如果您的妻子不喜欢这些孩子，明年您可以雇用我，我一定让他们开心快活，不会留意别的事。您放心好了。"

7

"糟糕！"他们走了几步，日尔曼忽然说，"不见小家伙回家，家里人岂不急坏了？他们说不定正在到处找他呢！"

"路边有个干活儿的养路工，您托他告诉家里人，说您把孩子带走了。"

"说真的，玛丽，什么事情你都考虑得周全。我可没想到让你在那儿干活儿。"

"他就住在农场附近,正好代您捎话,不会忘记的。"

他们安排妥帖后,日尔曼催马急跑。小皮埃尔可高兴了,忘记了自己还未吃饭。可走了一公里路,马上的颠簸令人更加疲惫,他哈欠连连,脸色苍白,实在饿得难受。

"这不,麻烦来了,"日尔曼说,"我早就料到走不了多远,他就会嚷肚饿口渴了。"

"我渴了!"小皮埃尔急急地说。

"我们到吕贝克大妈的'黎明'酒店歇息一下,好吗?店名虽堂皇,里面却简陋!玛丽,你也去喝点水吧。"

"不啦,我不需要,"她说,"你和小家伙去吧,我留在这儿看马得了。"

"我想起来了,我的好姑娘。早上你不是把自己的那份面包给了我的皮埃尔吗,你也饿着肚子。刚才你只顾着与亲友道别,又不肯在我家吃饭。"

"哎,我那时不想吃,我太难过了!我对您发誓,我现在一点儿也不饿。"

"你总该勉强吃一些。说到底,我也没吃过东西。早起看见你们母女俩痛苦,我也感同身受。行啦,行啦,我把小灰马拴在门口,下来吧,请你下来。"

他们走进吕贝克大妈的酒店。转瞬间,那个瘸腿的胖大妈端来热气腾腾的炒蛋、黑面包和葡萄酒。

农家一般吃饭不急,小皮埃尔吃得又多。足足过了一个钟头,日尔曼才准备重新出发。小玛丽开头应付着吃一点,渐渐地她也觉得饿了。毕竟是十六岁的年轻人,郊外清新的空气也增加了她的食欲,日尔曼的开导使她鼓起了勇气，也产生了作用。她竭力自我开解，七个月很快会过去。她又想到以后回家的快乐，而且莫里斯老爹和日尔曼都答应雇用她。就在她心绪渐佳，开始与小皮埃尔嬉笑打闹的时候，日尔曼无心犯了大忌，叫她从酒店窗口眺望家园景色，只见山谷连绵青翠，富饶肥沃。玛丽看了一会儿，问能否看见贝莱尔村的房子。

"当然看得到了，"日尔曼回答道，"还能看到农场，还有你的家呢。哎，那个小灰点，离戈达尔的大白杨树不远，钟楼下面便是。"

"啊！我看见了。"小姑娘又哭了起来。

"是我不好，不该让你触景伤情，"日尔曼说，"我今天净干蠢事！好了，我们动身吧，好姑娘。现在夜长昼短，再过一小时，太阳便下山了，天气要转凉了。"

他们又上了路。穿过一大片荒野，日尔曼不想让马颠着孩子和姑娘，只得控住小灰马，不让它快跑。等到从大路转入树林，已夕阳西下了。

日尔曼认得去马尼埃的路。但他想抄近路，便有意不走香特芦白大道，却经普雷斯和普图尔那边下去，这条路赶集时他并没有走过，因而迷了路，钻树林时已耗去不少时间。他又走错方向，不知不觉竟背离富尔什，朝阿尔当特村那边的高坡行进。

这时暮霭升起，银白色的月光给这秋夜增添了几分神秘，使得日尔曼难以辨别方向。散布在林中空地上的大水坑冒出浓浓的水汽。从小灰马行进的难度才感觉得到这水坑的存在。

他们好不容易找到一条笔直而平坦的路。走到尽头，日尔曼竭力分辨路径，才发现迷了路。莫里斯老爹给他指点方向时曾说，走出树林后要顺陡坡而下，然后穿过一片广阔的草地，两次涉过那条有浅滩的河流。老爹还特别嘱咐他过河时要小心，因为初秋那阵下过几场大雨，河水也许涨了。但现在他并没看见陡坡，也没有什么草地和河流，面前只是一片铺满积雪般的辽阔平原。日尔曼停了下来，看有无人家或过路的人。没有人或标志可以指点迷途。他只好又折回原路，重新钻入树林。雾更浓密了，犹如厚帘，遮住了月色，路也更加难走，泥沼很深。小灰马有两次几乎失了前蹄。它负荷沉重，渐渐失去劲头，它虽不至于撞到树上，但骑在马上的人却难免碰上粗枝。挡路的粗树枝常常碰到他们的脑袋，这是很危险的。日尔曼的帽子被撞丢了，好不容易才找回来。这时，小皮埃尔睡着了，像只口袋似的摇摇晃晃。

"我们好像撞了邪，"日尔曼干脆停了下来，"这树林并不大，不至于迷路。我们没有喝醉，却在里头转了至少两个钟头还是走不出去，小灰马也累得昏头转向。如果我们想回家，放开缰绳便是。但是，我们可能离目的地不远了，放弃原来的计划，再走一段长路未免太蠢了。只是我也无计可施，现在一片模糊，不辨方向，我担心再留在这浓雾里面这孩子会得寒热病。马如果被绊倒，把我们掀翻在地的话，孩子很可能被压伤。"

"我们不该再这样，在这儿瞎转悠了，"小玛丽说，"我们下马吧，日尔曼。孩子交给我，我比你抱得好，我不会让风掀开孩子身上的披风，我会把他包得严严实实的。您拉住马辔头，牵着它走。我们下马在路上走，会看得更清楚些。"

这办法也仅能使他们免于坠马,因为雾正在扩散开来,逐渐与湿漉漉的地面连成一片,每迈一步都很吃力。一会儿工夫他们便累得迈不动腿了。他们在大橡树下面发现了一块干燥的地方,便停了下来。小玛丽浑身冒汗,但她不躁不恼,专心照顾孩子,她在沙地上坐下来,让孩子睡在她的膝上。日尔曼把小灰马拴在树上,然后到附近探路。

小灰马对这番折腾大为恼怒,它气哼哼地一甩腰,弄断了肚带,放肆地尥了几下蹶子,踢得比头还高,然后窜进矮树丛跑掉了,明摆出它不用人带领,也能跑回家去的架势。

日尔曼追了一阵,没能追上小灰马,他叹气道:"唉!我们只好步行了,我们找不到正道,那就趟水吧。到处都是积水,可以肯定河水漫过了草地。我们不知道哪儿有别的路,只有等浓雾散去才能辨清方向了,大约要等一两个钟头。看得清东西后,我们找一所房子,最靠近树林边的第一家。现在我们不能走出这个地方,那边有一条沟,一口池塘,再往前可就不知道了,后面的地形我也不了解。我实在搞不清楚我们是从哪个方向来的。"

8

"既然这样,那便耐心等待吧,日尔曼,"小玛丽说,"我们能找到这儿就不错了。大橡树的叶子可避雨,我们可以生火,因为我摸到了树根,可以点火。您不是带着火吗？日尔曼，您刚才抽烟来着。"

"我刚才是有火！可我的火镰①放在马鞍旁的袋子里，还有我准备送给女方的野味，都被可恶的畜生带走了。我的披风也在马上，准会被弄丢或被树枝钩坏的。"

"不是的，日尔曼。马鞍、披风、口袋全都在您的脚下，在地上。小灰马扯断了马肚带，把所有东西都摔到地上后才逃跑的。"

"老天，果真如此！"日尔曼说，"如果我们能摸索到一些枯枝，就可以烤烤衣服，取取暖了。"

"这并不难，"小玛丽说，"枯枝在脚下到处喀嚓响呢。您先把马鞍递过来。"

"你要它干吗？"

"给小家伙铺一张床。不，不是这样，把它翻过来，让他在凹下去的地方睡觉，就不会滚出来了，里面还有牲口背上的余温哪。您去那边捡些石子来垫着，就更平稳了。"

"你的眼睛像猫一样！我可就看不到石子！"

"瞧！已经弄妥了，日尔曼。把您的披风递过来给他的小脚裹上，我的披风盖住他的身子。他这不跟躺在床上一样舒坦吗？摸摸他看，身上还暖烘烘的哩！"

"果真是的！你很会照顾孩子，玛丽！"

"这算不了什么，您掏出口袋里的火镰来，我来架好木柴。"

---

① 火镰，一种年代较为久远的取火器物，由于打造时把形状做成酷似弯弯的镰刀，并与火石撞击后能产生火星而得名，多用于农家。

"这柴烧不着的，太湿了。"

"别丧气，日尔曼！您忘了以前放羊的时候，下雨天也照样在野地里点燃火堆吗？"

"是的，但那是牧羊人的本领，而我却一窍不通。"

"别着急，哎，木柴堆好了，把火和干草递给我。好！您对着柴堆吹吹气。"

于是日尔曼像风箱那样呼呼吹气。不一会儿，橡叶下面升起红色的火焰，驱散了浓雾，四周十步内的湿气很快被烤干了。

"我来坐在小家伙旁边，以防火星落在他身上，"小玛丽说，"日尔曼，您来加柴，拨旺火堆！我保证我们不会受凉发烧，不会伤风感冒。"

"你真是个心灵手巧的姑娘，"日尔曼说，"你就像黑夜里的小女巫似的变出火来。我现在觉得浑身舒坦，精神振作。我刚才想到自己的双腿全湿透了，还要在这样的地方待到天亮，心里真是烦得不得了呢。"

"一个人如不放宽心怀便想不出办法来。"

"这么说，你向来都是乐观的喽？"

"我不沮丧，这有什么好处呢？"

"哦，那确是什么好处也没有。可是，你每逢烦恼袭来又如何避免呢？生活总免不了有烦恼的时候，我可怜的姑娘。"

"不错，我可怜的母亲和我挨穷受苦，我们有烦恼，但我们从没有失去信心。"

"再重的活计我都能承担，"日尔曼说，"我一向不缺什么，但我有其他方面的痛苦。"

"是的,您失去了深爱的妻子,我们都很为您难过。"

"谁说不是呢?"

"唉!我还痛哭过呢,日尔曼!她太好了!得了,别再提这事了,我都要哭了。今天的苦恼事全会涌上心头的。"

"说真的,她非常喜欢你,小玛丽!她看重你和你的母亲。嗨!你在哭吗?别这样,好姑娘,我不想哭……"

"您也在哭,日尔曼!一个男人哭他的亡妻有什么可羞的?别不好意思了,我已和您分担这痛苦了!"

"你的心地真好,玛丽。和你一起哭过后我觉得好多了。你把脚挪近一点火堆,你的裙子也全湿了,可怜的姑娘!让我来照顾小家伙吧,你好好地烤烤火。"

"我够暖和了。"玛丽说,"您也坐下来吧,就坐在披风的一角。我这样已经很好了,不用挪动。"

"这儿的确很好,"日尔曼挨近她坐下来,"只是饿得难受。已经晚上九点钟了,在泥沼跋涉了老半天,把我累坏了。你难道不饿吗,玛丽?"

"我一点不饿。我和您不一样。您习惯了吃三顿饭一顿点心。我常常不吃晚饭便睡觉,偶然这样算不了什么。"

"好呀,像你这样的妇女倒省事,不必花费多少钱。"日尔曼微笑道。

"我可不是一个妇女,"玛丽天真地说,并未觉察他的话中有话,"您在说梦话吧?"

"是的,我仿佛在做梦,"日尔曼说,"也许是肚子饿得我说胡话了。"

"您真能吃!"她快活地说,"如果您熬不住五六个钟头不吃东西,您何不拿出野味来烤着吃?"

"哎!这倒是个好主意!可是我拿什么礼物送给未来的丈人呢?"

"您有六只山鹑,一只野兔!我想您大概不需要全吃光吧?"

"可是这儿没有铁叉、烤炉呀,会烧成焦炭的!"

"不会!"小玛丽说,"把野味埋在热灰里烧熟,不焦又不带烟火味。难道您没在地里捉过云雀吗?没用石头夹着烤熟吗?不错,我忘了您没放过羊!把这只山鹑的毛拔掉,轻点儿,别撕破它的皮肉。"

"你拔另一只山鹑的毛,给我做个样子。"

"您要吃两只?真能吃。行啦,毛拔净了,我来烧熟它。"

"你可以做个出色的小贩,小玛丽。可惜你缺个储物柜,我只好喝池塘里的水了。"

"您还想喝酒呢,也许还要咖啡?您以为是在集市里的小食店呀,向店主吆喝一声:'给贝莱尔的棒小伙子拿喝的来!'"

"哈,调皮鬼,你在取笑我呀!莫非你有酒也不想喝?"

"我和您在吕贝克大娘的酒店里已经喝过了,这是我生平第二次喝酒。如果您乖乖的,我就给您取出一瓶差不多装满的美酒!"

"啊!你果真是个女巫吗,小玛丽?"

"您不是在那间酒店阔气地要了两瓶酒吗?您喝了一瓶,另一瓶您放在我面前,我只喝了几口。您没留意,付了两瓶酒的账。"

"那又怎样呢?"

"怎样呢？我把这瓶酒放进自己的篮子里了。我想，您路上也许需要的，酒在这儿哪。"

"我从未见过像你这样细心的姑娘。小玛丽，将来娶你的男人绝不会是个傻瓜。"

"当然，因为我不会爱一个傻瓜。别说了，吃您的山鹑吧，火候刚刚好。没有面包凑合着吃点栗子吧。"

"你从哪儿变出栗子来的？"

"您不用大惊小怪，一路上我顺手从树上摘下来的，口袋都装满了。"

"栗子也烤熟了吗？"

"生了火堆我不把栗子煨在热灰里的话，那也未免太蠢了。往常我在地里总是这样做的。"

"喂，小玛丽，我们开始吃晚饭吧！我为你的健康干杯，祝你嫁个好丈夫……如愿以偿。谈谈你在这方面有什么打算吧！"

"没啥可谈的，日尔曼。因为我根本没考虑过。"

"怎么，从来也没考虑过？"日尔曼说完，便开始大嚼起来。他把最好的肉切下来送到玛丽面前。她坚持不吃，只取了几个栗子。他继续刚才的话题，说道："告诉我，小玛丽，你还没考虑出嫁吗？你已经到年纪了呀？"

"偶尔想过，"她回答，"但我家徒四壁，结婚的话至少要准备一百个埃居①。要干五六年的活儿才能赚到这笔钱。"

"可怜的姑娘！我要能从莫里斯老爹手里拿到这笔钱

---

① 法国古钱币名。

转送给你就好了。"

"太感谢了，日尔曼。但别人会说闲话的。"

"别人能说个啥？大家知道我老了，不能娶你。别人不会猜想我……猜想你……"

"别说了，日尔曼！嘘，您的孩子醒了。"

9

小皮埃尔翻身坐了起来，迷惘地东张西望。

"啊！这小鬼头听到有人吃东西，耳朵特别灵，"日尔曼说，"大炮也轰他不醒，但只要有人在他旁边吃东西，他马上就会睁大眼了。"

"您像他这么大的时候，也会是这样的，"小玛丽调皮地微笑道，"喂，我的小皮埃尔，你在找床顶吗？它可是橡树做成的，我的孩子。你想和爸爸一起吃晚饭吗？你这份我也备好了。"

"玛丽，我请你也吃一点，"日尔曼嚷着，"要不然我就不吃了。我只顾狼吞虎咽，你呢，却省下来给我们吃，这太过分了，我实在难为情。你看，我的食欲都没了。如果你不吃，我也不让我的儿子吃。"

"您别折腾了，"小玛丽回答道，"您操纵不了我的胃口。我今天没有什么胃口，而您的儿子胃口好得像一匹小狼似的。哎，瞧他吃得多香！他将来准是一个健壮的小伙子！"

小皮埃尔睡眼惺忪，还没弄明白来到什么地方，便大嚼起来。吃饱之后，他就和换了环境的孩子一样，精神特别好，比平时更多话，更好奇。他问自己到了哪里，待他知道是在树林里时，他显得有点害怕。

"树林里不是有凶恶的野兽吗？"他问爸爸。

"没有，一只也没有，你用不着害怕。"

"你撒谎，刚才你说过，要是我跟你到大树林里，狼会拖走我的！"

"瞧他的小嘴多厉害！"日尔曼有点狼狈。

"他没说错，"小玛丽说，"您刚才是这么说的，他记性好，想起了这句话。不过，我的小皮埃尔，你爸爸从来不撒谎。我们穿过大树林时你睡着了，现在是在小树林里，这儿没有野兽。"

"这儿离大树林很远吗？"

"很远，狼不敢从大树林里出来。再说，要是有狼出现，你爸爸会打死它的。"

"你也会打狼吗，小玛丽？"

"我们一起打狼，我的小皮埃尔，你也挺能打的，是吗？你不怕它，而且狠狠地打它！"

"是的，是的，"孩子挺神气地说，把胸脯一挺，"我们一起打死它！"

"你真是擅长和孩子们打交道，"日尔曼说，"不久前你自己还是个孩子哩，还没忘记你母亲和你说的话。年纪越轻的人，越容易接近孩子，我担心一个三十岁的女人，还不知道怎么做母亲，还不懂得如何与小孩谈心、讲道理。"

"会懂得的，日尔曼！我不明白您为什么总是从坏的方面去估计她，您会改变自己对她的看法的！"

"让这场相亲见鬼去吧！"日尔曼说，"我这回从她那儿返回家里之后，决计不再去了，凭什么我要找一个毫不了解的女人？"

"我的好爸爸，"孩子说，"你今日为什么老提起你的妻子呀？妈妈不是离开我们了吗？"

"唉！你不记得你可怜的好妈妈了吗？"

"怎会呢，我看见她躺在崭新的白木匣里，外婆领着我去吻她，和她告别……她全身雪白，冷冰冰的。每天晚上舅妈教我祷告，祈求上帝让妈妈前往天堂，让她得到安宁。你相信她现在是上了天堂吗？"

"但愿是，我的孩子。你应该时常祷告，让妈妈知道你记得她。"

"我这就祷告，"孩子说，"今晚我忘了。但我一个人做不好，记不住那些祷词，小玛丽帮帮我吧。"

"没问题，我的小皮埃尔，让我来帮你，"少女说，"你过来，跪在这儿。"

孩子跪在少女的裙裾上，双手合十，背诵祷文，开头很认真，也十分虔诚，因为这段记得很熟，渐渐便慢了下来，结结巴巴的，只好跟着小玛丽一个字一个字地念。每次他做晚祷都是到了这一段便犯困，从没学会背到结束。这次也不例外，单调又枯燥的背诵，勾起了他的睡意，他勉强念出最后一段，头便耷拉在玛丽的胸前，手也松开了。篝火照见小天使躺在少女的怀里闭目安睡，她温柔地抵住他金黄的头发，自己也沉浸在幸福之中，虔诚地为孩子的亡母默祷。

日尔曼望着这景象，大为感动，搜索枯肠找话表达自己对她的尊敬和感激,但始终难以言表。他挨近她,吻着儿子的脑门,久久不肯离开。

"您吻得太重了,"玛丽轻轻推开他,"这会弄醒他的,让我放他睡下,他又做美梦了。"

孩子躺到马鞍的山羊皮上时,微启双目问是不是小灰马还驮着他。随后又睁开了蓝色的大眼睛,望了一会儿上面的树荫,半梦半醒之间。可能是白天忽然溜进脑子的一个念头,现在突然跳了出来。他说:

"我的好爸爸,如果你给我找另外一个妈妈的话,我希望她是小玛丽。"

话刚说完,他已沉沉入睡了。

10

小玛丽对孩子突兀的话语并未在意,只认为童言无忌。她给他披好斗篷,又拨旺了火。附近沼泽上面的浓雾仍未完全散开,她劝日尔曼在火边拾掇出一点地方来歇息一下。

"您已经很累了,"她对他说,"您瞪着火堆话都懒得说了,就像您的儿子刚才那样。行啦,您就睡一会儿吧,我来看守就是。"

"需要休息的人应该是你,"日尔曼说,"由我来守着你们俩,我一点也不困,我脑子里有五十个念头在打架。"

"五十个吗,真不少呀,"姑娘调侃道,"有许多人只要有一个念头就够了。"

"如果我没有五十个,那就至少有一个,在这一小时内老在脑中盘旋。"

"我马上给您指出来，连同在此之前的念头。"

"好啊，你猜得出就说吧，玛丽，被你猜中我才高兴呢。"

"一小时之前，"她说，"您想吃东西……现在您想睡觉。"

"玛丽，你把我当作一头牛了，可我只不过是放牛的罢了。你很调皮，并不想和我深谈。你睡吧，那总比敷衍一个情绪悒郁的人要好些。"

"您要聊天，我们就聊吧，一面还可斜躺在孩子身边，头靠着马鞍。日尔曼，您多愁善感，缺少一点男子汉的气魄。我如果不是极力遏制自己的悲伤，我会说出很多话来的。"

"我看得出来，你隐藏着悲伤，这正是我很不放心的事，可怜的姑娘！你远离亲人，来到这遍是沼泽和荒野的地方，你会染上病症。在这儿养羊也不会有什么出息的，有责任心的牧羊人会因养不好羊而发愁。而且，你将要生活在陌生人中间，人家可能不会好好待你，也不会赏识你的好处。唉，我真有说不出来的难受，我不想去富尔什了，带你回家算了。"

"您说出这些话来，可见您的心肠真好，但缺乏理智，我可怜的日尔曼。您不该强调我命运不好的一面，尽说泄气话。您应该鼓励我，指出积极的一面，就像在吕贝克大娘的酒店吃饭时那样。"

"此一时，彼一时，我有了不同的看法。你最好是找一个好丈夫。"

"那不可能，日尔曼，我已经说过了。既然是不可能的事，我便不去想它。"

"但如果找得到呢？你告诉我想找什么样的人，我可以帮你留意。"

"想和找是两码事。我嘛，白费心思的事便不去空想了。"

"你想不想找个家境殷实的？"

"不，怎敢高攀，我自己家一贫如洗。"

"如果他家境殷实，你可就不愁吃穿用度了，他家里人正直善良，任你接济母亲。这样的条件，可以吗？"

"哦，那当然好啦，让我接济母亲是我最大的心愿。"

"如果真有这个机会，而男方年龄偏大一些，你不会介意吧？"

"啊！请原谅，日尔曼，这正是我强调的一个条件。我不喜欢年龄偏大的！"

"年纪太大当然不行，但比如像我这个年纪呢？"

"您的年纪对我来说是太大了，日尔曼。像巴斯迪安那种年纪才比较适合我，虽然他的外貌不如你。"

"你更喜欢猪倌巴斯迪安吗？"日尔曼不快地问，"喜欢一个眼睛和他饲养的牲口一样小的青年？"

"我不管他的眼睛怎么样，但他只有十八岁。"

日尔曼满腔醋意，说："别说了，我看你爱上了他，这简直太荒唐了！"

"是的，这可能有些儿荒唐，"小玛丽哈哈大笑，"他会成为一个古怪的丈夫，让人牵着鼻子走。有一次，我在神甫的菜园里捡到一只番茄，我告诉他是红苹果，他像饥鼠一样咬了一口。您要看见他那副傻相就好了。我的天！

他多滑稽啊!"

"你看他不顺眼,你并不喜欢他喽?"

"这不算一个理由。我是不喜欢他,他待自己的小妹妹很不好,又不爱干净。"

"那么,你是否喜欢别的什么人?"

"这与您何干?"

"与我无干,说说而已。姑娘,我看你已有了意中人。"

"没有,日尔曼,您估计错了,我还没有呢,以后可能会有。因为我计划攒钱结婚,但注定要晚婚,嫁一个年纪大的人。"

"那么,现在就嫁给一个年纪大的得了。"

"不!要等到我不再年轻的时候,那就不再重要了。目前可不能。"

"玛丽,我知道你不喜欢我,这是明摆着的。"日尔曼不顾话的轻重,粗暴地说。

小玛丽没吭声,日尔曼伸头一看,她睡着了,似乎抵不住瞌睡的侵袭。毕竟是孩子,叽叽喳喳地说着就进入了梦乡。

日尔曼庆幸自己最后说的几句话没让她听到,他自认说得冲动了些。他转过头去,打算不再想这事,开始考虑其他事情。

但他总是抛不下刚才说过的话,睡意全无。他绕着火堆踱来踱去,像吞了火药似的烦躁不安。后来,他干脆倚着橡树干,看着树下睡觉的两个孩子。

他想:"以前我怎么就没留意,这个小玛丽是全村最美的姑娘?她气色虽不好,但她的脸有如荆棘丛中的一朵玫瑰！她的嘴巴和鼻子多么可爱！在她这个年龄，她不算高大，但身段灵活得像只小鹌鹑，体态轻盈得像燕雀！这儿的人偏喜欢健壮丰满、脸色红润的女人……我的女人瘦小苍白，但我最喜欢她……小玛丽也是娇弱型，不过身体并非不健康！而且，她那么温柔、纯洁、善良，这从她的眼睛就看得出来……要论聪明，我应当承认，她比我亲爱的卡特琳强得多。跟她一起不会沉闷……她开朗、聪明、勤劳、富有同情心，人也风趣。再没有人比她更好的了……"

日尔曼极力从另一个角度考虑这事。他在心里嘀咕："我干吗这样想呢？岳父不会赞成我的想法的，全家人也会认为我异想天开……何况，她本人并不接受我……她嫌我年纪太大，她是这么说的……她一点不急，不在乎继续忍受贫苦的生活，穿旧衣，一年有两三个月缺粮，但求有一天嫁给喜欢的丈夫便满足了……她的想法是对的，换了我，我也会这样想……从今天起，如果我可以按自己的意愿行事，我会拒绝不称心的婚事，挑选一个合适的对象……"

日尔曼越想冷静，越想稳住自己的心绪，越是心乱如麻。他踱到二十步远的浓雾中，忽地又走到两个睡着的孩子身边，跪了下来。他想再吻吻小皮埃尔，一条臂膀绕过玛丽的脖子，但他吻错了位置。玛丽感到一股火辣辣的热气掠过她的嘴唇，她醒了，惊恐地瞪着他，不明白他想干什么。

"我没看清，十分抱歉，"日尔曼赶紧缩回身子，"我几乎压在你们身上，弄痛你们了。"

小玛丽没起疑心，又睡着了。日尔曼走开了，暗暗发誓，他不再随意走动，直到她睡醒。他果然不再轻举妄动，但心里很不踏实，他怀疑自己快发疯了。

夜色深沉，浓雾慢慢散去，透过枝叶间的空隙，可见繁星满天。月亮也冲出层层浓雾，在带着水渍的苔藓上面洒下清辉，星星点点，恍若钻石。橡树干依然屹立在寂静的黑夜中，附近的桦树林，白色的树干看上去活像一排裹着殓衣的幽灵。篝火映在水塘里，青蛙噤声了许久，逐渐消除了对火光的畏惧，尝试着发出怯怯的几声蛙鸣。老树盘结的根枝布满白色的地衣，伸展交叉，有如干枯的手臂横置在行人的头顶。这是一个清幽的去处，但冷寂荒凉，日尔曼觉得压抑，一面唱歌一面往水里扔石子，排遣心头的苦闷。他正要叫醒小玛丽，但她已站起身来，看看天色。他向她提出动身的建议。

"再过两个小时，"他说，"黎明前的温度特别低，火堆也不顶事……因为雾散了可以看清路径，我们找个人家借宿，最少也得找个谷仓，可以在屋顶下挨过这一夜。"

玛丽虽然睡意尚浓，但并未反对，准备随着日尔曼动身。

日尔曼抱起儿子，由他睡觉，他要玛丽紧靠着他，藏在他的披风里，因为她不愿意抽出小皮埃尔身上的属于她的披风。

当少女这样紧挨着他时，他原本平复下来的心情又被扰乱了。有两三次他故意躲着她，由她一个人走，但见她跟不上，忍不住停下来等她，将她猛地拉到身边来，搂得紧紧的。她心里纳闷，有点生气，但没吭声。

他们根本找不到方向，也不知走到哪儿去。他们在树林里兜了一圈，依然返回到那片空旷的野地，就这样转来转去地走了很长时间，亮光忽从树隙中漏了出来。

"好了！那边有人家，"日尔曼说，"火都生着了，人都起床了，天已不早了吧？"

他傻眼了，那不是房子，而是他们离开这儿时压住的火堆，微风又使它复燃了……

白折腾了两个钟头，又回到了原地。

11

"我可没法子了！"日尔曼跺脚叹气道，"我们一定撞了邪，非挨到天大亮才能出去了。这儿准是有幽灵作祟。"

"算了，别抱怨啦，"玛丽说，"就在这儿露宿好了。但必须烧更大的火堆，将孩子裹得严严实实的，才不会冻病。露天过一夜，不会死人的。马鞍藏到哪儿啦，日尔曼？快取出来吧。"

"你把孩子抱过去。我去把马鞍从荆棘丛里拉出来。我不想你被荆棘戳伤了手。"

"好了，取出来啦。一点皮外伤算得了什么，又不是挨了几刀。"勇敢的姑娘说。

她重新安置好小皮埃尔，日尔曼添了许多柴在火堆上，火光把周围的树林照得亮晃晃的。小玛丽再也支持不住，摇摇晃晃的站立不稳，脸色发白，牙齿冷得打战。但她忍受着并没半句怨言。日尔曼搂住她，让她暖和一些。

他的焦灼、怜惜以及不自觉的爱护充塞了心头。他忽然变得机灵了，不害羞了，言语也奇迹般地流畅了。

"玛丽，"他说，"我喜欢你，但却无法获取你的芳心，我觉得遗憾。如果你肯嫁给我，那么，我家人和邻里的看法都不重要。你能让我的孩子们幸福，教他们永远记住自己的生母，我无愧于她，也就心满意足了。我本来对你就有好感，如今却是爱上了你。你要我这一生都听命于你，我立刻可以对你发誓，永远听你的。求你看在我一往情深的分上，忘记我的年龄吧。认为三十岁的男人已经太老是荒唐的，何况我才二十八岁！年轻姑娘嫁给一个比自己年纪大的男人，担心被人说闲话，因为这是本地的风俗。但我听人说，别的地方的风俗并不如此。相反，宁可给年轻姑娘找个依靠，找个通情达理、具有独立精神的男子，而不找冲动莽撞的年轻小伙，因为他可能变成坏人。岁月不一定只会留下沧桑，一个男人的精神状况和生活习惯更为重要。如果这个人过度劳累、贫乏，或因生活不检点而消耗身体，不到二十五岁他便衰老了。而我却没有这些问题……你没听我说话吗，玛丽？"

"在听呢，日尔曼，我认真听着呢，"小玛丽答道，"我想起母亲常对我说过的话：女人到了六十岁，而七十岁或七十五岁的丈夫已丧失劳动力，无法养活她了。而六十岁的女人已到了需要被照顾和休息的年龄，却还不得不照料他。这是很可怜的，晚年便会陷入窘境。"

"我承认她的话有一定道理，玛丽。"日尔曼说，"但他们为预见晚年的结局而放弃人生最可贵的青春时期的幸福，这是否合算呢？到了人生的最后阶段，余日无多，怎样结束都不打紧了。至于我,我的晚年没有冻馁之虞,目前我能够积蓄一点钱,因为我和岳父母一起生活,干得多,花得少。我真心诚意地爱你,爱情会延缓衰老,人家都说幸福使人年轻。从爱情使人年轻这个观点来看,我比巴斯迪安年轻,因为他并不爱你。他太愚蠢,太幼稚,不懂欣赏你的美丽和善良,不知道你是天生被人追求的好姑娘。玛丽,行啦,不要嫌弃我,我不是讨人嫌的人。我曾令卡特琳幸福,她临死时还向上帝表示感激:赐给她一个令她满意的丈夫。她嘱咐我再娶一个。今天晚上她的灵魂对梦中的儿子做了启示。你刚才不是听见他说的话了吗?他两眼望着冥冥中的上苍,小嘴微微地蠕动,他一定见到了他的妈妈,是她让他说出来的,要你代替她!你相信好了。"

"日尔曼,"玛丽感到十分惊讶,若有所思地说,"你的话出于真心,十分坦率。如果您的岳父岳母不反对的话,我相信我爱您是不错的。但您何苦要勉强我呢?我的内心并未认可。我很喜欢您,尽管您的年龄尚未使您的外表衰老,可仍教我敬畏。我总觉得您像是我的什么长辈,像叔叔或教父,是我该尊敬的人。您有时也会把我当成小姑娘,而不是同辈,我的伙伴们也会嘲笑我。计较这些虽然很蠢,但成亲那天,我会又羞又伤心的。"

"这些理由实在幼稚,你尚存孩子气,玛丽!"

"是呀,我还有孩子气,"她说,"正因为这样,我害怕太理智的男人。与您相比我还不成熟,您不是说我幼稚吗,我这个年纪不会懂那么多的事情。"

"糟糕,我的嘴真笨,词不达意,真够可怜的!"

日尔曼嚷道，"玛丽，其实您是不喜欢我罢了。您认为我头脑简单，笨手笨脚。如果您对我但凡有一点感觉的话，就不会对我的缺点这般一清二楚。总之一句话，您并不喜欢我！"

"这可不是我的错，"她答道，日尔曼不再以"你"称呼她，使她的感情受了伤，"我听您讲了这些话，想尽力按您的要求做。但我越是勉强自己，便越难把'我们要成为夫妻'的念头装进心里去。"

日尔曼没有说话，两手捧着头，不知是在赌气还是睡着了。玛丽见他如此，猜不透他在想什么，心里未免不安，但也不敢再多话。她对他的行为深为惊诧，睡意全消，只能焦灼地盼着天亮，同时照看着火堆和孩子。日尔曼仿佛忘了孩子的存在，其实他哪里睡得着。他没有考虑自己的命运，没做诱惑玛丽的打算，也没准备大胆行动，他只感到痛苦，只觉得大山般沉重的苦恼压在心头。他真想一死了之，一切都不顺心，他恨不得痛哭一场。在苦恼中他也生自己的气，他努力压抑着，无法也不愿意再开口。

天亮了，田野里的响声提醒日尔曼夜已过去。他把手从脸上放下来，站起身，发现小玛丽也没睡。他不知道该对她说怎样关心的话。他已失去勇气，又把马鞍藏到荆棘丛中，口袋搭在肩上，手牵孩子。

"玛丽，"他说，"我们尽快赶到目的地，你要不要我送你到奥尔莫？"

"我们先一起走出树林吧，"她回答道，"我们辨明方向之后，再各走各的路。"

日尔曼没吭声。她拒绝他的好意,他未免不快,他没留意自己的语气不当而致遭到婉拒。

他们没走多远,遇见一个樵夫,领他们走上大道,并说,穿过大牧场之后便要分路,一个朝前直走,另一个向左走,就可到达要去的地方,这两个地方紧挨着,可清楚看见富尔什的房屋和奥尔莫的农场。

他们谢过樵夫,往前走去。樵夫叫住他们,问他们有没有丢失一匹马,并说:

"我的院子里闯进一匹漂亮的小灰马,估计被狼追赶,逃到这儿来躲避的。我家几条狗吠了一夜。天亮时,我在车棚里发现了它,现在还没走开。我领你们去瞧瞧,如果马是你们的就把它领走吧。"

日尔曼描述了小灰马的特征,证明马是他的。于是他又折回去寻找马鞍,小玛丽向他提议,让她先把孩子带去奥尔莫,等日尔曼去过富尔什,再来把孩子领回去。

"折腾了一个晚上,他身上有点脏了,"她说,"我替他洗干净衣服和脸蛋,梳好头,打扮得整整齐齐的好去见您那个新人。"

"谁说我要去富尔什?"日尔曼气恼道,"我不去了!"

"不要这样,日尔曼,您一定要去。"小玛丽说。

"你催我同另一个女人成亲,好让我不再纠缠你?"

"得了,日尔曼,打消这个念头吧。您是昨晚才改变主意的。这次意外的遭遇扰乱了您的心。您必须恢复理智,我答应您忘掉您说过的话,也绝不对别人说。"

"哎!你高兴的话,尽管说去吧。我不否认自己说过的话。我对你说的是心里话,是真心实意的,在任何人面前我都毫无愧色。"

"不错，但您的女人如果知道，在您未踏入她家门槛的时候，已在想着另一个女人，这会影响她对您的感情。请您务必要注意自己的言行，不要当着众人的面用异样的目光盯着我。多想想莫里斯老爹吧，他相信您一定会服从他的。如果因为我使您违背了他的意愿，他要对我不客气了。再见，日尔曼，我带走小皮埃尔，您就非去富尔什不可了，这是您存在我这儿的人质。"

"你愿意跟她一起去吗？"日尔曼问儿子。孩子这时已攥紧小玛丽的手，决意和她在一起。

"愿意，爸爸，"孩子回答道，他已听到大人的对话，天真地说，"我要跟可爱的玛丽一起走，你完婚后再来找我好了。不过，我要玛丽做我的小妈妈。"

"你听，他要你做妈妈呢！"日尔曼对姑娘说，"小皮埃尔，我巴不得让她做你的妈妈，以后和你待在一起，但是她不肯，拒绝了我。你求她答应好了。"

"放心吧，爸爸，我会求她答应的。我要什么，小玛丽就会给什么。"

孩子跟着姑娘走了。剩下日尔曼独自一人，心里更加凄惶，也更加迷惘。

12

他的衣服和携带的物件在路上弄得乱七八糟，等到整理妥帖后，骑上小灰马，向人问了路，便往富尔什走去，他已无法打退堂鼓了，唯有忘掉昨夜扰乱人心的梦。

列奥那尔老爹坐在他家白房子门口的一张绿色的长凳上。门前的六级石阶说明这房子有地窖，菜园和田地四周的围墙抹了灰沙显得结实美观。这幢漂亮的房子乍看之下，会被人误认是有钱人的公馆。

未来的岳父上前迎接日尔曼，先用五分钟时间询问日尔曼全家的近况，然后讲了一句客套话，问他此行的来意："您是到这儿溜达的吗？"

"我是来探望您的，"日尔曼说，"岳父托我给您奉上薄礼，还说，您已知晓我来访的目的。"

"哈！哈！"列奥那尔老爹开怀大笑，拍着自己滚圆的肚子，"我看出来了。"他眨眨眼，又说："年轻人，来追我女儿的可不止您一个人呢。屋里已经有三名求婚者了。我呢，谁来了，我都不撵。我也不好说谁好谁歹，论长道短的。全都是好对象。但是，看在莫里斯老爹的分上，还有您耕种的好地，我希望您能被选中。只是我的女儿已经成年，拥有自己的产业，她要按自己的主意行事。进屋吧，跟大伙儿见见面，但愿您能成为我的女婿！"

"请原谅，"日尔曼说，他原以为只有自己一人上门提亲，却没料到自己只是一个候选者，很是意外，"我不知道您的女儿已有追求者了，我不是来与别人争夺的。"

"我的孩子，"列奥那尔老爹依然一副好脾气，"您来迟了一步，便以为我女儿没人要了，那您未免大错特错了。卡特琳有许多优点，吸引了不少男子。现在她的问题是不知挑谁才好。我说，您还是进屋吧，不要泄气，她是值得您参与竞争的。"

他得意扬扬地推着日尔曼进屋，一路嚷着："喂，卡特琳,又来了一个!"

当着几个求婚者的面被推到寡妇面前,日尔曼手足无措,列奥那尔老爹的动作虽然亲切但略显粗鲁,日尔曼十分不悦。不好意思抬头看那美人和其他追求者。

凯兰寡妇颇有几分姿色,但她的神态和装扮头眼就没给日尔曼好印象。她看上去傲慢自负,那顶镶了三层花边的帽子,和他想象中端庄矜持的成熟女性形象极不相符。

她讲究的衣着和轻浮的举止,使他觉得她既老又丑,其实她并不老,也不丑。他暗自忖度,漂亮的首饰,大方的举止,快活的神气,只有灵巧聪慧的小玛丽才配有。这个寡妇言谈笨拙粗俗,轻率大胆,浓妆艳抹,实在太俗气了。

三个求婚者坐在酒肉丰盛的餐桌旁。整个早上,这些东西就这样摆放着。列奥那尔老爹有意摆阔,寡妇也喜欢炫耀自己的漂亮餐具,女财主似的招待客人。日尔曼生性淳朴敦厚,坦白直率,胸无城府,但他的观察力也不弱。他是平生第一回怀了戒心与人干杯,列奥那尔老爹把他按坐在竞争者中间,自己坐在他的对面,待他殷勤备至,意有所属。送来的野味虽然被日尔曼途中吃掉了一部分,分量依然不轻,产生了良好的效果,寡妇也领情。但那几个求婚者却对这份礼物投以不屑的目光。

日尔曼浑身不自在,吃得也索然无味,列奥那尔老爹打趣他:"看您提不起劲的样子,莫不是与酒杯过不去?别让爱情堵住了肠胃喽,空肚子的情人说不出甜言蜜语,不像喝了酒的人那般开窍。"日尔曼被人误解为对寡妇钟情而茶饭不思,真是哭笑不得。只见那寡妇低眉垂目,嘴角含笑,矫揉造作,对自己的魅力十分自信。日尔曼真想声明,他并无意于她,但他生怕失礼,只好含笑敷衍,竭力克制。

在他看来,那三个求婚者也是村夫俗汉,也许有钱,所以寡妇没有将其拒之门外。一个已经四十开外,如列奥那尔老爹般肥胖;第二个是独眼龙,喝得昏头昏脑;第三个倒年轻标致,却爱卖弄聪明,吐出来的言语却又乏味可怜。寡妇却笑嘻嘻的,似乎欣赏他说的蠢话,由此可见她的趣味低下。日尔曼先还以为她相中了那小伙子,后来发觉她在为自己鼓劲打气,有盼他卖力占上风之意,他故作不知,表现冷淡。

做弥撒的时候到了,大家一同前往。地点在半公里以外的梅尔村。日尔曼十分疲乏,真想睡上一会儿,但他从不错过做弥撒,于是也一起去了。

路上行人熙攘,寡妇昂昂然向前走,三个求婚者蜂绕蝶随。她忽而挽挽这一个的手臂,忽而挽挽那一个的,神气活现,昂首挺胸,旁若无人。她还想让行人看到她的第四个追求者,但日尔曼觉得在大庭广众下这般,有碍雅观。他故意落后几步,与老爹交谈,寸步不离老爹,不让旁人看出他是求婚者当中的一员。

13

日尔曼与老爹走进村子,寡妇停下来等他们。她有意领着这群人浩浩荡荡地走进教堂,但日尔曼不肯配合,他从老爹身旁走开,与另外几个熟人从另一个门进了教堂,寡妇大为不悦。

做过弥撒后,在跳舞的草坪上,寡妇满面春风,轮流与三个求婚者跳舞。日尔曼看着她跳,觉得她舞姿不赖,但太做作。

"喂,"列奥那尔老爹拍拍他的肩,"您怎么不和我的女儿跳舞呢,您太腼腆了。哎!既然您打算续弦,心上的悲悼就要放下。"

"我的看法不一样,列奥那尔老爹,而且我觉得自己年纪大了,对跳舞已不感兴趣了。"

"跟您说一件事,"老爹拉他到一个偏僻的角落,说道,"您在我家看见客人不少,心里不痛快。我看出您很倨傲,这是不理智的,我的孩子。这两年她服丧期满,习惯了男人献殷勤,总不能让她巴结您呀。"

"您的女儿待嫁已经两年,怎么还没找到对象?"

"她不愿仓促再婚,她的考虑是对的。她活泼机灵,您也许觉得她不够稳重,但她很有主见,该做什么事她心里有底。"

"这我就不能苟同了,"日尔曼出言坦率,"如果她看中了一个,就不该拖着三个人。至少有两个是多余的,该叫他们待在家里别来。"

"何必如此呢?您并不懂其中奥妙,日尔曼。其实她不想要那个老的,也不要独眼龙和小伙子,我很清楚她的心事。但如果她把他们打发走了,别人会以为她无意谈婚,也就不敢上门了。"

"噢,原来这些人是用来装幌子的!"

"正是如此。这又不碍他们什么事,有啥不好呢?"

"各有各的需要,各有各的所好嘛!"日尔曼说。

"我看你的所好却非如此。我们可以商量,假如您被选中,他们便会自动退出。"

"是呀,假设一下也可以。我要等多久才知道结果呢?"

"这要看您能否讨她的欢心了。目前,我女儿认为一生的最佳时期就是被人追求的时候,她不急于成家立室,钟情于一个男人,现在她还能吸引几个男人呢。所以,她热衷于这场游戏。但如果您比游戏更叫她开心的话,她便会提前结束它。只要您不气馁,每个星期天都来和她跳舞,加入竞争的行列。她觉得您最可爱,更有教养的话,她迟早会给您满意的答复。"

"对不起,列奥那尔老爹,您的女儿爱怎么做就怎么做,我没有权利批评她,但如果我是她,我决不这样做。我会干脆一些,不会让男人围着一个戏弄他们的女人团团转,浪费时间,耽误了日常的工作。一句话,她是否从中找到乐趣和幸福都与我无关。只是我要告诉您,从今早起我就想说的话。您一开头便误会了我的来意,我又找不到机会解释而让您的误会更深。我跟您说,我来这儿不是向您女儿求婚的,而是要买那对牛,就是您准备下星期拉到集市上去卖的那对牛,我岳父有意购买。"

"我知道,日尔曼,"列奥那尔不疾不徐地说,"您看见我的女儿与诸多求婚者在一起,临时改变了主意。看来,一部分人高兴的事另一部分人却觉得扫兴。既然您没有正式提出来,您退出无妨。如果您真要买我的牛,请到牧场去看看,回头我们再谈。这买卖做成与否,都请您务必和我们共进午餐。"

"我不多做打扰了，"日尔曼说，"您或有事要办。我呢，光看跳舞也觉无聊。我先去看看您的牲口，一会儿我再上您家去。"

说完，日尔曼赶紧脱身，向列奥那尔指给他看的牧场走去，那儿已有一部分牲口。莫里斯老爹确曾说过要买牲口。日尔曼想，如果他买回一对价格合适的好牲口，他故意错过这段姻缘的行为也就可以得到谅解了。

他飞快地走着，一会儿便离奥尔莫不远了。他迫切地想要抱吻儿子，也想见到小玛丽。虽然他已没有希望从她身上获得幸福，也不敢再多想了。这半天的所见所闻，卖弄风情的轻浮女人，狡黠、狭隘、放纵女儿欲擒故纵的父亲，铺张的生活作风，以无聊且愚蠢的闲谈打发时间，都与淳朴的乡村风气相去甚远。与他的家风截然不同的家庭，尤其是离开日常劳作感受到的别扭，这一切使他十分气恼，因此他急于与孩子及小玛丽重聚。虽然他没能获得她的爱情，但他也要找她聊聊天、散散心，使自己的情绪复归常态。

他极目瞭望附近的牧场，并不见小皮埃尔和小玛丽的踪影：这已是放牧羊群的时候了呀，休耕地有一大群牲口，他向一个小羊倌打听，这是不是奥尔莫农场的羊群。

"是的。"小羊倌说。

"你是放羊的吧。这儿是雇男孩子放羊的吗？"

"不是，我今天顶替一个女的，她因病回家了。"

"今天早上不是新来了一个牧羊女吗？"

"是呀！她也已经走了。"

"什么，走了？她身边有个小孩吗？"

"是的，一个哭鼻子的小孩。两小时前他们就走了。"

"往哪儿走？"

"看样子是朝来的方向走。我没问他们。"

"他们为什么走呢？"日尔曼急了。

"咦，我怎么知道？"

"难道是工钱谈砸了？可原先已谈妥的呀。"

"我也不清楚。反正他们来了又走了，就是这样。"

日尔曼朝农场走去，又向那些雇工打听，他们也说不清原因，只知道姑娘和农场主谈过之后，一声不吭，转身就带着哭哭啼啼的孩子走了。

"是谁虐待了我的儿子？"日尔曼嚷道，不禁心头火起。

"哦，那是您的儿子吗？他怎会跟着这个姑娘？您从哪儿来，叫什么名字？"

日尔曼知道当地的习惯，雇工以别的问题回答他的问题，是有意岔开话题，便不耐烦地一跺脚，要求见一见农场主。

"农场主不在，他从来没有一整天待在一个农场，已骑马到另一个农场去了。"

日尔曼焦急地问："你们知道那个姑娘为什么要走吗？"

一个雇工和他的女人交换了一个蹊跷的微笑，然后回答，他一无所知，这与他无干。不过日尔曼终于打听到，他们两个往富尔什方向走了。他跑去富尔什，寡妇和求婚者们还没有回来，列奥那尔老爹也没有回来。女仆说，有个姑娘和一个孩子来找过他。由于不认识他们，她不愿接待，叫他们到梅尔村找去。

"您干吗不接待他们呢？"日尔曼气愤地问，"这地方的人爱猜疑，难道乡亲也不让进门吗？"

"当然喽！"女仆说，"这儿是有钱人家，总得多加提防。主人出门了，我要负全责，我不能对不知底细的人开门。"

"这儿的风气真是糟糕透了，"日尔曼说，"我宁愿穷，也不愿这样提心吊胆地过日子。再见，姑娘！再见，你们这个鬼地方！"

他向附近的人家打听。有人说，见过姑娘和小孩，那孩子是从贝莱尔跑出来的，没有梳洗，穿了一件撕破了的罩衫，披着小羊羔皮。小玛丽一向衣着寒酸，人家以为他们是叫花子，给了一点面包。姑娘仅要了一片给挨饿的小孩，然后带着他快步走向树林那边。

日尔曼忖度了一会，问奥尔莫的农场主是否来过富尔什。

"来过，"那人说，"姑娘刚离开，他便骑着马打这儿过。"

"他是不是冲她来的？"

"哦，那么您知道他的为人了？"和他搭话的酒店老板笑了，"这家伙追女人像着了魔，但他也许不会追逐这一个，即使他见到她……"

"够了。有劳了！"

他飞跑到列奥那尔的马厩，将马鞍抛到小灰马的背上，飞身上马，向树林奔去。

他因愤怒和忧虑心在不住地狂跳，浑身冒汗。他猛挥马鞭，它看出是往回家的路上走，也憋足劲飞奔起来。

14

转瞬间,日尔曼又来到沼泽边过夜的地方。火堆还在冒烟,一个老太婆在捡小玛丽堆在那儿烧剩的枯枝。日尔曼停下来向她打听。她偏偏是一个聋子,答非所问。

"是的,我的孩子,"她说,"这儿就是魔沼,是不祥之地。来这儿的人要用左手扔三块石子到沼里,右手同时画十字,这样方可驱走邪魔。不然,灾祸便会降临到来这儿的人身上。"

"我不是跟您说这些,"日尔曼挨近她,大声嚷道,"您有看到一个姑娘和一个孩子经过这树林吗?"

"是的,"老太婆说,"淹死过一个小孩!"

日尔曼筛糠似的发抖,幸而老太婆接着说:

"那是很久以前的事。为了记住这宗祸事,还钉了一个漂亮的十字架。但有一夜刮起狂风,妖魔把十字架扔到水里去了。现在还能看见竖起的那一截哪。有谁不幸在这儿受阻过夜,不到天亮他准走不出去。无论怎么走,仍然会回到原来的地方。"

听到这一番话,日尔曼不禁汗毛直竖,想到也许应了老太婆的说法发生了不幸,他紧张得浑身发冷。他见没希望再打听到更多的消息,便又跃上马背在树林里到处寻觅,高声叫唤皮埃尔,马鞭打得呼呼响,折断树枝,弄出动静,然后细听有无反应。他只听见分散在矮树林中的母牛的铃铛声,还有猪群争食橡果的嚎叫声。

终于,日尔曼听到身后有马追上来的蹄声。一个褐色皮肤、身体壮硕、穿着讲究的中年人扬声叫他停一停。日尔曼虽没见过奥尔莫的农场主,但愤激的本能使他马上断定这人便是农场主。他转过身,从头到脚打量这个人,等他说话。

"您看见一个十五六岁的姑娘带着一个小男孩从这儿经过吗?"那人面上冷静,却掩饰不住急切的神色。

"您找她干吗?"日尔曼问,并不掩饰他的愤懑。

"我的朋友,实话告诉您。她是一个牧羊女,我不经了解便雇定她一年……但她来了之后,我觉得她太年轻,身子骨也弱,胜任不了农场的活儿。于是我辞退了她,但打算送她一点路费,谁知她却趁我一转身便生气离开了……走得这样急,连自己的衣物和钱包也忘了拿,里面当然没有多少钱,也许只有一些零钱……反正我有事要打这儿经过,或许会遇见她,把她的东西和路费一并给她。"

听了这些话后,日尔曼半信半疑。虽知不全是事实但亦有几分可能。心地忠厚的他,不禁踌躇。他用尖锐的目光盯着农场主,对方亮着脸坦然迎接他的审视。

日尔曼心里嘀咕:我要弄清这事的真相。他抑制住怒气说:"我认得她,她是我们村的姑娘。这儿是必经之路,我们一起走吧,会找到她的。"

"您说的是,"农场主说,"我们一起走,但如果走完这条大路还不见她,我就不往下找了……因为我要走阿尔当特大道。"

"哼!"日尔曼想,"我一步也不离开你!哪怕我要一整天同你在这魔沼兜圈子!"

"且慢,"日尔曼突然说。他盯住一丛颤动的染料木,

"喂！喂！小皮埃尔，是你吗，我的孩子？"

小孩辨出父亲的声音，像一只狍子似的从染料木中跳了出来。他看见农场主也在，吓慌了，止住脚步。

"来，我的孩子，是我呀！"日尔曼纵马向前，然后一跃而下，把孩子搂在怀里。"小玛丽呢？"

"她还躲在里面。她害怕这个黑脸的坏蛋，我也怕。"

"嗨！放心吧，有我呢……玛丽！玛丽！是我呀！"

玛丽从树丛中走出来。她看见农场主在后边站着，便投入日尔曼的怀里，紧偎着他，就如女儿依偎父亲。

"啊，我的好日尔曼，"她说，"有您保护我，跟您在一起，我就什么都不怕了。"

日尔曼瞧见她的模样，不禁打了个寒噤。她脸色煞白，衣服被荆棘钩破了，像一头被猎人围捕的小鹿，在惊惶之下钻入了茂密的树丛。但她脸上看不出羞愧和屈服的神色。

"你的雇主要找你说话呢。"他对她说，一面从旁观颜察色。

"我的雇主？"她兀傲地说，"那家伙不是我的雇主，永远也不会是！您才是我的雇主，日尔曼。我要上您家去……我给您干活儿，不要工钱！"

农场主走了过来，故意装出不耐烦的样子。

"喂，姑娘，"他说，"您忘了一些物件在我们那儿，我给您送来了。"

"没有的事，先生，"小玛丽说，"我没有忘记什么，也不向您要什么东西……"

"您过来，我有点事跟您说……来呀……别害怕……

就说两句话……"

"您可以大声说出来……我和您之间没有什么不可告人的事。"

"至少过来拿走您的钱嘛。"

"我的钱？您没欠我的钱，谢天谢地！"

"果然不出我所料，"日尔曼悄声道，"不必怕他，玛丽……去听听他对你说什么……我想知道他搞什么鬼。你再告诉我，我有办法对付他。你去他的马侧边……我在这儿盯着。"

玛丽走到农场主前面。后者俯下身子，悄悄地说：

"姑娘！这是我送你的金路易，你什么也别说出来，知道不？我说因为你身子骨太弱，胜任不了我的农活……别的话不用提了……过几天我再去看你。如果你没有泄露出去，我会再送你些东西……如果你识趣，跟我说一声，我便把你带到我家里去。或者约在黄昏之后，我和你到牧场谈心。你想要什么礼物呢？"

"呶，先生，这就是我给您的礼物！"玛丽怒喝一声，把金路易夺过来狠狠地扔到他的脸上，"我非常感谢您，您路过我们村时，请通知我。我们村的男孩子，会夹道欢迎您。因为我们村的人非常喜欢调戏穷姑娘的财主！您等着瞧！他们会怎样接待您！"

"真是个爱撒谎的蠢丫头！"农场主气愤不已，凶相毕露，他举起棍子，"你妄图捏造谣言，蒙人耳目！可是你休想骗到我的钱，你这种人的话谁也不会相信。"

玛丽吓得往后退。日尔曼冲到农场主面前，一把拽住他的马嚼头，使劲地摇撼，喝道：

"现在我可明白啦!原来是这么一回事……滚下来!混蛋,快下来!我们来讲个清楚!"

农场主不敢与农夫较量,忙用马刺催马,想脱身逃走,又用棍子敲农夫的手,要农夫松开辔头。日尔曼闪过一旁,抓住他的腿,把农场主拉下马来,摔在蕨草上。农场主站起来拼命抵抗,却被农夫压在地下,动弹不得。日尔曼骂道:

"你这个没有心肝的混蛋!我恨不得痛打你一顿!但我不是以暴制暴的恶棍。再说,你这种人,就是打,你也不会悔过自新的……我要你向这姑娘跪下认错,否则你休想回去。"

农场主想涎皮赖脸蒙混过去,他说自己并没犯严重的罪过,只不过嘴里讨点便宜罢了。他愿意向姑娘请罪,但求让他抱吻一下姑娘,然后请大家去附近喝喝酒,和和气气地各走各的。

"你真卑鄙!"日尔曼气得把他的脸按到地上,"你这副嘴脸令人作呕。哼,你也该为自己的行为忏悔了。你要是以后在我们村附近出现,我们定会让你尝到苦头!"

他捡起农场主那根木棒,在大腿上使劲一折为二,显示了一下他的腕力,然后轻蔑地抛到远处。

然后,他一只手牵着儿子,一只手牵着小玛丽,气咻咻地离开了。

15

一刻钟以后,他们越过荒野,走上大路。小灰马每见熟识的事物便欢快地嘶鸣。小皮埃尔把他的所见所闻一五一十地告诉了父亲。

"我们到了以后,"他说,"马上就去羊圈看毛茸茸的绵羊。那个家伙找我的玛丽说话。我爬上羊槽去玩了,那个家伙没看见我,他向我的玛丽问了好,便去吻她。"

"你让他吻了没有,玛丽?"日尔曼气得咬牙切齿,问道。

"我开始还以为这是一种礼节,对新来的人的一种表示方式,就如我们村里似的,老祖母要抱吻一下勤快的姑娘们,表示欢迎和关爱。"

"后来,"小皮埃尔接着说,他已投入到自己叙述的惊险情节之中,"这个家伙对你说了一些难听的话,你吩咐我再也别提它,把它忘了,所以我就没记住。可是,爸爸却要我说……"

"别说了,我的皮埃尔。我不要听,我要你再也别记起。"玛丽说。

"那我就再把它忘掉吧,"孩子说,"后来那个家伙发火了,因为玛丽不愿留下来。他挽留玛丽,说要什么他都给,给一百法郎!我的玛丽也生气了。他便想动手,好像要打人。我害怕极了,扑到玛丽身上,大声嚷嚷。这家伙说:'怎么回事?怎么跑出个孩子来了?撵他出去。'他举起棍子要打我。我的玛丽制止了他,说:'我们回头再谈,先生。我先把孩子送到富尔什去，然后我再来。'于是他离开了羊圈，我的玛丽就对我说：'我的皮埃尔，我们赶快逃走，这个家伙不是好人，心怀不轨，要害我们。'我们从谷仓后面出去，穿过一个小牧场，到富尔什找你。你不在，那里的人不让我们等你。这个家伙骑着黑马随后追赶我们来了。我们越跑越远，最后躲到树林里。他又赶来了。我们听见他的声音便藏了起来。他一过去，我们又向前跑，要跑回家去。然后，你来了，找到了我们。全部经过就是这些。玛丽，我没漏掉什么吧？"

"没有，我的皮埃尔。的确是这样。日尔曼，我要您为我作证，对我们村里的人说清楚，我没有在那边干活儿，并非我不争气，逃避责任。"

"玛丽，"日尔曼说，"我请你考虑一下。保护一个女人，惩戒一个坏蛋，二十八岁的男人算不得老吧！巴斯迪安或者另一个漂亮的小青年，充其量不过比我小十岁，他们能制得住小皮埃尔所说的那个家伙吗？你说呢？"

"日尔曼，您救了我，我一辈子都将感激您。"

"就是这样？"

"我的小爸爸，"孩子说，"我答应过你要跟小玛丽说那些话，我还没和她说，我没有时间，到家以后我一定要对她说的，我还要对外婆说去。"

孩子的话提醒了日尔曼。他斟酌着回去要向岳父岳母解释他不满意凯兰寡妇的理由。他不能说出别的原因。人逢喜事，叫别人分享自己的快乐是件容易的事，相反，若是这里遭人拒绝，那里又受责备，这滋味就不大好受了。

幸而回到农场，小皮埃尔睡着了，日尔曼悄悄把他放上床。然后日尔曼搜索枯肠做出解释。莫里斯老爹坐在门口的三脚凳上,严肃地听他叙述经过。对这次无功而返他觉得遗憾,但当日尔曼讲到寡妇轻浮的作风,并问岳父他有没有时间一年五十二个星期日都去讨她欢心,而到最后还有被拒绝的可能时,岳父点点头,同意女婿的态度和做法。

"你是对的,日尔曼,这是不可能的。"

日尔曼讲完前后经过,以及所有的理由之后,他的岳父岳母同时无可奈何地叹了一口气,互相望了一眼。做家长的站起来,说:

"好吧!听凭上帝安排好了!感情是勉强不来的!"

"来吃饭吧,日尔曼。"岳母说,"事情办得不顺心,看来是上帝不肯成全这段姻缘,以后再说吧。"

"不错,"岳父说,"如她所说的,以后再说吧。"

家里人没有说什么。次日天刚亮,小皮埃尔与云雀一起醒来。前两天不寻常的遭遇几乎没对他产生任何影响,他又恢复了农村幼童无忧无虑的状态,忘记了本来要做的事情,只想与他的弟弟妹妹们玩耍,在牲口面前充"大人"。

日尔曼也想忘掉这件事,专心干活儿。但他变得郁郁寡欢,神不守舍。家人都注意到他的变化。他没有跟小玛丽说话,也不看她一眼。可是,如果有人问他,她去的是什么牧场,她走的是哪条路,那么,任何时间他都说得出来,如果他想回答的话。他不敢要求岳父岳母在今年冬天收留她在农场干活儿,但他知道她的日子艰难。事实上她目前并没有忍饥挨饿,吉耶特大娘很奇怪,她的木柴总也用不完，她的谷仓头天晚上所剩无几，早晨又装得满满的了，麦子和马铃薯的情况也一样。原来有人从谷仓的天窗爬进来，把粮食倒在地上，不惊动任何人，也没留下痕迹。老大娘又惊又喜，嘱咐女儿不要声张。若被人知道她家出了奇迹，她会被人当作女巫。她相信这是魔鬼作祟，但她暂时不想请神甫来家作法驱魔，以防冒犯了魔鬼。她打算等撒旦为了讨取报酬，来向她索命之时，再去请神甫施法。

小玛丽却是心中有数，但她不敢对日尔曼提起此事，担心他又提出求婚的话题，于是装作对他的所作所为毫无察觉的样子。

16

某一天，只有莫里斯大娘和日尔曼在果园里。大娘和蔼地对他说："我可怜的女婿，你是不是身体不大舒服？你食量变小了，脸上没了笑容，也不爱说话了。是不是我们家里有人得罪了你？或无意中伤害了你的感情？"

"没有的事，妈妈，"日尔曼答道，"您待我就如亲生儿子，我若还抱怨你们或其他家人，我就太不知好歹了。"

"这么说，我的孩子，你又在为你妻子的离世伤心啦。你的哀伤不但没有随时间淡漠，反而更加浓重了。看来，非得依你岳父的主意去办，赶紧娶一个女人不可了。"

"是的，妈妈，我有过这个打算。可是你们劝我去求婚的女子都不适合我。见了这类女人，我不但忘不了我的卡特琳，反倒更怀念她的好处了。"

"如此说来，日尔曼，是我们不了解你的意愿。你要向我们敞开心扉，好让我们帮助你。在什么地方总会有个女人与你般配的，慈悲的上帝造出一个男人来，一定也会造出一个使他幸福的女人。如果你知道哪儿有你需要的女人，你就娶她好了。无论她美还是丑，年轻还是年老，贫穷还是富裕，我和老头都会支持你。因为我们不忍心看见你终日郁郁寡欢。你不安宁，我们也不安宁。"

"妈妈，您如上帝一样慈爱，爸爸也是，"日尔曼说，"但你们的关怀无法为我解忧，因为我爱恋的姑娘不愿嫁给我。"

"是不是她太年轻了？爱一个年轻的姑娘，对你来说可不太明智。"

"是呀！我的好妈妈，我爱上了一个年轻的姑娘。我也自责，怎会有这样的疯念头。我极力不去想她，但不管我干活儿还是休息，做弥撒还是睡觉，与孩子们在一起还是和你们在一起，她的影子总占满我的心头。"

"她就是你的冤家喽，日尔曼。心病还须心药医，那就要设法叫这个姑娘改变主意，从你所愿了。我要管管这件事，看可否想个法子。你告诉我她是谁，住在什么地方。"

"唉，亲爱的妈妈，我不好意思说。"日尔曼答道，"您会笑我的。"

"我不会笑话你，日尔曼。你在受折磨，我不会令你雪上加霜。她是不是佛朗塞特？"

"不是,根本不是,妈妈。"

"那么是罗塞特?"

"不是。"

"你说出来吧,要我一一说出这儿所有姑娘的名字,我可数不过来呢。"

日尔曼垂下脑袋,犹豫不决。

"算了!"莫里斯大娘说,"我暂且不问你了,日尔曼。也许明天你肯相信我。要不,你的内弟更能掏出你的心里话。"

她提起篮子,准备把衣服晾在灌木丛上。

日尔曼有如孩子,跟在岳母后面,期期艾艾,终于吐露出"吉耶特大娘家的小玛丽"。

大娘着实吃了一惊:这是完全出乎她的意料。但她没有大呼小叫,只在心里嘀咕。看见日尔曼因她没有反应而尴尬,她故意把篮子往他手里一塞,笑道:

"为这你就不帮我干活儿了?替我拿着这篮子,边走边说吧。你仔细琢磨过了?日尔曼,你的主意拿定了?"

"唉,亲爱的妈妈,您这话说得不恰当。我的主意早就打定了,问题在于人家不愿意,我要能死心的话,也该死心了。"

"要是你没法子死心呢?"

"凡事都有个了结,妈妈。马儿负荷太重便会毙命,牛儿不吃草就会饿死。"

"这就是说,这婚事不成你就会死?万万不可,日尔曼!你是个有啥说啥的人,所以我不喜欢你这样的汉子讲这种丧气话。你有胆识,怯懦对一条汉子来说是不应该的。行啦，打起精神来吧。依我想，她是个穷姑娘，你娶她是真的爱上她了，她本该求之不得呢。"

"恰恰相反，她确实拒绝了我。"

"她的理由是什么？"

"她说你们一向照应她，她家欠你们很大的人情。她不愿让我舍弃一门有钱人家的婚事，令家里人失望。"

"她讲这样的话，可见她为人正直，心地善良。但是，日尔曼，我估计她跟你说过，她爱你，只要长辈同意，她便嫁给你，因而反倒添了你的心病。"

"情况更糟，她说她的心不在我的身上。"

"她说的也许是违心话，只是为了让你打消这个念头吧。如果真如此，这个孩子的品行值得我们敬重，我们可以因为她的通情达理而不去计较她的年龄和家庭条件。"

"是吗？"日尔曼信心陡增，"她很懂事，识大体，理智，我担心自己配不上她。"

"日尔曼，"莫里斯大娘说，"你要答应我在接下来的一周内振作起来，像以前一样吃饭睡觉。我会跟老头商议的，劝他同意。到时候这姑娘便会流露出对你的真情。"

日尔曼满口答应。一星期过去了，莫里斯老爹从未提起过这事，似乎一无所知。日尔曼外表显得平静，但脸色苍白，心事更重了。

17

终于，一个星期天的早上，日尔曼做完弥撒出来，他的岳母问他，自从上回果园谈话之后，他从意中人那里收到过什么表示没有。

"什么也没有呀,"他答道,"我压根没与她交谈过。"

"你不跟她交谈,怎么知道结果呢?"

"我只是在与她一道去富尔什的时候,跟她谈过一次话,后面就再没谈过。她的拒绝令我很伤心,我不想再听她说一遍:她不爱我。"

"哎,我的孩子,现在是与她谈的好时机了。你的岳父同意了。好啦,下决心吧。我不是对你说过,到时候了我会吩咐你进行的吗?你不能老是这样犹豫观望呀。"

日尔曼答应了。他低着头,十分不情愿地来到吉耶特大娘家门口。小玛丽正独自坐在火炉旁,垂头想着心事,竟没注意到日尔曼走进来。乍见他站在面前,她倏地涨红了脸,站起身来,觉得很意外。

"小玛丽,"他在她身旁坐下来,"我知道自己又来惹你厌烦了。可是,我们家的长辈叫我来向你求婚,我很清楚你是不会答应的。"

"日尔曼,"小玛丽说,"您真的爱我吗?"

"你要是改变主意,我会感到莫大的幸福。当然,我不配。啊,瞧瞧我,玛丽,我长得很可怕吗?"

"不,日尔曼,"她嫣然一笑,"你长得比我好看。"

"别嘲笑我了,请你宽容些。你看看,我没少一根头发,没缺一颗牙。我的眼睛向你表明自己对你的爱意。它们写满:'我爱你',每个姑娘都看得懂的。"

玛丽心生喜悦,她与他对视着。霎时,她扭过头去,浑身战栗。

"啊!上帝原谅我!我吓着你了,"日尔曼说,"你,把我当成奥尔莫的农场主了。别怕我,求求你,我会难过死的。我不会说下流话,不会要强吻你。如果你命我走开,只要指一指门口我便立即离开。唉!是不是我离开这儿,你才不会发抖?"

玛丽向日尔曼伸出手去,但头没有扭回来,还是俯向炉灶,而且不说话。

"我明白了,"日尔曼说,"你心地善良,可怜我,不忍心让我难堪。难道我就这样不值得你爱?"

"您为什么要对我说这些话,日尔曼?"小玛丽终于回应道,"您要把我逼哭吗?"

"可怜的姑娘,你心眼好,我知道。但你不爱我,你不愿转过脸来,怕我看到你的愠色和嫌弃。而我,连你的手我都不敢碰一下!在树林里,我的儿子睡着了,你也睡着了的时候,我想要轻吻你一下。我宁可羞死,也不敢要求你给我一吻。那一夜我内心的煎熬就如火烤。从那晚以后,我夜夜梦见你。玛丽!你却无动于衷。我现在想些什么,你知道吗?我在想:假如你转过身,像我看你那样看着我,我便会乐得发疯!而你呢,我想,应该会认为这是可笑的举动!"

日尔曼好像在说梦话。自己也迷迷糊糊的不知说了啥。小玛丽蓦然回首,满脸泪痕,露出嗔怪的神气望着他。可怜的农夫以为这就是她的答复,深受打击,站起身便要离去。可是姑娘拦住了他,展开双臂抱住他,脑袋埋在他的胸前,呜咽道:

"啊!日尔曼,难道您就没看出我也爱您吗?"

日尔曼欣喜若狂。如果不是他的儿子刚好来找他,使他清醒的话。这孩子骑着一根木棍,妹妹也骑在后面,挥舞着一支柳条吆喝他们的"马",一溜烟跑了进来。他把儿子拦腰抱起,放进小玛丽的怀里,深情地对她说:

"你看,我得到你的爱,幸福的人不只是我,还有他们啊!"

附 录

一、乡村婚礼

　　日尔曼的恋爱故事到此结束。这个故事是这个精干的农夫亲口对我讲述的。亲爱的读者，请原谅我词不达意，因为这需要用乡下农民古朴的语言才能准确地表达出来。他们运用的语言太纯净了。从文艺复兴时期的拉伯雷、蒙田等人的作品问世以来，语言的发展使我们丧失了许多古老的词汇，文明的发展必然如此，不足为怪。但能听到法国中部地区的美妙土语，实在是件乐事。况且，它真实反映了使用者喜好冷嘲、诙谐雄辩的性格特征。杜列纳一带保留了部分珍贵的古朴成语，但从文艺复兴时期开始，人类的文明已迈入了新的阶段，到处可见宫堡、康庄大道、外国人以及喧嚣的活动，而贝里一带则发展缓慢，照我看，除了布列塔尼和法国最南部的几个省以外，这是迄今为止最保守的地区。有的风俗奇异有趣，我将详细描绘乡下的婚礼，以飨读者。就以日尔曼的婚礼为例吧，因为几年前我曾兴致勃勃地观礼过。

　　唉！逝者已矣。我出生之后，我们的村庄在思想和习俗上的变化前所未有。我在童稚时代尚能见到的盛行的凯尔特人、异教或中世纪的活动仪式，如今有一半已荡然无存。也许再过一两年，铁路将直贯我们的山谷，它会以闪电般的速度，卷走我们古老的传统和美丽的传说。

农闲时的冬季，大概在狂欢节的前后，可谓举办婚礼的最佳时节。夏季农忙，农场的活计耽搁不起三天。何况热闹的活动过后，人们还需要一些时间恢复精力、消除疲劳。

我坐在一个古式炉灶宽大的遮檐下面。一时间，枪声、犬吠声、风笛声都响了起来，宣告着新婚夫妇即将到来。接着，莫里斯老爹和他的老伴，日尔曼和小玛丽，后面是雅克和他的女人，还有男女双方重要的亲戚朋友们，鱼贯进入院子。

小玛丽暂未收到新婚的礼物——当地称为"彩礼"。她从自己寒碜的衣服中挑了最好的几件：一件深色的粗布裙袍，色彩鲜艳的白底花枝披巾，桃红色的围裙——一种当时很流行现在却无人问津的红色印花巾，以及雪白的细布帽子——这帽子的式样保留下来，教人想起安娜·博莱①和阿涅斯·索雷尔②的帽子。她脸色红润，笑容满面，日尔曼与她并立，神情庄重而温柔，就像《圣经》里的雅各在拉班的井边迎接拉结。换作别的姑娘，定会摆出趾高气扬、沾沾自喜的姿态，因为无论来自哪个阶层，凭着自己的美目而出嫁，都是值得自豪的。姑娘的眼睛晶莹透亮，放出爱情的光芒。她沉醉在爱河里，根本不去理会别人的议论。她脸上的表情既可爱又坚定，且不乏坦率和诚恳；她修成正果，却毫无骄矜之色，自信却不自负。我从

---

① 安娜·博莱（1507—1536），英王亨利三世的妻子。
② 阿涅斯·索雷尔，法王查理七世的情妇。

未见过这样可爱的未婚妻。小玛丽年轻的女友问她是否幸福，她响亮地回答：

"当然喽！我对仁慈的上帝毫无怨言。"

莫里斯老爹致词，循例说了几句欢迎的客套话。他首先把一根缀着缎带的桂枝挂在炉顶，当地叫"通知书"，亦即喜帖。然后他发给来宾每人一个红蓝两色丝带互相缠绕的小十字架。红色代表新娘，蓝色代表新郎。在正式举行婚礼的那天，男客把它插在钮孔上，女客插在帽子上。这便是婚礼的"入场券"。

然后，莫里斯老爹再致贺词并诚意发出邀请，请各家的家长及家人们，即所有的孩子、亲属、朋友、雇工，届时参加祝福仪式、宴会、舞会及其他活动。末了他还添上一句："你们荣幸地受到邀请。"这句话倒也没错，虽然我们觉得意思说反了，因为它表示给值得邀请的人以荣幸的意思。

由于邀请范围广泛，全教区的每一户人家都到了，但乡下人十分注重礼节，每家只去两个代表，一个是家长，一个是孩子。

邀请仪式告毕，未婚夫妇和亲属一起到农场吃饭。之后，小玛丽照常在公地放牧她的三头绵羊，日尔曼依旧到地里干活儿，仿佛什么也没发生过。

举行婚礼的前一天，下午两点钟，乐队来了，有吹风笛的，有演奏绞弦琴的。乐器都系着长飘带作为装饰，共同奏出喜庆的乐曲。外地人会嫌它的节奏慢了一点，与基调不合拍，但在肥沃的田野、崎岖的山地里，这节拍却再协调不过。小伙子和孩子们发出的枪声宣告婚礼即将开始。来客越来越多，在屋前的草地上翩翩起舞，营造欢乐的气氛。夜幕降临时，人们开始做奇特的准备工作，大家分成两组，到天色沉黑之时便举行送"彩礼"仪式。

仪式在新娘家——吉耶特大娘的茅屋里举行。吉耶特大娘和女儿约了十二个年轻貌美的牧羊女——玛丽的亲戚、朋友，两三个受人尊敬的主妇——口齿伶俐、应变灵敏、严格遵守古礼的邻居，又从亲友中选出十二个健壮的男人。最后还有这个教区年高德重、能说会道的"打麻人"。

布列塔尼的乡村裁缝所扮演的角色，在我们村则由"打麻人"或梳羊毛的人担当（也有既打麻又梳羊毛的）。"打麻人"参加所有的婚丧仪式，因为他博闻强记，长于辞令。在这些场合，他们充当代言人，在完成传统仪式方面做得十分出色。这份差事要求他们奔走四方，出入各家，很少有时间待在自己家中。久而久之，他们口若悬河，诙谐风趣，能言善唱。

"打麻人"见多识广，是不折不扣的怀疑论者，他与乡下的另一个角色——"掘墓人"——等会儿我们就要谈到他，均以胆大闻名十里八乡。他们经常谈论幽灵，自诩能辨识恶鬼且毫无怯意。尤其在夜里，掘墓人、打麻人与幽灵各显神通。打麻人在深夜里讲述阴森森的传说。话分两头，我且饶舌多说几句……

打麻浸得"恰到好处"，即在流水里浸泡透了，放到岸上晾至半干，运到院子里，扎成一小束一小束的竖起来，上面束成圆形，下面散开，入夜后，看上去颇似一排排的白色小幽灵，叉开细腿，沿着墙根悄然无声地蹀躞。

到了九月末，夜里还很暖和。在朦胧月影下，人们开始打麻。白天，麻在炉里用微火焙着。晚上，把麻抽出来，趁热槌打。他们使用一种木棍，下置木槽，敲槌打麻时不会击断麻秆。每晚可听到连打三下又三下，富有节奏的脆响，然后又归于宁静。这是人们用手抽出那一小束麻，换另一头再打的间歇。接着又重复每次连响三下的槌打声，这时已另换一只手打麻了。这样周而复始地干下去，直至黎明来临。这种活儿一年只干几天，周围的狗被罕闻的声音惊动，不安的吠声此起彼伏。

这是乡下发出神秘声响的时节。大雁从高空飞过，即使在白天，人们几乎看不见它们，夜里也只能听到它们的叫声，嘶哑而凄凉，仿佛受苦的灵魂在哀号、诀别，寻找上天之路。而不可抗拒的命运逼迫它们贴近地面迂回，在住宅上面盘旋。这些候鸟在天空飞翔时显出惊恐和疑虑，有时遇到不定向的风拨弄，往往使它们辨不清方向。白天它们迷失方向时，可以看到领头的雁乱飞一阵，突然掉头，飞到三角阵形的末尾，而它的伙伴们熟练灵巧地一翻身，又跟在它身后重新排好阵形。几次三番的徒劳无功，那只筋疲力尽的领头雁便主动放弃领队，另外一只挺身而出，轮到它尝试了一番后，又让位给第三只，直至其中一只找到正确的方向，领着队伍胜利前进。这些长翅的旅行者，用我们听不懂的语言叫喊、责备、叮嘱，甚至粗野咒骂，不安地询问。

深夜时分，可以听到凄厉的喧闹声长久地在房屋上方回荡，人们什么也看不见，不由得毛发悚然，生出怜悯之情，直至这如怨如诉的铺天鸟鸣消失在浩瀚的天际。

此外，每年这个时节还有别的声响在果园里发出。果子尚未采摘，但果树的爆裂声此起彼伏，似乎变成了动物。树枝负荷过重，弯曲下坠，嚓嚓有声；或是苹果从枝头脱落，发出沉浊的响声坠到湿地上，落到你的脚边。一只活物乘人不备，掠过草丛，迅速溜走了。这是农民的狗，游游荡荡，四处溜达，相貌凶恶却胆小多疑，不肯睡觉，总在寻觅着什么。它藏在树丛里窥测动静，偶然一只苹果落地，便吓得拔足飞奔，以为是谁对它扔石子。

茫茫夜色之中，打麻人叙述着古代精怪的故事，幽灵和野狼啦；受难的灵魂、变狼的巫师啦；墓地里未卜先知的猫头鹰啦……我记得有一晚的上半夜，我坐在打麻机旁，打麻人说到最阴森恐怖的当儿，冷森森的槌打声打断了他的叙述，我们的血液几乎凝结了。老人一面打麻，一面接着讲故事。有时遇上含糊不清的段落，我们估计是最可怕的，也不敢要求他复述一次，这同样增加了恐怖且神秘的气氛。我们顾不上女仆的催促，因为她通知我们，夜已很深，就寝的钟点早已敲过，不要在外面逗留了，其实她们也很想听故事。我们战战兢兢地穿过村子，回到家里。教堂的门廊显得分外深邃，老树的阴影分外浓黑，经过墓地时更是不敢看一眼，紧闭双目，快步走过。

打麻人不像圣器室的管理人，管理人喜欢以吓唬人取乐。打麻人只是满足人们的好奇心或引人发笑，他很诙谐，咏唱爱情和婚姻时却又饱含深情；他凭记忆保存了搜集到的古老歌谣，把它们传唱下去。因此，在这场婚礼中，由他担任给小玛丽送彩礼的角色。

二、送彩礼

等到所有人都进屋后,家里人便把门窗全都关严,连阁楼的天窗也堵上,又用木板、凳子和桌子等家什堵住所有的出口,就像准备护城似的,认真严肃地守望着。这时,远远传来歌声、笑声和乐器声。迎亲的队伍浩浩荡荡地来了。领头的是日尔曼,由他最威武的伙伴、掘墓人、亲属、朋友和雇工簇拥着,组成一支欢乐的强大队伍。

临到走近新娘的家,他们的脚步逐渐放慢,众人商议了一番便静默下来,屋子里的姑娘们全都站在窗后,透过缝隙看到迎亲队伍来了,散布成战斗的队列。天空中飘来冷雨,屋内炉膛里的火焰欢快地射出红光。玛丽不忍未婚夫在外边苦挨久等,挨冻受冷,希望缩短这场按习俗进行的攻守战,可它烦琐缓慢的进程是不可避免的。她在这种场合下也不便制止,而且她还得公开参加女伴们的恶作剧。

对阵的架势摆好之后,外边发出一阵排枪,附近的狗吠叫起来,新娘家的狗也吠着向门口扑去,以为真的有人侵袭,孩子们也惊哭起来,簌簌发抖,母亲们的哄慰也不顶事。整个情景演得那样逼真,不知内情的外地人见了,还以为他们在抵御土匪的围攻呢。

这时,代表男方的掘墓人站在门前,而打麻人则高踞在天窗下面,双方随即展开舌战:

掘墓人:"哎!善良的人们,我亲爱的教民啊,看在上帝的分上,开开门吧。"

打麻人:"你是何人?竟敢叫我们是你亲爱的教民?我们并不认得你。"

掘墓人:"我们是受苦受难的好人。用不着害怕,我的朋友们,招待我吧!我们的脚都快冻僵了,天正下着冷雨哪。我们走了许多路,木鞋都裂开了。

打麻人:"你们的木鞋走裂了的话,可以在地上找些柳条,做成弓形钉,把鞋子重新固定好。"

掘墓人:"柳条弓形钉毫无用处。你们别开玩笑了,善良的人呀,快给我们开开门。你们屋里的炉火多么温暖呀,你们一定架起了叉子,想必进去之后,肚子也会快活的。给可怜的朝圣者开开门吧,倘若你们不肯发慈悲,他们准会饿死在你的家门口。"

打麻人:"哈哈!你们是朝圣者吗?刚才你们并没提过呀。请问,你们从何处朝圣而归?"

掘墓人:"你们打开门,让我们进去了再告诉你们,我们是从遥远的地方而来,一言难尽,说来你们也不会信。"

打麻人:"给你们开门?说得轻巧,我们不能轻信你们。喂,你们是从布里尼的圣西尔迈来的吧?"

掘墓人:"我们到过那儿,但我们还到过更远的地方。"

打麻人:"那么,你们到过圣索朗日喽?"

掘墓人:"当然到过,但我们去过比它还远的地方。"

打麻人:"你们撒谎,你们从来没有到过圣索朗日。"

掘墓人:"我们去过更远的地方,现在我们是从西班牙的孔波斯泰尔①的圣雅克来的。"

---

① 扎波斯泰尔,西班牙城市,著名的朝圣之地。

打麻人:"你们信口开河,我们从没听过这个教区。看得出来你们是歹徒、强盗、骗子。和你们的谎言一边待着去吧!我们防守严密,你们休想进来。"

掘墓人:"哎,朋友,可怜可怜我们吧,你们猜对了,我们不是朝圣者。我们是可怜的偷猎者,不幸被卫兵在后面追捕,如果你们不让我们在干草房里藏起来,我们就会被抓进监狱的。"

打麻人:"有谁能证明你们这回说的是事实呢?你们已撒过一次谎了,实在是自相矛盾。"

掘墓人:"你们让我们进去,我会给你们看一看我们收获的猎物。"

打麻人:"你先拿出来看看,我们不相信。"

掘墓人:"那么,请打开一扇门或一扇窗,我们把猎物抬进去给你们看。"

打麻人:"哼!不行,我们才不会上当!我从小孔里看着你们!你们中间既没有猎人也没有猎物。"

这时候,一个放牛的小伙子,长得又矮又壮,力大如牛,他从人群中走出来,举着一把扎上草束和缎带的大钢叉,叉着一只拔了毛的鹅,悄无声息地举到天窗旁边。

"果然不假!"打麻人伸出手去摸摸那只肥美的鹅后,嚷道,"这既不是山鹑又不是鹌鹑,既不是野兔又不是家兔。这倒像一只鹅或一只火鸡。你们可真行,这种猎物根本用不着你们费工夫。滚吧,你们的谎言被揭穿了,你们回家做晚饭去吧,你们吃不到我们的宴席。"

掘墓人:"啊!上帝,我们上哪儿去烧烤我们的猎物呢？这点东西怎么够大伙儿吃呀。再说，我们找不到地方，又没有火。深更半夜，家家户户都关上门睡了。只有你们家在办喜事，你们眼看着我们冻僵，未免太狠心了。好人们，我们再恳求一次，开开门吧，我们不会白吃你们的。瞧，我们有野味，不过借借炉膛的一角，很快便能烤熟，我们不会耽搁太久的。"

打麻人："你们认为我们家富得流油，木柴不用花钱买吗？"

掘墓人："我们带了干草，用来生火足够了，只要允许我们把铁叉伸进炉膛里就行啦。"

打麻人："别废话了，真讨厌，我们不会同情你们的。我看你们是喝醉了，什么也不需要，你们想进我们家抢走姑娘们。"

掘墓人："我们再三央求，你们都不理睬，那就别怪我们不客气了。"

打麻人："那就试试看吧。我们关得严严实实的，用不着惧怕你们。你们动蛮，我们更不会理睬你们了。"

说完，打麻人砰的一声关上天窗，爬下梯子回到房里，牵着新娘，和大伙儿一起兴高采烈地又叫又跳，已婚的妇女尖着嗓子唱歌，哈哈大笑，故意气一气外边的"进攻者"。

那些进攻者于是发起狂来，对着门扉放枪，惹得狗狂吠不休。他们猛敲墙壁，摇晃窗板，大声叫喊。一时间震耳欲聋，尘土飞扬，掩蔽了人们的视线。

当然，这场进攻是虚张声势的，只待打破礼节的时刻到来。如果这时有人在屋子四周发现了没有设防的通道或者一个缺口，便可以突然闯进去，拿铁叉的人把要烤的东西搁到火上，就算占据了炉灶，这幕喜剧便告结束，新郎就算过了这一关。

可是，房子的进出口本来就不多，且戒备森严，在最后的时辰未至之前，谁也不许擅自动用蛮力。

里面的人跳乏了、叫累了，打麻人认为该让对方投降了。他又爬上天窗，轻轻打开窗板，对着那些无计可施的进攻者哈哈大笑。

"喂，小子们，"他说，"你们可得羞死了，现在该领教到我们的防备了吧，不然，你们还以为这里很容易攻破哩。我们有些心软了，如果你们表示屈服，接受条件的话。"

掘墓人："说吧，正直的人们，说出条件，怎样才肯让我们接近你们的炉灶。"

打麻人："你们要唱歌，但要唱我们没有听过的歌。"

"这难不倒我们！"掘墓人回答，他提高嗓门唱道：

"半年前的春天……"

"我在绿油油的草地上漫步。"打麻人用稍带嘶哑却很粗犷的嗓子回唱道，"可怜的人们，献出这一支老掉牙的歌，真不够意思，你们看，头一句便被我们截住了！"

"昔日有一位公主……"

"她想出嫁。"打麻人马上接唱一句，"换一首、换另一首，这歌早听腻了！"

掘墓人："你们且听听这一首！——从南特归来……"

打麻人："——我筋疲力尽，啊！我筋疲力尽。这是我祖母那个年代的歌，再换另一首吧！"

掘墓人："——有一次，我在散步……"

打麻人:"——沿着这美丽的森林!这一首更没意思!我们的娃娃都不屑与你对唱!怎么,就这点能耐吗?"

掘墓人:"嗨!我们一直唱到你对不上来才罢休。"

像这样你来我往,针锋相对,足足花了一个钟头。由于双方都是当地有名的唱歌能手,他们可以通宵达旦地唱。尤其因为打麻人出鬼点子,要求对方唱某些十节、二十节或三十节的哀歌,他故意不吭声,似乎服输了,新郎方面便得意洋洋,齐声高歌,可是,唱到最后一节时,打麻人忽然用苍老的粗嗓吼出了最后的几句,又占了上风。然后嚷道:

"这首长歌你们大可不唱,我们太熟悉了,耳朵都听得生茧了!"

可是也有一两次他处于下风。这时打麻人做个鬼脸,皱皱眉,气馁地转过身来,望着下面充满期待的已婚妇女们。对方唱的是非常古老的歌,打麻人记不得了,或者根本没有听过。这时,大婶大妈们便及时助阵,马上用海鸥一样的尖嗓门,合唱得胜的叠句,迫使掘墓人不得不认输,另唱一支曲子。

由于双方你来我往,互不相让,导致时间过长。于是新娘一方做了让步:只要赠送新娘一件适合的礼物,便可罢手。

接着,众人唱起了彩礼之歌,韵律庄严,类似教堂的赞美诗。

门外的男子低音合唱:

门儿开开,快快打开,

玛丽，你真可爱，
我有礼物献上，
啊！亲爱的，让我进来。

屋里的女人用哭腔佯装伤心地唱道：

我爸不舍妈悲伤，
他们掌上的明珠，
这时不能把门开……

男人们重唱第一节，第四句改为：

我有精美的手帕奉上。

女人们以新娘的名义，重复第一次的唱词。

男人们至少要唱二十遍，最后一句歌词必须提到一件不同的礼物，一一数出来方罢。礼物有围裙、丝带、呢料衣服、花边、金十字架以及一百板别针。给新娘的简朴彩礼就算齐全了。但大婶大妈们却始终不肯通过，直到小伙子们说出"有一个漂亮的丈夫相赠"，她们这才对着新娘，同男人们一起合唱：

门儿开开，快快打开，
玛丽，你真可爱，
漂亮的丈夫上门来，
快，乖乖，让他们进来。

三、婚礼

打麻人立刻抽出木闩,那时,村里大多数人家锁门用的都是这玩意儿。新郎的队伍蜂拥而入。但喜剧仍在继续,因为炉灶还被屋内负责守卫的小伙子们,还有打麻老人和大婶大娘们团团围住。男方拿钢叉的在自己人的掩护下,勇猛地要把待烧烤的鹅放入炉膛。真正的争夺战开始了,当然,不会动手打人,也都毫无怒气。但推推搡搡,乱成一团,并且也有暗中较较力气的,未免受点皮外伤,只是在嬉笑怒骂间被人们忽略罢了。可怜的打麻人像狮子般奋力挣扎,被人群挤压到墙上,气都喘不过来。有些勇士被推倒,躺在地上。有些抢夺钢叉的人,手掌被戳出了血。这未免闹出格了,还发生过一些严重的事故,我们乡的农民决意废除送彩礼的仪式。但愿我的女仆弗朗索瓦斯·梅扬那一次的送彩礼仪式是我看到的最后一次,虽然那次的争夺也纯粹是为了热闹。

在日尔曼的婚礼上,争斗相当激烈。一方要侵占炉灶,另一方要保卫它,对胜负都看得很重。大钢叉在强壮有力的手中抢来抢去,扭得像螺丝似的。有人放了一枪,把挂在屋顶下的柳条筐里一小束麻打着了火。这意外事故转移了大家的注意力,一部分人忙着扑火,以免酿成火灾。这时,悄悄爬上了阁楼的掘墓人,趁乱顺着烟囱爬下去,把钢叉抢到手里。其时,牧牛人正在炉灶旁保卫着钢叉,高举过头,唯恐被人夺去。"攻击"开始前,大婶大妈们出于谨慎,熄灭了炉膛的火,担心有人在炉旁争斗时,不留神被撞进炉内烧伤。掘墓人得到牧牛人风趣的暗示,毫不费力地夺去钢叉,随手扔到烧肉的铁架上,大功告成了!他旋即跳到屋子的正中央,点着了裹在钢叉上的干草,象征性地算是烤了鹅,因为那鹅早已被撕成碎块,散落在地上。

满屋子响起笑声,争相吹嘘自己的勇敢,让别人看自己身上的伤痕。既然是朋友的手撞击的,也就用不着责怪和抱怨了。那个几乎被挤扁的打麻人,一面揉着腰一面说,这算不了什么。但他认为自己的对手掘墓人的侥幸取胜其实并不怎么样,如果他不是被挤得动弹不了,炉灶不会被他轻易得手的。大婶们打扫干净地面,收拾好杂物,使屋内恢复了原状。桌面摆上一壶壶新酒,大家饮酒歇息。这时,新郎被领至屋子当中,手持小木棒,又要挑战新的难题。

在争斗之时,新娘和她的三个女伴,由她的母亲、教母姨母和姑娘们藏了起来。四个姑娘坐在房间一角的长凳上,用一条白色大被单蒙盖住全身。这三个姑娘的身材与玛丽差不多,戴着同样的帽子,被单从头盖到脚,很难分辨。

新郎要在规定的时间内,凭观察用木棒指出哪一个是自己的新娘。大家限制他观察的时间,且只能靠眼睛去看。已婚妇女们在一旁监视以防作弊。如果新郎点错了,一晚上他都不能和新娘跳舞,只许和点错的那位姑娘跳舞。

日尔曼抓耳挠腮,十分担心点错。许多人虽然小心谨慎地观察过，仍不免点错。他的心怦怦乱跳。小玛丽故意使劲呼吸，稍稍动动被单。但她调皮的女伴也用手指弹弹被单。布罩下的姑娘各有各的暗号，不一而足。方形的帽子均匀地支撑着罩布，难以辨出额头的轮廓。

日尔曼踌躇了十分钟。他闭紧双目，向上帝献祷，听天由命地把木棒一伸。它触到了玛丽的脑门，小玛丽把被单远远一扔，喊着胜利了。于是他获准抱吻她，并用强壮有力的双臂把她抱到房间中央，揭开舞会的序幕。这欢乐的舞会一直持续至凌晨两点。

活动结束后各人回家，到八点再会。邻村的一些年轻人要留下来，床铺不够，本村的女宾要招待两三个离家较远的年轻女伴同睡在她的床上。小伙子们则在农场谷仓的草堆上胡乱对付一下。其实他们都兴奋得睡不着觉，只想着说笑打闹，讲荒诞的故事。遇上婚礼的喜庆活动，往往玩上三个通宵亦毫无倦色。

出发之前，大伙儿先吃一顿放了大量胡椒的奶汤激发食欲，因为喜宴的酒菜将十分丰盛。然后在农场的院子里集合。由于教区已取消，大家还得走两公里的路，去举行结婚祝福礼。天气很好，但道路却很不好走，人人都骑着马，男子背后搭一个姑娘或老妇人。日尔曼骑上小灰马起程。小灰马经过洗刷，毛色新净，蹄铁也是新钉的，披扎了彩带，前蹄踢刨，鼻喷热气。内弟雅克陪同他一起去茅屋迎接新娘。雅克骑那匹老灰马，后面带着吉耶特大娘。日尔曼眉飞色舞地带着他的新娘，回到农场的院子里。

喜气洋洋的马队出发了。孩子们步行随后，一边奔跑一边放枪，吓得马儿蹦跳。莫里斯大娘带着日尔曼的三个孩子以及提琴手坐在大车上。他们在乐声中走在队伍的前头。小皮埃尔漂亮可爱,做外祖母的沾沾自喜。好动的孩子在老人身边待不住,车子在一段难走的路口稍停一会儿,小家伙趁机溜下车,跑到父亲跟前,缠着让他骑上小灰马,坐在父亲前面。

"那怎么可以!"日尔曼回答,"这会惹人笑话咱们的!绝对不行!"

"我可不在乎圣夏尔迪埃教堂里的人笑话,"小玛丽说,"请您带上他吧,日尔曼。在我的心目中,他比我的结婚礼服更值得骄傲。"

日尔曼让步了。漂亮的三个人在小灰马得意洋洋的马蹄声中,加入到队伍中去。

圣夏尔迪埃的居民虽然喜欢嘲笑附近教区前来这儿的人,但看到英俊挺拔的新郎,楚楚动人的新娘,天真可爱的孩子,便只有艳羡的份儿了。小皮埃尔穿了一套淡蓝色的呢料衣服,一件小巧的红背心,短得离下巴颏没几英寸。村里的裁缝把背心腋窝缝得太紧,弄得他的两条小手臂都合不拢。他却十分神气!他戴一顶镶黑金两色绦子的小圆帽,一根孔雀翎毛从一簇火鸡毛中巍巍竖起。一团比他脑袋还大的花球披在他的肩膀,缎带飘到脚跟。身兼理发匠、假发师的打麻人把一只碗盖到他的脑袋上,剪去碗外边的头发,用这种可靠的办法把他的头发剪成圆盖形。当然,可怜的孩子暂时失去了长发飘逸、酷似圣约翰的俊美与诗意。但大家仍赞赏他,都说他像个小大人。确实,孩童的烂漫天真胜过世间一切的美好事物。

他的小妹妹索朗日平生第一回戴上女式帽,取代了以往的印花布童帽。多漂亮的女帽呀！戴好之后她既神气又好看！不敢转动脑袋，努力挺直身板。她想，别人会以为她是新娘吧。

小西尔迈呢，仍然穿着罩袍，在外祖母的膝盖上熟睡，他还不懂婚礼是怎么一回事呢。

日尔曼深情地看着他的孩子们。到了乡公所后，他对新娘说：

"哎，玛丽，今天我来到这儿，心情比那一天舒畅多了！那天我把你从香特卢白树林带回村子，我以为你绝不会爱我。我像现在这样把你从马背上抱下地来，但当时我想的是，我们永远不会再把孩子放在我们中间，一同骑可爱的小灰马了。咳，我多么爱你，多么疼爱这些可怜的孩子哟。我很幸福，因为你爱我，你爱他们，我的岳父岳母爱你，我爱你的母亲、朋友们和今天在这儿的所有人。我要有三四颗心才能容纳这么多的爱。真是，一颗心太少了，装不下这么多的友情和欢乐。我的心都要胀裂了。"

乡公所和教堂门口站了一大群人，等着瞧瞧漂亮的新娘。我们为什么不提她的服装？她的服装多合身哪！帽子是浅色平纹细布做的，绣满了花，帽檐垂着镶花边的布条。帽子里面包藏着美丽的长发，因为那个时候的农家妇女头发基本不外露，长发用白丝带束住，盘在脑心。即使在今天，女人在男人面前不戴帽子依然被认为是丢人的行为。不过如今容许她们在额前露出一条窄窄的束发带，作为一种装饰。但我更欣赏以前古色古香的帽子。贴在帽檐的白色花边分外典雅，增加了无限的魅力。

小玛丽还戴这种帽子。她的皮肤白皙细腻，白色花边更添妩媚，相得益彰。她一夜没有合眼，但早晨清新的空气，心灵的澄澈，少女的喜悦和羞涩，内心的激情，使她的脸有如四月初阳照耀下的灼灼桃花，艳丽夺目。

纯白的披巾交叉在她的胸间，仅露出颈脖的优雅线条。翠绿色的细布便服勾勒出她小巧玲珑的身材。她系着深紫色的绸围裙，还戴了围脖——我的乡亲真不该淘汰这玩意儿，它可以增添一种朴素之美。如今的农家妇女骄傲地炫示她们鲜艳的头巾，服饰中没有了古典圣洁的花纹，这些花纹让她们看上去像奥尔贝纳画中的处女。如今的农家妇女比过去妖娆迷人，当日的装束使她们显得严肃刻板，但她们微笑含蓄，耐人寻味。

赠献礼物的仪式开始了，日尔曼按照乡俗，把十三块银币放到新娘手中，给她戴上一只银戒指。几个世纪以来，这种戒指一直不变，只是后来金戒指代替了银戒指。离开教堂时，玛丽悄悄问日尔曼：

"这就是我想要的戒指吗？是我向你要的那只吗？日尔曼？"

"是的，"他说，"正是我的卡特琳去世时戴着的那只，我两次结婚都用这只戒指。"

"谢谢你，日尔曼，"年轻的妻子用庄重沉稳的语调说，"我要戴到我离开人世的那天。要是我先你一步走，你要把它留给你的小索朗日举行婚礼时戴着。"

四、卷心菜

婚礼结束后，大伙儿又骑上了马，赶回贝莱尔。筵席丰盛，吃喝玩乐，直闹至午夜。老人们在桌边整整坐了十四个小时。掘墓人在厨房掌勺，他的烹调手艺邻里皆名。上菜的空隙，他也来歌舞助兴。可是这可怜的蓬唐老爹竟患了癫痫症！谁料得到呢？他像小伙子一样气色红润，强壮快活啊！有一天傍晚，我们看见他死了般倒在一条沟里，痉挛抽搐，扭曲变形。我们用小车把他拉到我们家，照料了一个晚上。三天以后，他参加婚礼，唱得有如鸫鸟，蹦跳得有如小羊，片刻没有安宁。参加完婚礼后，他还替人挖了一个墓坑，钉了一口棺材，兢兢业业，一丝不苟地干完了活儿，依然是那副乐呵呵的模样，一点病容也没有，殊不知就这样埋下了病根，加速了旧病的复发。他的妻子瘫痪了二十多年；母亲一百零四岁，至今健在。而他呢，可怜的人啊，这么开朗快活，这么善良风趣，去年竟从阁楼上摔下身亡。自然是死于旧病复发，就这样悲惨地结束了他奇特的一生。他既凄惨又疯癫，既可怕又讨人喜欢。他的心永远都是善良的，性情永远是招人喜爱的。

婚礼的第三天最为有趣。这一天举行的仪式至今恪守不变。且不说把烤面包片放到新人的床上，这种恶作剧的习俗，令新娘羞涩脸红，在场见证的姑娘也恨不得找个地缝钻进去。我看各地都有类似的习俗，我们乡的习俗并非独一无二。

送彩礼的仪式象征占有新娘的心和新娘的家，和"卷心菜"的仪式一样，象征婚后子孙兴旺。婚礼的次日，早饭后便开始这类奇异的礼仪表演，它来源于高卢人，经过早期基督教的影响，逐渐演变成一种"神秘剧"，或者类似于中世纪的滑稽道德剧。

两个小伙子（这群年轻人当中最活跃机灵的）在吃饭时便不见踪影，原来他们去化装打扮了。他们在乐队、狗、孩子们和枪声的喧嚣中出现，扮成一对叫花子夫妇，浑身破破烂烂，脏兮兮的。

他们自称是"园丁"和"园丁媳妇"，说是负责看守和栽种那棵神圣的卷心菜。丈夫有不少绰号，有叫他"稻草人"的，因为他头戴干草和麻做成的假发，用草包着腿和其他暴露的部位，又用麦秸或干草塞在破衣下面，装成大肚皮或驼背。有叫他"破衣人"的，因他穿着破烂。还有叫他"异教徒"的，意思再明白不过，因为他看上去一副丧行败德的模样。

他到来之时，脸上涂满了煤灰和酒糟，有时还戴上一副小丑的面具。腰带上用细绳吊着一只缺口的陶杯，或一只破木鞋。他用破陶杯讨酒喝，那是没有人会拒绝他的。他装出喝的模样，又洒洒为奠。他一步一踉跄，似乎烂醉如泥。他的妻子赶上前去扶他，大声呼救，不住地数落着丈夫的丑行。

"这挨千刀的！"她哭骂道，"看看酗酒把我们弄到什么田地。可怜我辛勤纺线，为你卖命，给你缝补衣服，你却不断地弄脏它、撕破它。你把我可怜的一点财产都吃光了。我们的六个孩子缺吃少穿，一家人与牲口同住在马厩里，只得以乞讨为生。你丑得令人作呕，谁也瞧不起。人家扔面包给我们就如扔给狗一样。唉！好心的人呀，行行好！可怜可怜我们吧！可怜可怜我吧！我不应当这样命苦，没有哪个女人会有这样肮脏、可憎的丈夫。请帮我扶他一把吧，要不然，大车会把他碾成碎片的，我就要做寡妇啦，我会愁死的。虽然大伙儿都说，没了他对我是件大好事。"

她滔滔不绝地哀诉，完全是即兴发挥。剧场就在众目睽睽之下的大路上，以日常生活琐事充实表演内容。所有的人，包括参加婚礼的、主人家的，甚至局外人、过路的人都可自由参加，演三四个小时，就像我们看到的那样。题材大同小异，可以任意发挥。从这里可以看到乡下农民的模仿能力，噱头俯拾即是。他们触景生情，反应灵敏，应答如流。

园丁之妻的角色一般找个子瘦小、脸白无须的男子担纲。他要演得惟妙惟肖，把绝望的神态拿捏得真实自然，令观众难过，又觉得滑稽，把戏文当成了真事。这样的角色在我们乡并不难物色。只是奇怪，瘦小无须的男子往往膂力过人。

女人哀诉过后，年轻人起哄，劝她别管醉鬼丈夫。他们要把她拖走，一起作乐。她在玩乐中逐渐忘记了困苦，欢快起来，与这个跑跑，与那个跳跳，轻佻放荡。这是一出警世剧，丈夫的堕落必然导致妻子的自暴自弃。

"异教徒"酒醒后，睁眼寻觅妻子，手持绳索和棍子追赶她。人们把她藏起来，从这个人手里转到另一个人手里，使他疲于奔命。他们故意逗她开心，激恼她那吃醋的丈夫，又故意灌醉她。最后他终于逮住了这不贞的女人，动手便打。这类模仿夫妇生活的活剧，最真实的细节就是丈夫对抢走他女人的人，绝不怒色相向，反而委曲求全，笑脸相迎。他一心要责罚那有罪的妻子，因为她没有能耐反抗他。

他举起棍子，准备用绳子捆住他那有罪的女人，婚礼上所有男人都来调解，扯开他们。"不许打她！万万不可打你的女人！"他们反复劝说，一再强调。人们抢下他的绳棒，迫使他与妻子和解并抱吻她。再过一会儿，他又装作深爱她的样子，手挽着手，唱唱跳跳，直至又一次醉倒在地，女人又开始哀诉，绝望灰心，假装放荡，丈夫又嫉妒，邻人调解干预，夫妇重归于好……这剧的教训意义简单粗暴，教人想到它起源于中世纪的剧目。这类教训也许不能给现在那些有修养、有道德的夫妇留下深刻的印象，却可以给孩子们和年轻人以启迪。那个"异教徒"追逐姑娘，装作要抱吻她们，吓得她们四散逃窜，那股紧张劲儿倒又不像是假装的。他的脏脸和棍子（其实它并不伤人），引起孩子们的喧嚷，这就是简单而动人的风俗活剧。

闹剧演到高潮之时，一些人准备搬卷心菜。他们找来一副担架，把"异教徒"抬上去。他则拿一把铁锹、一条绳子和一只大篮子。四个壮汉扛起担架，他的女人走在后面，乡亲们在他后面结队前往，神色庄重，若有所思。然后是参加婚礼的人成双结队，随着音乐的节拍，步伐一致地前进。枪声又响起来了，狗看见这污秽的乞丐被人高高抬起，吠得更厉害了，孩子们用绳子吊起他的木鞋，嬉闹着，说要用香熏熏他。

为什么大家对这个可恶的人喝彩欢呼呢？人们要去获取这棵象征婚姻生育的神圣卷心菜，而只有这个醉汉才能接触到这圣物。这又是源于基督教创始之前的一种神秘剧，使人想起农神节或更遥远的酒神节。或许这"异教徒"既是出色的园丁，又是不折不扣的普里亚普——希腊传说中酒神与美神之子，园圃和酒色之神。最初它本是圣洁严肃的，正如表现生殖主题的神秘剧所介绍的那样，是放纵的风俗和思想的败坏使他堕落。

这且不谈。这凯旋的行列拥进新娘家，来到菜园，大伙儿挑选出一棵最好的卷心菜，挑选的过程并不轻松，因为乡亲们要斟酌一番，讨论来讨论去的，每个人都吹嘘自己挑中的卷心菜。最后来一个表决，选定之后，园丁用绳子拴住菜梗，走到菜园的边沿，园丁之妻照看着，不让这棵神圣的卷心菜受一点碰撞。婚礼上的逗趣者、打麻人、掘墓人、木匠、木鞋匠（总之是不干地里的活儿，在别人家里打零工，这类人通常都被大伙儿认为更聪明或有口才）围住卷心菜，一个人用铁锹挖开一条沟，沟挖得很深，好像要挖橡树的根似的；另一个人在鼻梁上架起硬纸板做的夹子充当眼镜，担当"工程师"的角色来回巡视，装模作样，一会举起图纸，拉拉线条，瞪瞪工人，神气活现地嚷叫，说别人把活儿搞糟了，随心所欲瞎指挥，一会命人停工，一会命人开工，尽量地磨蹭，逗人发笑。这似乎是对古代仪式程序的一种补充，又或者是对理论家的嘲讽、对土地测量人员的憎恶，因为这些人调整土地册，分摊租税；或者表示对掌管修路架桥的地方部门的仇视，他们把公地变成大路，迫使农民取消他们珍视的旧俗。总之，这个被人称为"几何学家"的家伙，对农民来说可谓公敌。

经过一刻钟的努力和诙谐的表演，他们仍不能完好无损地弄断卷心菜的根，把它取下来。这时，一锹锹土撒到围观者的脸上（不赶快躲开的人便要挨一下子，即使是主教或亲王，都要接受泥土的洗礼），最后，"异教徒"拉着绳子，他的老婆张开围裙，卷心菜在大伙儿的欢呼声中掉了进去。有人递过篮子，夫妇俩小心翼翼地把卷心菜栽在篮里。众人培上新土，用小棒和细绳固定好，好像城里的卖花姑娘把鲜艳的茶花栽在盆里那样。

另外，把红苹果插在木棒尖、百里香、鼠尾草和桂枝的尖端上，竖在卷心菜的周围，这些全部用缎带和小彩旗点缀起来。大伙儿把它和"异教徒"再抬到担架上，"异教徒"要护住篮子以防倾斜。于是大家迈着整齐的步伐，大步走出菜园。

正当他们跨出大门，将要跨进新郎家的院子时，又假装前面有了障碍，抬担架的人脚步踉跄，大呼小叫，时而后退，时而前进，仿佛被一股不可知的力量推搡着，装出十分吃力，随时要跌倒的样子。这时候，人们大声地鼓励抬担架的人："坚持住！别气馁！孩子，对、对，鼓足勇气！小心点！门太矮了，放低一点。挤紧点，门太窄了！往左，往右，加油，好、好，你们成功了！"

丰年那阵子，也是这样干的，牛车载着过量的干草或收获的庄稼，装得太宽或太高，进不了谷仓的大门，农夫就是这样吆喝强壮的牲口,走走停停地指挥着,安稳而准确地将小山堆般的收获物顺利地运过这道农村的凯旋门。尤其是最后的一车,叫作"粮食山"的,更要格外小心,这是丰收的喜庆。提起最后一束麦秸,放在车顶,饰以绣带和花卉,牛头和牛鞭也是同样的装饰。卷心菜从艰难到顺利入屋的过程,正是财丁兴旺的象征。

到了新郎家的院子里,卷心菜被取了出来,放在屋子或谷仓的最高处。如果有烟囱或者鸽子笼高过其他屋内的顶点,那就必须把它搬上最高点不可,即使有危险也在所不辞。"异教徒"终于完成了任务,同时固定好并洒上一大壶酒。随着枪声响起,园丁的老婆扭起腰肢,宣告这仪式正式落成。

同样的仪式立即开始。大伙儿从新郎的园子里拔起另一棵卷心菜,以同样的方式放到新娘出嫁之前的娘家屋顶上。这些物品会被一直放到腐烂为止。它们保存的时间相当长,正应了长辈们的祝福:"漂亮的卷心菜,生长吧,让新娘早生贵子,如果你很快干瘪的话,这是不育的征兆,你便成了不祥之物。"

做完这些事后,天色已不早了。最后要做的事便是给新婚夫妇的教父教母们送行。如果住得远的话,乐队和参加婚礼的众人便要陪同他们到教区的交界处。大家还在路上跳舞,拥抱道别。扮园丁夫妇的人尚未累倒睡下,这时已洗换一新。

婚礼的第三天,乡亲们还在贝莱尔农场舞呀,唱呀,吃呀,闹到半夜。喝喜酒的老人因此没有力气回家。要到次日黎明,等休息后精神恢复了,才脚步蹒跚地走回去。

日尔曼却神清气爽,丝毫没有倦容,他准备牵牛下地,让小爱妻安稳睡至日出。云雀啁啾,飞上高空,他觉得它的鸣唱正是他感激上苍的心声。枯萎的灌木丛里铺着晶莹的薄霜,他竟以为是四月里还未抽叶却已盛开的白花,大自然的一切安详静谧。小皮埃尔昨天又闹又跳,玩累了,起不了床帮他赶牛。日尔曼喜欢独自一个人干活儿。他跪在要再犁一遍的田沟里做早祷,激动得泪流满面,脸上的汗水与泪水已混合不清。

远远传来邻近教区的孩子们的歌声。他们正走在回家的路上,用略带沙哑的嗓音唱起昨天的欢乐歌谣……

La petite Fadette
小法岱特

1

戈斯村的巴尔布大叔可谓事业有成,人丁兴旺,生活富足。他是镇里的顾问,他家的两块田地不仅能自给自足还颇有盈余。牧场种植的牧草用大车运载,常常满载而归。除了溪流旁的牧场因长了灯芯草,牧草的质量略次,乡亲们哪个不知道大叔的牧草是首屈一指的饲料?

巴尔布大叔的瓦房坚固美观,建在山坡上,那儿的空气清新,还有一座美丽的花园,一个需六个人一天才能劳作完的葡萄园,谷仓后面还有我们乡下称之为屋边园地的菜园,菜园里种了李子、黑樱桃、梨子、花楸,真是果实累累;就连菜园边种植的胡桃木也是我们这最粗大最古老的树木。

巴尔布大叔精明强干,与人为善,持家有方,处理邻人及堂区教民的事务也公正。

他已生育了三个孩子,巴尔布大婶大概认为有五个孩子才美满,而且还要抓紧时间,因为她的岁数已经不小了,没想到竟一下子给他生了一对双胞胎,都是男孩。他们长得那么相似,旁人一眼就看出他们是孪生兄弟。

接生婆用围裙兜起他们,她没忘用针在哥哥的手臂上刺一个小小的十字。她说,用布条或项圈做记号容易混淆,让哥哥丢了"老大"的资格。她说,等孩子长得更壮的时候,必须给他留下永远也抹不去的标记,大家也没忘了做这事。老大取名为西尔温,不久又改为西尔维涅,弟弟取名朗德利,保留洗礼时的名字,因为他的叔父就保留了年幼时被人惯称为"朗奇歇"的这个名字。

巴尔布大叔从市集上归来,看见摇篮里的两个小脑袋瓜,有点惊奇。"啊!啊!"他说,"这只摇篮太小了。明早我要把它扩宽一点。"——他的双手挺巧,能做一些细木活儿,他这个木匠还是无师自通的,家里的家具有一半都出自他的手。表示完惊讶之后,他走过去照料他的妻子,她喝了一大杯热酒,身体舒坦多了。

"我的老伴,你真能干。我可要鼓足劲头,因为我要喂养新添的两个孩子呢,本来我们不再需要孩子了。现在我不能歇一歇了,不能不耕种土地,不饲养牲口了。放心吧,我们会好好干的,但下回别再给我一下子添三个孩子了,那可就太多了。"

巴尔布大婶抽抽搭搭地哭了起来,大叔心里挺难过的。

他说:"冷静一点,冷静一点,别伤心,我的好妻子,我说这番话的用意不是责备你,相反,我是在感谢你呢。这两个小子长得漂亮,也壮实,身体毫无缺陷,我很满意。"

"唉,我的上帝,"做妻子的说道,"当家的,我知道你没责备我生了他们,我是在担心,因为我听人家说,抚养孪生子是再走运,但也是再艰难不过的事了,他们相生相克,这一个平安顺遂,另一个便命途多舛。"

"什么!真的吗?"大叔说,"他们可是我看到的第一对孪生子,你说的情况不常见,萨吉特大妈对这件事很有经验,请她指点指点我们吧。"

被人唤来的萨吉特大妈对这个问题的答话是:"你们尽管相信我好啦,这两个双胞胎会健康成长的,不会比别的孩子多灾多难。我干接生这活儿都五十年了,我看着镇里的所有孩子长大成人。我又不是第一回给双胞胎接生。首先，双胞胎长得像，无损他们的健康，也有长得不像的双胞胎，通常是这个壮，那个弱，这个养活了，另一个夭折了。可瞧瞧你们的这对孩子，全都俊俏可爱，在母亲的怀里他们不会相克，也不会克母克兄的。他们肯定能活下去。放心吧，巴尔布大婶，看着他们长大，你会快活的。只有你们和天天看着他们长大的人才分辨得出哥俩。因为我还从未见过一模一样的孪生子，就像从蛋里出来的两只小山鹑，多可爱啊，只有母山鹑才辨认得出它们。"

"说得好极了！"巴尔布大叔搔搔脑袋，"但我听说双胞胎相亲相爱，形影不分，倘若分开便不能存活，否则会有一个郁郁寡欢，直至丢失性命。"

"这倒是真的，"萨吉特大妈说道，"但你听听有经验的妇人对你说的话，并且别忘了这些话。因为到了你们的孩子离开你们的年龄，我也许已不在人世，再不能对你们进忠言了。请注意，等你们的双胞胎长大成人的时候，别让他们老待在一起。你们让一个孩子留在家，另一个外出干活儿。一个去钓鱼，你们就打发另一个去打猎；打发一个去放羊，另一个去牧场看牛；你们给一个酒喝的时候，给另一个一杯水；或倒过来。绝不要同时斥责他们或批评他们。别给他们穿同样的衣服，一个戴小帽子，就让另一个戴大鸭舌帽，尤其是他们穿的罩衫不能用同样的蓝色。你们要千方百计，不让他们混为一体，不让他们养成少不了对方的习惯。我对你们说了这番话，我十分担心你们把它当成耳旁风。如果你们不按我的话做，总有一天你们会后悔莫及。"

萨吉特大妈所说都是肺腑之言，大叔大婶都深信不疑。他们连连点头，表示会依言而行，打发她走之前还送给她一份厚礼。由于萨吉特大妈吩咐他们别让孪生兄弟吃同样的奶水，他们得赶紧找一位乳娘。

但这事相当棘手。巴尔布大婶原先没料到一下子添两个孩子，而其他孩子又是她奶大的，从没找过奶娘，巴尔布大叔必须四处寻觅，找到奶娘之前，大婶总不能让小兄弟饿死呀，她便给他们喂奶。

乡下人做事总爱讨价还价。大家知道巴尔布夫妇付得起工钱，又看到大婶已不年轻，给两个乳儿喂奶难免耗费精力，乳娘们向他讨每月十八利弗尔①的工钱，不多不少。

巴尔布大叔只愿付十二或十五利弗尔，他认为一个农民有这笔收入已不少了。他四处奔走，与人议价，毫无进展。这事也不着急，因为两个婴儿还太小，不会累着母亲。他们健康、听话、安静，这一个睡觉，另一个也睡觉。爸爸把摇篮修好了，兄弟俩同时啼哭时，只要摇晃摇篮，他们便同时安静下来了。

后来巴尔布大叔以十五个利弗尔谈妥了一个乳娘，他不再为一百个苏的差额争执下去了。他的妻子却对他说：

"算啦，当家的，我不明白我们为什么每年要费一百八十或二百利弗尔，难道我们是贵族老爷太太吗？难道我已上了岁数，不能奶大我的孩子了？我有足够的奶水喂养他们。我的两个小子已经一个月大了，你瞧他们不是挺结实的吗？你请来奶我们小子的乳娘拉梅尔劳德还没有我一半

---

① 法国古代货币。

强壮健康,她的奶水曾给婴儿喝过十八个月,不适宜再喂婴儿了。萨吉特大妈劝我们不要让双胞胎吃同样的奶水,以免将来他们分不开。她说的话不错,但难道她没说要好好照顾他们吗?双胞胎的生命力不完全与别的孩子一样旺盛?我巴不得我的孩子们相亲相爱,哪怕要冒风险。再说,让这两个孩子当中哪一个给乳娘喂养?实话告诉你,无论交出哪一个孩子,我一样地伤心。我爱我所有的孩子,我不知道该怎么做才妥当。依我之见,这两个婴儿是在我的怀里长大的孩子当中最娇小的、最可爱的。我也不知何故,总害怕失去他们。亲爱的,别再考虑请乳娘了。萨吉特大妈劝告我们的其余事情,我们照办就是了。两个吃奶的孩子怎会有太大区别,等他们断了奶,至多也就能认出他们的手和脚呢!"

"亲爱的,"巴尔布大婶说,"我的胃口和十五岁时一样好呢。我答应你,等我觉得精力不支时,我不会瞒你的,到时一样来得及把孩子托付给别人的。"

巴尔布大叔同意了,因为他也不愿产生无益的开支。巴尔布大婶无怨无悔地哺育双胞胎。她是个好生养的女人,两个儿子断奶之后两年,她又生了一个漂亮的小姑娘,取名娜涅特,又是她亲自奶的,但这么一来,她的身体有点顶不住了,幸好她最大的女儿不时搭把手照料,让母亲松了一口气。

这一家的孩子们便以这种方式健健康康地长大,小舅舅、小姨、外甥、姨甥济济一堂,谁也没嫌谁太吵嚷,太胡闹。

2

双胞胎和别的孩子没两样,而且体格强壮健硕,没患过牙痛等成长过程中常见的小毛病。

他们长着一头金发,五官俊秀,蓝色的大眼睛,宽肩,身板笔挺,身材比同龄的孩子都要好,也都十分勇敢。经过戈斯村的路人都会停下脚步看他们,惊叹他们的相似。然后一面走开一面说:"真是一对俊小子。"

双胞胎从小就习惯被人打量、提问,长大后一点也不羞涩腼腆。他们与人交流时落落大方,爽爽快快,有问必答,毫无低头畏缩之状。他们的相貌长得几乎像一个人,就如这一只蛋与另一只蛋。细致观察良久之后,才发觉朗德利略高略壮一点儿,头发也略厚,鼻子略高,额头也较宽,左额有一颗明显的痣,而他哥哥的痣在右额。乡亲们仅凭这点立刻便能分辨他们,而在夜里或相距较远时,往往都会出错,况且兄弟两人的音色一样。为了不让别人弄错,他们懂得主动做出反应。巴尔布大叔本人有时也会弄错。正如萨吉特大妈说的,只有双胞胎的母亲从未出错,即使在伸手不见五指的黑夜里,或相隔老远,她都能分清他们的长相和声音。

确实,兄弟俩同心同德,弟弟朗德利比哥哥开朗大胆,而哥哥西尔维涅孝顺、温柔,与他的弟弟一样招人疼爱。他们的父母为了不让他们过于亲密,费了三个月时间。在乡下,三个月时间足以改变坏习惯了,但他们看不到有多大的效果。加上神甫先生说萨吉特大妈说话颠三倒四,又说自然法则是由上帝安排的,并非人力可以破坏,于是逐渐忘记了他们先前答应做的事。他们第一回脱掉双胞胎的褴褛,让他们穿着短裤,领他们去教堂做弥撒,他们穿同样的布料做的衣服,这是他们的母亲用自己的衬裙做的,式样也一样,教区里的裁缝都分不清了。

他们长大成人之后,竟喜欢同样的颜色。新年,他们的姨妈想送孪生子每人一条领带,流动商贩牵着佩尔什马,马背上驮着货品,挨家挨户兜售他们的服饰用品。他俩挑了同样的淡紫色领带,姨妈问他们是否打算永远用同样的颜色。双胞胎不假思索。西尔维涅说,这条领带是流动商贩所有领带中颜色最鲜艳,花色最美的。朗德利马上附和说,其他领带都难看。

商贩笑吟吟地问道:"你们觉得我的马的颜色如何?"

"很难看,"朗德利说道,"它就像老喜鹊。"

"很难看,"西尔维涅说,"像只毛色丑陋的喜鹊。"

"您瞧瞧,"流动商贩对姨妈说,一副洞若观火的神色,"这两个孩子看法一样。这一个把红的看成黄的,那一个也把黄的看成红的。您就别往心里去。有人说,您要是阻拦孪生兄弟把自己看成一幅画里的两处痕迹,他们就会变蠢,不知所云了。"

商贩故意说这一番话,他很清楚自己推销的淡紫色领带滞销,正想趁机一下子卖掉两条。

后来的情形依然如此。双胞胎穿同样款式的衣服,人们更难区分他们了。或许由于孩子们调皮,或许由于神甫说的,自然规律不易破坏,如果其中一个弄破了靴尖,另一个马上损坏同一只脚的靴尖;如果一个撕了衣服或帽子，另一个赶紧撕坏自己的，让别人以为他们同时出了事故，然后双胞胎便哈哈大笑，别人问起事情的来龙去脉，他们便装出天真调皮的神气。

不管是好事也罢，坏事也罢，兄弟的手足之情与日俱增。到了稍稍懂事的年龄，他们形影不离，少了一个，另一个也不与别的孩子玩耍。父亲曾试图留下一个，让另一个跟着母亲，但两个孩子便郁郁寡欢，脸色苍白，无精打采，像生了大病。晚上相聚时，他们手牵手，在路上闲逛，不愿回家。两人在一起时欢天喜地，对父母令他们遭受离愁别苦有点不满。于是父母不愿重演悲剧。因为父母、叔叔伯伯姨妈以及兄弟姐妹都溺爱双胞胎，他们为双胞胎感到自豪，人人都称赞小兄弟俩，而且说实话，他们不丑不傻不凶。有时巴尔布大叔有点担心，担心他们长大后片刻难离。他记起萨吉特大妈的话，有意离间他们，让一个嫉妒另一个。例如他们同时做了错事，他扯住西尔维涅的耳朵，然后对朗德利说：这一回我原谅你，因为你平时最听话。西尔维涅的耳朵虽然被扯得发热，但看到兄弟得到宽恕，便毫无恼意。而朗德利却哭了起来，好像受到惩罚的是他。他们又曾单独给其中一个儿子两人都喜欢的东西，试图引起另一个的不满，但他们马上发现，如是好吃的东西，他们便分享，如是好玩的，他们便同玩，不分你我。如果有人称赞这一个的行为，有意装出对另一个不公正的样子，另一个看见兄弟受到嘉奖，得到抚爱，非但不嫉妒，反替兄弟高兴，也跟着赞扬兄弟。总之，要想从感情上行动上疏远他们，太不容易了。况且父母也不愿为难自己疼爱的孩子，哪怕是为了他们的利益着想。小兄弟没有上当，把父母的离间当作游戏。他们也很机灵，为了让父母省心，他们会装作争吵打架，但他们是闹着玩的，滚在一起时他们也小心翼翼的不弄痛对方。有些看热闹的人见他们斗嘴，颇为意外，小兄弟见他们信以为真，暗暗发笑。人们见他们在一起喊喊喳喳，或者唱歌，就如枝头上的一对鹁鸟。

尽管他们长相极肖，爱好相同，但上帝创造的万物，绝没有完全一样的东西。小兄弟的命运迥然不同，慈悲的上帝有意分开他们，所以两个人的气质完全不同。

家人是在打算拆开他们的时候发现两人的不同之处的。事情发生在第一次领圣体之后。巴尔布大叔家的人丁不断增加，两个女儿不停产下漂亮的孩子。大儿子马尔丁，一个老实英俊的小伙子，已经服役。女婿勤劳耕作，但收成欠佳，我们的家乡连年歉收，生意也不景气，乡下人口袋里的钱都被掏光了，入不敷出。巴尔布大叔养不起一大家子人，便打算让双胞胎的其中一个到别人家打工。普里歇村的卡优大叔向他要一个儿子到家里放牛。他有一大笔产业要开发，而他本人的儿子要么年龄太大，要么太小，干不了放牛的活计。巴尔布大叔头一回向大婶提出这事的时候，大婶心如刀绞，她从没料到她的双胞胎会弄到这步田地。她担心儿子的前途，但她是个贤惠的女人，对丈夫言听计从，便一言不发。大叔担心她过于忧虑，背着她安排这事。起初双胞胎哭了，躲在树林和牧场里三天，避开他人，吃饭才见人。他们不与父母讲话，父母问他们是否同意，他们也默不作答。

第一天，兄弟俩只会唉声叹气，手挽着手，好像怕有人来强行拆散他们。大叔没有一点强迫的意思，他具有农民的智慧，很有耐心，相信时间自会解决问题。因此，第二天，双胞胎看到父母没来纠缠他们，打算等他们自己明白事理，他们认为这比父亲用威胁和惩罚的手段更严重。

朗德利说："我们该商量怎么办了，这就是说我们当中哪一个离家，他们让我们自行决定。卡优大叔说他不能同时收留我们两个。"

西尔维涅说："走还是留下，还不是一样？反正我俩定要分开。我从没想过到别处生活。就是和你一起走，我也要改变家里的生活习惯了。"

"话不是这样说的，"朗德利说，"留下来和父母在一起，比起离开兄弟、父母、家园、牲畜以及喜欢的东西的那一个要幸福一些，少些烦恼。"

朗德利下定了离开的决心，西尔维涅却哭了起来，因为他的决心不如兄弟的大，想到一下子失去一切，离开一切，他便伤心难过，泪流不止。

朗德利也哭了，但哭得没哥哥伤心。因为他早打算挑起重担，他想看看哥哥能承受多大的痛苦，他不会让他承受过多的痛苦的。他了解西尔维涅比他更害怕到陌生的地方去生活，到别人家打工。

"哥哥，"朗德利对哥哥说，"既然我们注定要分离，还是我去吧。你知道我比你强壮，我们同时生病时，但你总比我烧得厉害。有人说，如果我们分开，我们就会死，我不相信自己会死，但我不能保证你的安全，为此我宁愿你留下来和母亲在一起，让她照顾你、安慰你。事实上，我们之间存在着看不出来但客观的区别，那就是你比我随和、温柔、脆弱。你留下吧,我走。我们相隔并不遥远,卡优大叔的田地与我们的田地相近,我们天天可以见面。我不怕吃苦,乐于吃苦。我跑得比你快,干完一天的活儿我马上跑回来找你。你没事时也可以来看我。如果让你出门而我留在家里,我会更担心的。因此,我劝你留下来。"

3

西尔维涅不愿领兄弟的情。他虽比朗德利恋家,舍不得父母和小妹妹娜涅特,他还是不愿把重担推给兄弟。

他们你推我让,拿一根短草做抽签之用,结果还是朗德利出门。西尔维涅对这个结果不满意,又用抛钱币看正反面决定去留。他们抛了三次,他抛的总是钱币的正面。结果总是朗德利离家。

朗德利说:"你看清楚了吧,这是命运的决定。你知道我们不该违背命运的安排。"

第三天,西尔维涅的离愁别泪还没干,朗德利已抹去了泪水。刚听到要离家的消息,他也许比哥哥还要难受,他也知道自己比哥哥勇敢,知道无法违背父母的意愿,他是必走无疑的。想到害怕离家是个弱点,他很快便下定决心克服它,并不断说服自己。而西尔维涅没有这份勇气。在朗德利决定离家的时候,西尔维涅却在兄弟走时还未下决心。

朗德利的自尊心比哥哥强。有人说过多次,他们不养成分开的习惯就不是真正的男子汉大丈夫。朗德利已开始萌发十四岁少年的豪气,有了表现自己不是孩子的愿望。他总是头一个说服带动哥哥,从第一次到树顶掏鸟窝,直到现在安慰哥哥。晚上回到家里,他向父亲宣称,他和哥哥打算履行职责,他们抽了签,由他去普里歇村放牛。

巴尔布大叔把双胞胎抱到自己的膝盖上,尽管他们已经长得又高又壮。他对他们这样说道:

"孩子们,你们已到了懂事的年纪,我知道你们听话懂事,我很高兴。你们知道,做儿女的讨得父母的欢心,也就是讨得上帝的欢心。上帝总有一天会酬报他们的。我不想知道你们当中哪一个最听话,但上帝知道,他会赐福给那个说了好话的人,也会赐福给另一个听话的人。"

说完,他把双胞胎领到他们的母亲那儿,让母亲称赞他们几句。但巴尔布大婶好不容易才忍住泪,说不出话,只是紧紧地拥抱他们。

巴尔布大叔并不笨,知道双胞胎中哪一个更勇敢,哪一个更眷恋家庭,他不愿冷却西尔维涅留家的情意,他看出朗德利已下定决心,只有一件事,这便是哥哥的离愁多少使他心软。于是他在天亮前唤醒了朗德利,命他小心不要惊动睡在旁边的哥哥。

"起来吧,小子。"他低声说,"我们该去普里歇了,别惊动你母亲,不然她会伤心的,别让她遭受离别的痛苦吧。拎上你的衣包,我领你去雇主家。"

"我不与哥哥道别吗?"朗德利问,"我不辞而别,他会怨我的。"

"如果你的哥哥醒了,看见你走,他会伤心哭泣,他会叫醒你的母亲,看见你伤心,你母亲会哭得更凶,行了，朗德利，你是个孝顺的孩子，不会让母亲伤心的，挑起整副担子，走吧，别惊动他人。今晚，我会领你的哥哥去探望你，明天就是星期天，你回来看望你的母亲好了。"

朗德利很听话，头也不回地走出家门。巴尔布大婶并未睡熟，她心里并不平静，听见了丈夫对朗德利说的话。可怜的妇人深知丈夫的好意，她不动弹，稍稍掀开床帏看着朗德利出门。她肝肠寸断，扑倒到床脚，要去拥抱他。但她止住了脚，因为她已来到双胞胎的床前，西尔维涅还在蒙头大睡。可怜的孩子差不多哭了三天三夜，他哭累了，甚至有点发烧。他在窗前辗转反侧，叹着粗气，在梦中呻吟不已。

巴尔布大婶心疼地看着留在身边的西尔维涅，不禁想到，这个孩子离家，她会更痛苦。这孩子是两个中较脆弱的，或因为他的个性较柔弱，或因为上帝造人的法则就是这样，即两个相爱（无论何种感情）的人中，总有一个更痴情。巴尔布大叔偏爱朗德利，他看重能吃苦耐劳、勇敢坚强的人，胜于感情细腻的性格。而大婶则更喜爱忠厚温和的西尔维涅。

她端详着可怜的儿子，只见他脸色苍白，心想是离愁把他折腾成这个样子。她的朗德利要坚强些，较能吃苦，朗德利还不至于因爱哥哥及母亲到生病的地步。那个孩子责任感强。话又说回来，他的心肠也硬些。不然怎会走得那么毅然决然。他没有跪下来乞求上帝赐给自己勇气，他怎么就不经过我的床边，我正闭目装睡，他怎么就不看我，吻我的床帏呢。我的朗德利真是个小男子汉。他渴望通过劳动来改变生活。而我身旁的这个孩子柔弱如女孩，充满温情，教我情不自禁地怜惜。

她就这样寻思着，返回自己的床铺后却再不能合眼。而此时的巴尔布大叔正领着朗德利穿过普里歇旁的牧场，他们登上高坡，这儿已看不见戈斯的房子。下坡时，朗德利停住脚步，他的心像被人揪住般疼痛。他跌坐在野草地上，双腿发软。父亲佯装不见，没有停步。过了一会儿，他轻轻叫他，说道：

"朗德利，天快亮了，快点赶路吧，太阳出来之前我们要到达目的地呢。"

朗德利站起身，似乎发誓不在父亲面前流泪。他忍住泪水，装作捡起从口袋里掉下去的刀子，一直到普里歇，他都没流露出心中极度的悲酸。

4

卡优大叔看见巴尔布大叔给他领来的是孪生子中最强壮最勤快的，很高兴地接待了他。他通情达理，知道这孩子做出决定不容易。他又是老实人，巴尔布大叔的好邻居，这位好友极力鼓励小伙子。他赶紧命人给小伙子端来酒菜，安抚他的心绪，他看出小伙子的戚容，然后领他看自家的牛群，告诉他该干什么活计。朗德利对这活儿并不陌生，因为他的父亲也养了两头牛，他调养得不错。看见卡优大叔的牛膘肥体壮，毛色油亮，是当地的良种，他觉得这活儿不赖。他跃跃欲试，要在长辈面前显示他并不笨拙胆怯，也不是生手。他的父亲不失时机地让儿子露了一手。他们准备下田的时候,卡优大叔家的小孩子们,男的女的,大的小的都来拥抱他,最小的女孩还在他帽子的绸带上结了一束花,庆祝第一次上工。对于他们这一家子来说,这一天是节日。父亲与他分别的时候,当着卡优大叔的面叮嘱儿子,命他百事都要做得令雇主满意,要像看好自家的牛那样看好这里的牛。

朗德利答应父亲尽力干好活儿,赶着牛群下地了。整天他都不敢怠慢,勤勤恳恳。干完活儿回来,他的胃口大开,因为这是他平生头一回尽全力劳动,而疲累又恰是疗愈离愁的良药。

仍然待在孪生村的可怜的西尔维涅呢,这一天可就难熬了。这村子为何取这个名字呢,我必须向你们做个交代。巴尔布大叔的房子和产业都在戈斯村,孪生兄弟出生后不久,一家富人的女仆又生了一对孪生姐妹,可惜夭折了。而乡下人都爱言三语四,议论这些事情。巴尔布大叔的房子和土地便得了"孪生村"的名字。西尔维涅兄弟出现在什么地方,孩子们就围着他们喊:"孪生村的孪生兄弟来了!"

巴尔布大叔的"孪生村"那一天可谓愁云笼罩。西尔维涅一觉醒来,身边不见了兄弟。他估计兄弟走了,但他不相信兄弟不辞而别,心里又苦又恼。

他向母亲诉苦:"我究竟干了什么对不起他的事?我对他总是百依百顺。他要求我别在你们面前哭泣,亲爱的妈妈,尽管我一肚子苦水,我也极力控制住自己。他答应过我临别时要说些勉励我的话,到雪纳维埃尔村头吃一顿饭。我们常在那儿玩耍谈天。我要给他收拾行李,把我的刀赠给他，我的比他的锋利。妈妈，你昨晚默默地为他整理行装时，早就知道他要不辞而别吗？"

"我是按你父亲的意思办的。"巴尔布大婶说。

她极力安慰儿子，他全当耳旁风。直到看见母亲哭了，他才拥抱她，请她原谅自己添了她的愁烦，答应陪伴她，与她分忧解闷。母亲到家禽场照料家禽，忙家务去了，他不觉跑到普里歇村旁，像只识途的雄鸽，追随它的雌鸽而去。

要不是路上遇到回家的父亲，他会一直跑到普里歇村。父亲牵住他的手，拉他回家，并对他说："今晚我们就去探望他，现在别耽误他干活儿，他的雇主会生气的。再说，你母亲也在煎熬当中，只有你才能安慰她。"

5

西尔维涅像个孩子般牵着母亲的裙裾，整天寸步不离，不住口地谈论朗德利。经过兄弟俩常去的地方，便情不自禁地惦念兄弟。傍晚他约父亲去普里歇，父亲答应陪同。西尔维涅迫不及待，急着去拥抱兄弟。他连晚饭也不肯吃。他以为兄弟会扑过来迎接他的，然而朗德利虽想念哥哥，却没有动弹。他担心被普里歇的小伙子和姑娘们讥笑。他们把孪生兄弟之间的手足情深视作病态的表现。西尔维涅看见他坐在餐桌旁吃着喝着，和卡优大叔一家人亲密无间，好像在他家生活了一辈子。

朗德利看见他走进来，快乐得心怦怦直跳。要不是他极力克制自己，他会推开挡路的桌椅，扑过去拥抱哥哥。

他不敢这样做，因为其他人正好奇地看着他。他们认为孪生兄弟如胶似漆的感情很新鲜、好玩，如当地的小学校长所说，是自然现象。

因此，当西尔维涅向他扑过来，一面哭一面拥抱他，就如一只小鸟在鸟窝里紧挨着另一只取暖一般，朗德利有点生气，因为身边有人瞧着呢。他装得镇定坦然，显出比哥哥理智的样子，还不时向哥哥示意，要他注意举止，他的哥哥大为意外，也很恼火。这时，巴尔布大叔正和卡优大叔聊天，一边喝上一两口酒。孪生兄弟一起走出门，朗德利本想和哥哥亲热，但看见不少小伙子在远处盯着他们，还有卡优大叔最小的女儿索朗日。她是个调皮好奇的小姑娘，活像冒失鬼般的朱顶雀。她小跑着紧跟他们到小榛树林，发觉他们注意到她时，她窘迫地笑笑，但仍紧咬住他们不放，她不知道孪生兄弟的感情有什么异常之处，以为能从中猎奇。

西尔维涅见弟弟的态度平静，有点愕然，却没责备他，和兄弟见面，他高兴还来不及呢。上工的翌日，朗德利的行动自由了，卡优大叔给了他独当一面的机会。他一大早便动身，准备给尚躺在床上的哥哥一个惊喜。然而西尔维涅虽比兄弟贪睡，却在他刚跨过屋边园地时就倏地惊醒，光着脚丫追上去，好像有预感似的。朗德利这一天过得很惬意，重返家园，与亲人团聚，他倍感亲切。自从离家之后，他分外珍惜团聚的机会。中午，西尔维涅已忘记了他的痛苦。吃午饭时，他盼着和弟弟一起吃晚饭。吃完晚饭，他想这是最后一顿团圆饭了，心里十分不安。他悉心关照疼爱弟弟，挑最好的给他吃，又是面包，又是最嫩的生菜，又关心他的衣服和鞋子，好像弟弟出的是远门，十分怜惜；他压根没想过自己比弟弟更可怜，因为他是最易受感情奴役的人。

6

一周过去了，西尔维涅每天都去探望兄弟。朗德利若路过孪生村，也必歇歇脚，与哥哥待上一段时间，朗德利已习惯了离家的生活而西尔维涅尚未适应，他度日如年，感情受着煎熬。

西尔维涅只听朗德利一个人的话，母亲只好求助于他，要他安慰哥哥。因为可怜的孩子一天比一天忧伤。他不再玩耍，父母叫他干活儿才干活儿，他带小妹妹散步，但不和她讲话，不逗她，光看着她不让她跌倒。没有人注意他的时候，他便独自走开躲起来，不让人找到他。他到昔日与朗德利一起玩耍闲聊过的沟渠、绿篱、溪涧，坐在兄弟俩一起坐过的树根上，双腿浸在他们浸过的水流里。如果找到几截朗德利削过的木头，几块他用来打火或游戏中作投掷目标用的圆石片，他便如获至宝、欣喜若狂。他把它们收集起来，藏在树洞里或树桩下，以便日后不时看上一眼，缅怀过去的幸福时光。这些别人认为不屑一顾的小物件，他却视若珍宝。他苦熬与兄弟分别后的日子，深陷在无尽的思念中。

好几次，他恍惚看见兄弟的身影，依稀听见他的脚步声，他便喃喃低语，宛若二人对话；他有时躺在那儿，梦会兄弟，醒来便如有所失，满腹凄凉，只能放声痛哭，以减轻痛苦。

有一回他信步来到香坡幼木林的右边,雨季时从林中流出的小溪流如今已干涸,他找到一只小风车。那是我们家乡的小孩用枝条做的小风车,做工精巧,能随水流旋转,而且经久不坏,除非被别的小孩捣毁或被大水冲走。西尔维涅见这只风车安然无恙,保存完好,因为这地方偏僻,没人看见也就没人毁坏。他认出它是兄弟的作品。他们做这只风车的时候,曾许愿日后要常来看它的,但后来忘了,另外做了一个放到别处去了。

西尔维涅喜出望外,他把它拿到低洼处,看它在小溪流水上转悠,记起朗德利摆弄它时带给他的喜悦。西尔维涅欣喜地把风车放在这儿,打算星期天与兄弟一同来看看这只依然完好无损的风车。

第二天他忍不住又来这儿,看见溪边的泥地被早上来吃草饮水的牛群践踏过。他再近前一看,发现牛把他的风车踏碎了,只剩下几根残枝,他顿时心如刀绞,深恐这一天弟弟会遭遇不测。他拔腿便往普里歇村跑去,看弟弟是否安全。他知道弟弟不赞成自己白天来探望他,担心惹雇主不快,便远远看着正在干活儿的弟弟,不让对方发现他。他为自己的荒唐念头而感到害臊,事情过了很久,他才把这事告诉别人。

他脸色苍白,坐卧不宁,茶饭不思,母亲为之心焦,不知如何安慰他。她带他去赶集,或命他和父亲叔叔们一起到牲口市场。但他还是心神恍惚,郁郁寡欢。父亲没说什么话,他曾劝卡优大叔收留兄弟两个,但卡优大叔讲了一席话,让他心服口服,醒悟过来。

"我就是现在同时雇他们两个,那也不能长久。像我们这样的人家,只需请一个雇工的绝不会雇两个,即使干完一年,你总得把另一个打发到别处去。你难道不明白吗,即使你让西尔维涅与他弟弟一处干活儿,他也不可能像朗德利那样干下去,因为朗德利是下了决心的。他们迟早都要分开。你不可能控制他,命他去哪儿干活儿他就去哪儿吧。如果他们相隔得更远,要好几个星期,甚至好几个月才能见面,倒不如干脆叫他们早点习惯分离。老兄,明事理一点吧,别纵容任性的孩子,你的妻子太宠他了。强者是锤炼出来的。你不让步、不姑息、不纵容,他便会习惯的。"

巴尔布大叔明白,西尔维涅越见弟弟就越想见弟弟。他决定在圣让节把他送到别处去打工,尽量少见朗德利,学会和别的孩子一样独立生活,不让狂热的手足之情弄得他神魂颠倒,萎靡不振。

他没把自己的打算告诉老伴,以免她肝肠寸断,担心西尔维涅会因此送命,他内心深处亦感到左右为难。

朗德利在父母、雇主的提醒下,不失时机地开导哥哥。西尔维涅没有细细琢磨,满口应承,却依然故我。他的痛苦还夹杂着别的他没说出来的东西。因为他说不出口。在他的内心深处有一股可怕的妒意。看到朗德利受到雇主家的喜爱,卡优大叔待他有如己出,他高兴,但又伤心生气。他觉得兄弟对新朋友过于热情殷勤了。卡优大叔轻轻一声呼唤,兄弟便立马回应,抛下父母、兄弟,只顾服从命令,履行职责,忽略亲情;他难受,他可是更愿与亲人多待一会儿的。

可怜的孩子担上以前没有过的心事,他只爱弟弟,但没得到弟弟同等的回报,过去也许就是这样,如今才意识到。或者弟弟的爱冷却了,因为朗德利在别处找到了更知心的、更喜欢的人吧。

7

朗德利没有考虑到哥哥的妒心。他素来胸怀坦荡,为人豁达,不懂得嫉妒别人。西尔维涅到普里歇探望他的时候,朗德利为了逗他开心,领他去看卡优大叔的牛群,美丽的奶牛、成群的山羊和绵羊、田里丰茂的庄稼。朗德利之所以看重推崇这一切,是出于他对劳动的热爱,而不是出于妒羡。他喜欢观赏自己牵到牧场做完清洁后毛光闪闪的小雌马,他不能容忍丝毫马虎的活计,不能容忍上帝赠给人类的礼物——可养活人类的任何东西被丢弃、忽略或蔑视。西尔维涅冷漠地看着这一切,惊讶于兄弟对丝毫不属于自己的东西表现出的热情。他对朗德利说道:"你现在爱上了这些壮牛,不再想念我们的小公牛了,它灵活可爱温顺,和我们有很深的感情,它任你牵捆,对你比对父亲还亲热。你也不问问我,我们的牛怎么样了,它产奶多,看我的眼神那么忧郁。可怜的家伙,我给它喂食的时候,它好像知道家里只剩下我一个人了,不知我另一个兄弟去哪儿了。"

"不错,它是头好牲口,"朗德利说道,"可你瞧瞧这些牛,它们正在产奶,你平生没见过下这么多奶的牛吧。"

"不错,"西尔维涅说,"我敢担保它们比不上布鲁涅特的牛奶和牛油，因为'孪生村'的草比这里的茂盛葱郁。"

"见鬼，"朗德利说，"如果要我们的父亲用溪旁的干草换卡优大叔的干草，他才求之不得呢！"

西尔维涅耸耸肩，说道："我们牧场的树比这儿的树长得还粗壮。说到我们家的干草，那是少有的，又细又嫩，收回来时，沿途都能嗅到它的芳香。"

他们就这样为芝麻绿豆大的事儿争论着。朗德利认为这儿的东西是再好不过的了，而西尔维涅则认为自家的东西是最好的，他蔑视普里歇的一切。不管怎样，这些争论表明，朗德利无论在哪儿干活儿、生活，他都很满意，而西尔维涅不理解弟弟在没有他的情况下还能心安理得地干活儿。

朗德利一面领哥哥到雇主的花园去，一面聊天。他不时中断话题，折去树上的枯枝，或拔去菜地上的野草。西尔维涅不满弟弟时刻不忘为别人效劳，而不是像他那样，把亲人的片言只语都听进耳里，一心只放在对方身上。但他没表露出来，两人分别时，他说：

"今天你可被我缠苦了吧？你烦了吧？度日如年了吧？"

朗德利听了这些酸溜溜的话，心里难受。他责备哥哥，而哥哥不愿也说不出个所以然。

可怜的西尔维涅不但对弟弟现在的生活状态产生了嫉妒，他更嫉妒对朗德利表露出好感的人。他不能忍受朗德利对普里歇的小伙子的热情。看到他关照小索朗日，抚摸她，逗她玩，他就埋怨弟弟忘了他们的小妹妹娜涅特。他认为他们的小妹妹比这个脏女孩可爱百倍，也伶俐得多。

被嫉妒心咬噬的人是绝对不可能公平的。朗德利回家时他又抱怨弟弟只关心小妹妹，对他冷淡厌倦。

他对弟弟的感情越来越苛刻，脾气也越来越古怪。朗德利备受折磨，与哥哥见面已不大痛快。哥哥老责怪他不该听父亲的话离家，他听了有点腻烦。西尔维涅好像要弄得对方和他一样不快才甘心。朗德利劝他，太重感情有时会坏事的，他充耳不闻。甚至认为弟弟太无情，于是不时与他赌气。好几个星期不去普里歇。虽然他心里很想去，但他硬撑着。

每一次闹别扭或语言冲突，西尔维涅总是从坏的角度理解朗德利的忠言规劝。可怜的西尔维涅积怨渐深，有时迁怒于弟弟的钟爱之物。星期天他有意离家外出，不见弟弟，而朗德利却是每个周末必回家见他。

这类幼稚的赌气很能折磨朗德利。朗德利喜欢参加娱乐活动或游戏，从中锻炼了身体，陶冶了性情。他身手敏捷，机警伶俐，是玩得最出色的一个。为了见哥哥，周末他离开普里歇村，牺牲了与村里伙伴们的游戏时间。他不能叫哥哥到戈斯广场来玩，也不能到任何地方散步。西尔维涅在身心方面都比兄弟稚气，他把心都放在弟弟身上，只有一个念头——爱弟弟，并得到弟弟的爱。他要弟弟只陪他玩，要对方陪他到无人之处玩不适合这个年纪的游戏，如做柳条小车、小风车、捕鸟索，用石头砌房子，在手帕大的地面上学大人耕地、播种、犁地、除草、收割，在一个小时内假装完成一年四季的农活儿。

朗德利对这类游戏已提不起兴趣了。现在他干的是大人的活儿，他喜欢扶六头牛拉的犁耙，不喜欢用一辆树枝编的小车捆在狗尾巴后面拖着玩；他喜欢和当地的壮小伙练拳脚，玩木柱游戏，因为他能灵活地抡起大球，在三十步内击中目标。西尔维涅一声不吭地待在角落里，看见弟弟表现出对游戏跃跃欲试的神气，他便心烦、憋气。

朗德利在普里歇学会了跳舞，因为哥哥不爱跳，他很迟才学，但已跳得和那些当地人一样棒了。他跳的奥弗涅民间舞很受村民称赞。跳这舞要搂住姑娘，他虽还没有搂姑娘的兴趣，但为了表示他已成年，他也乐于搂搂她们。他还希望她们不把他当孩子看待，对他礼貌一点，但她们都不把他当男子汉看，年纪大点的姑娘笑着搂他的脖子，弄得他十分窘迫。

西尔维涅有一回看见弟弟跳舞，而弟弟跳舞也成了他怨恨对方的一个原因。看见朗德利搂着卡优大叔的一个女儿，他又恼又妒，哭了起来，认为弟弟干了无礼之事，非教徒之所为。

朗德利以为哥哥会感谢他，因为他不惜牺牲了娱乐，放弃了快乐的周末，回家见他。但西尔维涅却不领情，还与他赌气，离家不见他；他觉得哥哥不公平，也恼了，跑到外面找了个地方躲起来，号啕大哭，这还是自打工以来第一回。他不愿让父母看见他委屈，增添他们的不安。

其实朗德利比哥哥更有理由嫉妒。西尔维涅最被母亲，甚至也被父亲宠爱。虽然父亲最爱的是朗德利，父母却更关心体贴西尔维涅，他没弟弟能干、懂事，却最受宠。父母怜他脆弱。他的命好，留在家里，弟弟却代他外出，承担艰苦的劳动。

善良的朗德利头一回领悟到这个事实，哥哥不该对他如此，但他没有抱怨，更不用说责备了。他唯有自责，怪自己太看重工作，太热衷于游戏，缺乏哥哥的温柔，不懂得体贴关心父母。但他自问没有做对不起哥哥的事。这一天他放弃了与普里歇的小伙子们钓鱼虾的活动，为这事他们已筹备了一周时间。他抵制住了巨大的诱惑，在他这个年纪，这可不是容易办到的啊。哭了一会儿，他听见不远处也有人边哭边喃喃自语，这是我们家乡的妇人的习惯。遇到伤心事便躲起来哭。他很快听出是自己的母亲，就向她跑过去。

"哎，我的上帝，"她呜咽道，"那孩子怎么让我操碎了心，他非要我愁死不可吗？"

"是我让你操心了吗？"朗德利搂住母亲的脖子，"如果是我，你就惩罚我吧，别哭了。我不知道我做错了什么事惹你伤心了，但我请你原谅。"

到这个时候，母亲才知道朗德利并不像她认为的那样坚强。她紧紧地搂着他，不知该说什么话才好。她说自己抱怨的是西尔维涅，而不是他。她以前错看了他，他还会做补救的工作；现在她认为西尔维涅的态度太过分了，令她感到不安。他竟然跑出去，饭也不吃。太阳快下山了，他还未回家。中午有人看见他在河边，她担心他想不开会投河自尽。

8

从母亲这里听到"西尔维涅要寻短见"，朗德利急忙跑去寻哥哥。他一面跑一面伤心，心想："母亲怨我的心肠硬也许是对的。西尔维涅不是心里有病吧，竟干出这种事来折磨可怜的母亲和我。"

他四处寻觅哥哥，却不见他的踪影；他高声喊哥哥的名字，没人回应他。他向人打听哥哥的下落，没人知道。后来他来到水草牧场，走进水草丛中，他记起那儿有个西尔维涅喜欢去的地方。那是一个很大的鸿沟：河流冲刷，连根拔起两三棵赤杨树，留下了一个大洞。树根还横斜着拦住河水。巴尔布大叔不愿移走它们，因为它们能拦住泥土的流失。否则，每年冬天，河水都要冲走他的土地，造成很大的损失。

朗德利走近鸿沟——他和哥哥都这样称呼这个地方。那儿有个角落，兄弟俩曾用湿泥块在大树根和石块上砌了小梯级，他来不及转到这梯级上，就尽力从最高处跃下，跳到沟底。因为右岸长着比他还要高的树枝和草，兄弟若在里面，不进去是看不见的。

他紧张得心怦怦跳着，走了进去。脑子里老想着母亲说的哥哥要自尽的话。他在里面走来走去，拨开野草树叶，叫着西尔维涅的名字，吹口哨叫家里养的狗。大概狗也跟去了，因为家里一整天没见它和它的小主人。

朗德利的寻找和呼唤毫无结果，沟里只有他一个人。他是个办事一丝不苟的孩子，他细细观察河岸，注意有没有留下脚印，或留下崩塌的新泥。他一面寻找，一面心紧揪着，又暗暗惭愧，因为他有一个月没来这儿了。过去他对这一带了如指掌。一个月过去了，这儿不可能没有变化。右岸长满青草，就连沟里的沙底也长满了粗硬的灯芯草和木贼草，看不见脚印。朗德利翻来覆去地寻找，终于在里面看见狗的爪痕和被践踏过的草地。他们的狗费诺似乎在那儿打过滚。

见此他不由得产生联想。他观察河岸的时候，隐约看见刚刚有人跳下去砸出的裂口，尽管不大明显。因为也可能是大水鼠乱翻乱刨的结果，但他心如刀绞，双腿发软，跪了下来，似乎要祈求上帝。他就这样待了一会儿，没有勇气也没有力气再向任何人询问哥哥的下落。他噙满泪水的眼睛看向河流，似要质问它把自己的哥哥弄到哪儿去了。

河水静静地流淌，摇动着倒垂在河面的树枝，发出轻轻的声音，似乎在嘲笑他。

可怜的朗德利被自己不祥的念头折磨着，一时失去了主张。本来未卜吉凶的小事，也令他埋怨起上帝创造的河流了。

"你这可恶的河流啊，怎不与我讲一句话。"他想，"我就是哭上一年，它也不会把哥哥归还给我，自从它冲毁牧场，树枝树叶落到河心，人陷进去就走不出来。我的上帝，我的哥哥会不会就躺在离我不远的河底，被水草芦苇覆盖着，我看不见他，也找不到他？——不管怎样，我要想办法下到河里去。"

想到这里他又开始哭他的哥哥并且自怨自艾，平生他还没这样悲伤过。

终于，他想到去请教寡妇法岱大妈。她住在水草地的尽头，浅滩旁的路边。这位妇人没有土地，只有小块的菜园，一栋小房子，但她不愁衣食。因为她有关于治病解灾的丰富知识，邻里的乡民们都找过她求医问卜。她能治疑难杂症，用秘方治疗外伤以及其他残疾。她还自吹能免除你不自知的疾病，例如肚皮下垂。我对这些传言将信将疑。据说她还能把健康奶牛的奶转移到病牛、老牛的体内。

她自称懂得许多药方，能治感冒发烧，在烧伤、刀伤、疮疖上贴药膏，又能熬制汤药，治好了许多医生都治不好的病人，赚了不少钱，至少她是这样说的。没人否认她的本领，却又不敢随便找她冒风险。

乡下人不懂一点法术就算不了博学。许多人都认为法岱大妈懂得的法术比她本人说的还要多，有人说她能找到失落的东西，甚至能找到失踪的人。大家把她神化了，说她能帮人解难除厄，能做到常人无法做到的事情。

孩子们听过种种有关她的传闻。朗德利在普里歇听人说——普里歇人比戈斯人还要迷信，头脑简单，性格单纯——法岱大妈只要扔一些米粒到水里，嘴里念念有词，米粒沿河流浮起来，停在什么地方，那里就能找到失踪者的尸体。还有许多人说受过魔咒的面包也有这种效果。因此，几乎所有的磨坊都留着面包。朗德利没有这种面包。既然法岱大妈住在水草地附近，而人处在危机当中是会"病急乱投医"的。

于是他往法岱大妈的住所跑去。他向她诉说自己的悲苦，请她同他到壕沟去施法，找到他生死不明的哥哥。

法岱大妈不愿办自己没有把握的事情，也不愿为一个无足轻重的人显示自己的本领。她把他嘲弄了一番，毫不客气地把他轰出了门。她早就不满孪生村的女人难产时求助于萨吉特大娘而不请她。

朗德利本是个自尊心很强的人，换了别的时候，他一定会顶撞她，冲她发脾气，但现在他光顾着焦急伤心，便一声不吭地朝壕沟走去。他决定亲自下河，虽然他不会跳水也不会游泳。正当他低着脑袋往前走时，有人拍他的肩膀。他回头看见法岱大妈的孙女，当地人称之为"小法岱特"的女孩。法岱是她的姓，因为她也懂法术。你们有所不知，我们家乡称为"法岱"或"法尔法岱"，其他地方称为"有点疯癫的小姑娘"或"淘气的小妖精"。我们那儿也有人叫那些大家都已不相信的仙女为"法岱"，即小仙女之意。小法岱特被认为是个疯疯癫癫的小姑娘，大胆顽皮，蓬头乱发。她喜欢喋喋不休地缠人、嘲弄人，小蝴蝶般活泼机灵，红喉雀般好奇，并有着蟋蟀般的黑皮肤。

我把小法岱特比作蟋蟀，可见她长得不美，因为生活在田野里的小蟋蟀比烟囱里的蟋蟀还要丑，然而，如果你曾是孩子，和它一起玩耍过，曾逗得它发怒，它在你的靴子里鸣叫，你该记得它那神气活现的小模样，逗得你发笑而不是生气。因此戈斯的孩子们并不比其他地方的孩子笨，人们做了比较，觉得她与它相似，故称她为"小蟋蟀"。他们要逗弄她，让她发怒却又因为她调皮大胆而有点怕她。他们不讨厌她，甚至对她挺友好的，因为她给他们讲各种离奇古怪的故事，教他们玩她发明的新鲜游戏。

所有这些外号让我忘记了她洗礼时取的名字，以后也许你们想知道的。她的名字叫作佛朗索瓦斯，因此她那位喜欢改名字的祖母老叫她芳松。

长期以来，孪生兄弟家与法岱大妈家存在着一些矛盾。孪生兄弟不怎么和小法岱特讲话，甚至有点疏远她，不乐意与她玩，也不喜欢和她的弟弟"蚱蜢"玩。他比姐姐还要干瘦调皮。他老跟着姐姐,她跑得快不等他,他便生气。她嘲笑他,他就往她身上扔石头,人小脾气大,爱惹姐姐生气,虽然她不爱生气,因为她性情开朗、乐观。由于大家对法岱大妈抱有成见,有些人,尤其是巴尔布大叔,认为与他们往来,"蟋蟀"和"蚱蜢"会给自己带来不幸。但这不妨碍两个孩子与他们交谈,因为他们并不引以为耻。小法岱特看见孪生兄弟走过来,总是通过种种无聊的废话和滑稽的动作同他们搭讪。

9

可怜的朗德利回过头去,因肩上被人拍了一下而有点恼火。他看见小法岱特,在她后面不远的"蚱蜢"正一瘸一拐地跟着她,因为他出生时有一条腿是瘸的。

朗德利起初并不想理她,继续走自己的路,因为此时他笑不出来。小法岱特又拍他另一边的肩膀,说道:

"倒霉!倒霉!可恶的孪生兄弟,丢了另一半,成了半个小子了!"

听到这句话,朗德利再也忍受不了被戏弄和侮辱的感觉。他猛地转身,朝她挥去一拳。要不是她躲得快,可就够她受的了。因为朗德利快满十五岁了,身手敏捷,而她虽将满十四岁,但身材瘦小,人家还以为她不到十二岁,碰一碰都会骨折的。

她灵巧敏捷,不会坐以待毙。在较量双手的游戏中,她虽然在力气上输人一筹,但在速度和技巧上却占上风。她往旁边一闪,朗德利的拳头和鼻子差点儿撞到他们之间的大树上。

"可恶的蟋蟀,"朗德利恼火了,"你是个没心肝的人,这个时候还来惹我这个苦恼透了的人。以前你就叫我半个小子,故意激恼我。今天我真想把你和'蚱蜢'掰成四块,看看你们是否做点好事。"

"哎呀呀,孪生村的俊孪生子,河边水草地的老爷,"小法岱特的嘴巴还在不停地挖苦人,"你真是傻瓜,不对我好一点,我是来告诉你哥哥的下落的,并且告诉你在哪儿能找到他。"

"这就不同了,"朗德利怒火顿消,"如果你知道他的下落,快告诉我,我会高兴的。"

"法岱特也好,蟋蟀也好,此刻我不想讨你的欢心。"小法岱特还在戏弄他,"你对我讲了不友好的话,要不是你笨重,我就要挨你的拳头了。你自己去找他吧,你那个神经兮兮的哥哥。你不是无所不知的吗?能找到他的呀。"

"我真傻,竟信你说的话,可恶的家伙。"朗德利转身就走,"你也不知道我的哥哥在哪儿。你不比你的祖母强多少。她是个老狐狸精,没出息的老东西。"

小法岱特拉住追上来的"蚱蜢",他揪住姐姐身上那条脏兮兮的裙子,紧追着朗德利。小法岱特嘴里仍不住地挖苦他,又说没有她,他永远也找不到哥哥。朗德利甩不掉她,他怀疑她本人和她的祖母通过巫术与河神串通,不让他找到哥哥,于是决定离开水草地回家。

小法岱特跟着他直到牧场的小栅栏那儿。他走下坡,她像只喜鹊似的趴在栅栏上冲他喊道:

"再见了,没良心的家伙,你就不管你的哥哥了,你等不到他回去吃晚饭了。今天你见不到他啦,明天你也见不到他的,因为他待在那个地方就像一块可怕的石头一样动不了,暴风雨就要来了,今夜河里还将发大水,河水会卷走西尔维涅,把他卷得远远的,你永远也见不到他了。"

朗德利听到这些可怕的话语,惊出了一身冷汗。他不全信,但法岱一家可是出了名的与魔鬼打交道的人,你不能不相信她们的话有点来由。

"好了,芳松,"朗德利说,他站住了,"你能否让我冷静下,或者告诉我西尔维涅的下落?"

"如果我在下雨前让你找到他,你给我什么礼物?"小法岱特站在栏杆上,挥动双臂,好像她要飞起来似的。

朗德利不知道自己能许给她什么东西。他以为她有意骗他,从中捞点钱财。此时风刮得树林沙沙响,雷声隆隆,他脸色发白。他并不惧怕暴风雨,虽然事实上,这场暴风雨骤然发作,来得很不自然——因为处于不安状态的朗德利没看见乌云从河边的树林后面涌上来,两小时前就在山谷里酝酿了。他登在高处时才看见天空,小法岱特向他宣布暴风雨来临时他才留意。这时她的裙子被狂风吹得鼓起来,乱蓬蓬的黑发从帽子里伸出来——她的头发素来没被帽子压好,在耳朵上像马鬃似的竖起。她弟弟的帽子也被狂风卷走。朗德利费了好大的劲才按住帽子,不让它飞走。

两分钟不到的工夫里,天空变得漆黑,小法岱特站在栏杆上,架势唬人,朗德利不由得害怕了。

"芳松,"他对她说,"如果你把哥哥还给我,我向你投降，你也许看见他了，你也许知道他在哪儿。做个好姑娘吧，我不知道你在我的痛苦中能寻到什么开心的东西。行行好，我知道你是刀子嘴豆腐心。"

"我干吗要为了你做个好姑娘？我从没做过对不起你的事，但你对我总是凶巴巴的！我为什么要对两个像公鸡一样骄傲，从不对我友好的孪生兄弟行善？"

"好了，小法岱特，你要我送你礼物，快告诉我你要什么，你要我这把小刀吗？"

"让我瞧瞧。"小法岱特青蛙般跳到他的身旁。

小刀不赖，又是朗德利最近在集市上花了十个苏买的。她心动了一会儿，但很快她就觉得这礼太轻了。她要他送一只小白鸡，比鸽子大不了多少，但翎毛可是一直长到脚趾头上。

"我可不敢许这个愿。小白鸡是我母亲的。"朗德利说，"但我可以代你向她要，她不会拒绝的。能找到西尔维涅，她高兴还来不及呢，有什么舍不得掏出来酬报你的呢？"

"得了吧！"小法岱特说，"假如我要你们的黑鼻子小羊，巴尔布大婶也肯给我？"

"我的上帝！我的上帝！芳松，要费多少口舌你才肯帮我？其实只要一句话就够了：如果我的哥哥危在旦夕，你马上领我去解救他，我敢肯定，我的父母为了感谢你，家里的大母鸡小母鸡，大羊小羊没有不可以送给你的。"

"好吧！朗德利，我们走着瞧吧！"小法岱特向朗德利伸出干瘦的小手，要与他击掌为誓。对此他有点害怕，因为此刻她目光炯炯，活像小妖精降临。"现在我不说我要你的什么东西,也许我还不知道要什么才好。但你要记住此刻你许的诺言。如果你不守信用,我就要叫大家别相信孪生子朗德利讲的话。现在我要向你道别了,别忘了我现在不向你讨东西,等到我决定时去找你讨我要的东西,你可别后悔也别搪塞。"

"好吧,法岱特,我答应你便是了。一言为定。"朗德利拍拍她的手掌。

"好啦!"她露出满意的神色,"从这儿向河边一直往下走,直到你听见羊咩咩的叫声,你就会看见棕色的小羊羔,这意味着很快就能看见你的哥哥了。如果事实与我说的不符,你对我的承诺便没有效力。"

说到这儿,小法岱特不管弟弟"蚱蜢"是否高兴,把他挟在臂下——他像条鳗鱼般挣扎着,跳到矮树丛当中去了。朗德利没看他们也没听见他们的声音,刚才的事如同在梦中。他来不及思考小法岱特是否在捉弄他,便一口气跑到水草地的下面,沿着它朝壕沟的方向跑去,他不打算下去,因为他已经看过哥哥不在那儿的。可就在他要走开的时候,他听见羊羔的咩咩叫声。

"我的上帝,"他想,"那个姑娘向我预言,我会听见羊羔的叫声,我的哥哥就在那儿。但我不知道他是生是死。"

他跳进沟里,走进荆棘丛里,他的哥哥不在那儿。但沿着河水,走出十步左右,他还是听见羊的叫声。朗德利看见他的哥哥坐在河对岸,用罩衫兜着小羊。那只小羊真的从鼻尖到尾巴都是棕色的。

哥哥安然无恙,脸上没有任何伤痕,衣服也没被扯破，朗德利松了一口气。他在心里感谢上帝，却忘了请上帝原谅他求助于魔鬼的法术才得到这份运气。他叫喊哥哥，但哥哥没看见他。西尔维涅倒不是佯装没听见，因为河水冲击石头的响声很大。他停下脚步看着他的哥哥。他大吃一惊：哥哥的状态和小法岱特预言的一样，坐在被狂风乱卷的树林当中，像石像般一动不动。

大家都知道，狂风大作之时待在河边是很危险的，河岸下面长年被河水侵蚀，暴风雨连根拔去好些葡萄藤，除了一条极粗的老藤，它们会突然重重地砸在人身上。西尔维涅虽不比别人笨，却也没意识到这危险。他还以为自己坐在安全稳固的谷仓里呢。他跑了一天，跑累了，他到处闲逛，虽然幸好没淹死在河里，却也沉浸在悲伤怨恨里，像个木头人似的发呆，双目定定地望着河水，脸色像白莲花一样苍白，嘴巴半张，像在阳光下喽喋的小鱼，头发被风吹得乱蓬蓬的，他甚至没留意自己怀中的小羊羔。这只小羊是他在牧场遇见的，它迷了路。他怜悯它，就用罩衫兜起来，打算把它送回家去，半路却忘了问是谁家丢了小羊。他把它放在膝上，让它叫着，他却充耳不闻，也不管可怜的小羊叫声越发凄凉，明亮的大眼睛四处张望。它惊讶，四周没有它的同类，却是陌生的牧场；不见了母羊，不见了羊圈。在这片草地上，它对着湍急的河流惊恐万状。

10

要不是小河把他和哥哥隔开——当时有人说这条河大概五米宽，但有些地方非常深，他一定会不假思索地扑上去，搂住他哥哥的脖子。但哥哥似乎没有看见他，他在考虑用什么法子把哥哥从迷惘的状态中唤醒，然后说服他，拉他回家，因为这个赌气包不愿回家。他可以想别的法子，而这儿苦于找不到一块跳板抵达哥哥的位置。

朗德利暗自琢磨，足智多谋、做事稳妥的父亲在这种情况下会怎样行事。他估计父亲会慢条斯理地装出若无其事的样子，不让哥哥看出他令家人如何不安，不让他过于内疚自责，也不纵容他，以免到了他赌气那天又干出今日的傻事来。

于是他吹口哨，似乎在逗乌鸫鸟唱歌。这是当地猎人深夜沿着灌木丛走路的做法。西尔维涅闻声抬起头，看见兄弟，他不好意思地站起身，还以为兄弟刚才没瞧见他。朗德利装作才看见他的样子，此时流水的响声不大，哥哥不至于听不见他的声音，他便不必高声嚷叫了：

"嘿，西尔维涅，你在这儿吗？我等了你一个早上，还等着你吃晚饭，我估计你在家里了呢。既然你也在这里，我们一起回家吧。我们沿河下去，各自走自己所在的河岸，在圆石浅滩会合（就是法岱大妈住所后面的浅水滩）。"

"好吧，走吧。"西尔维涅抱起羊羔，小羊羔跟他的时间不短了，与他还不熟悉，很不乐意地跟着他走。兄弟俩沿河岸下去，谁也不大敢看对方，因为他们害怕被对方看出闹别扭的不快和相逢的喜悦。朗德利装出不相信哥哥怨恼的样子，一面走，一面不时讲一两句话。他首先问哥哥是在哪儿找到这头棕色小羊的。西尔维涅说不出所以然，因为他不愿承认自己离家跑了很远，甚至不知道他经过的地方的地名。朗德利看出他的尴尬，对他说道：

"你待会儿再给我讲这事吧，风大，待在岸边树下危险。快下雨了，就要刮狂风了。"

他却在心里想道："蟋蟀的预言应验了，我会在下雨前找到他。那个姑娘比我们懂事多了。"

他没想到，自己花了整整一刻钟的时间恳求法岱大妈帮忙，大妈不肯理他。走出她的家门时他才看见小法岱特，而小法岱特可能在这之前看见过西尔维涅。如果他恳求老太婆的时候她不在家，她怎么知道他犯愁的原因？来到水草地，他问过她的弟弟，问过好几个人。也许让小法岱特听见了，或者这个小姑娘听到了他与她祖母的对话，像平日那样，她喜欢偷听，以满足好奇心。

可怜的西尔维涅也在想他的心事。他在想该如何向兄弟和母亲开口解释他的冲动行为。他不知道兄弟装假，他不懂该怎样向兄弟编造借口，他平生从未撒过谎，对兄弟也从未隐瞒过任何事情。

过浅水滩的时候，他还是浑身不自在，没能找到摆脱窘境的办法。

上了河岸，朗德利拥抱哥哥。平日里他不轻易表露感情，但这回他情不自禁了。他克制着，不提问题为难哥哥，因为他看出哥哥话都说不出来了。他把哥哥领回家，谈了种种事情，就是不谈兄弟俩都在想着的心事。经过法岱大妈的家门前，他想看看小法岱特是否在里面，他真想感谢她。但屋门关着，只听见"蚱蜢"的喊叫声，奶奶正在鞭打他。这是每天晚上常有的事，不管他该不该打。

听见"蚱蜢"的哭喊声，西尔维涅很难受，他对兄弟说：

"这个家庭真倒霉，老听见哭喊声、鞭打声，我知道这个"蚱蜢"是再调皮捣蛋不过的孩子了，至于那个"蟋蟀"，我也不敢恭维。可这两个孩子够可怜的了，无父无母，受老巫婆的管制，老太婆心眼坏，一点也不疼爱姐弟俩。"

"我们家可不同了，"朗德利说，"爸妈从没动过我们一个指头。我们干了调皮的事，他们也只是温言相劝，不让邻居听见他们对我们的训斥。我们真是太幸运了。然而小法岱特虽是最可怜最受虐待的孩子，却总是乐呵呵的，从不抱怨。"

西尔维涅听出兄弟话中有话，他后悔自己的行为。从早上起他就内疚了，多少次他想回家，但都因过于难为情而犹豫不决。此刻他心里难受，无言地哭了。朗德利拉住他的手说道："西尔维涅，雨下大了，我们赶紧跑回家。"

他们拔腿跑起来。朗德利极力逗哥哥开心，哥哥为了让他高兴，也强装笑容。

回到家里，西尔维涅想躲到谷仓去，他怕父亲责备他。但父亲不像母亲，没把这事看得那么严重，只和他开了几句玩笑。母亲学父亲的样，没显露出内心的担忧和烦恼，只是在她张罗着让兄弟俩烤干身上的湿衣，给他们端上晚餐的时候，他看见她红肿的眼睛不安地看着他。如果身边没人，他会请求她原谅并安慰她的。但父亲不喜欢婆婆妈妈的，西尔维涅只好吃完晚饭后立即上床睡觉。他白天水米未沾，饿得难受，晚餐时狼吞虎咽，像喝醉了酒，让兄弟给他脱衣，扶他躺下。兄弟坐在他身旁，握着他的手。

看见哥哥睡熟,朗德利向双亲告辞。他没觉察到母亲拥抱他的时候,比以前更加激动。他素来以为母亲疼他不如疼哥哥。他并不嫉妒,认为自己不如哥哥出色。他得到自己应得的便满足了。他尊重母亲,疼爱哥哥,对母亲的偏爱毫无怨言。他也认为哥哥更需要疼爱和安慰。

翌日,母亲尚未起床,西尔维涅跑到母亲的床前,向她敞开心扉,坦陈他的悔疚。他告诉母亲为什么最近他觉得不幸。不是因为与兄弟分开,而是因为他觉得兄弟不爱他了。母亲问他为什么会有这不公平的想法。他无从解释。这就如身上的病,他无法防范。母亲从内心深处理解他,因为女人的心也易受类似的折磨。她本人看到朗德利平日里勇敢镇定、处变不惊,也曾以为他铁石心肠。但这回,她也认为嫉妒是最糟糕的毛病。就算爱是上帝给我们大家最深沉的感情。她为避免助长他的这种念头。便告诉他给兄弟所造成的痛苦以及兄弟的苦心,并且隐瞒内心的不快。西尔维涅明白弟弟的良苦用心,承认朗德利是无私而公正的。他向母亲许诺,决心克服嫉妒的心理,他的表态是真诚的。

他表示对兄弟心无芥蒂而且欣慰,母亲抹去他脸上的泪水,用无可辩驳的事实打消他的怨气。他也极力告诫自己要以最公平最真挚的态度对待弟弟。虽然如此,心里依然留下一丝苦涩的滋味。他不禁想:亲爱的妈妈说弟弟是我们俩当中最宽容、最无私的,这确是事实。但如果他爱我像我爱他那么强烈,他就不会表现得那么洒脱。他想起朗德利去河边找他时对着乌鸫鸟吹口哨的情景,而他却想过投河。离家时他虽没有这个念头,以前却有过多次。傍晚时分,想到兄弟不会原谅他的赌气,平生第一回避开他,他想:"如果是他得罪了我,我永不会平静。他原谅我,我感激他,但我没想到他竟轻易地原谅了我。"可怜的孩子连连叹气,左思右想,不得安宁。幸好上帝慈悲为怀,不让我们埋怨他。这一年余下的日子里西尔维涅比较明智了。他克制自己,不与兄弟赌气闹别扭,他逐渐地安静下来,身体也恢复了往昔的强壮。他的父亲常督促他劳动,但在父母家干活儿总比给别人干活儿省力。因此,干活儿不遗余力的朗德利这一年长出来的力气比哥哥的大,身体也比哥哥更加结实。他们原先不大的差别现在更明显了,无论是精神状态还是相貌气质。十五岁那年,朗德利完全长成了个英气勃勃的小伙子,西尔维涅虽也是俊小伙,但比弟弟清瘦,脸色也不及弟弟的红润。旁人再不会混淆,把他们看作孪生兄弟了。朗德利本来是弟弟,比西尔维涅迟出生一个小时,头一回看见他们的人还以为他是兄长。父亲越来越喜爱这个儿子,他是地道的乡下人,总把力气和健康的体魄看得高于一切。

11

朗德利自从与小法岱特打过那次交道后,有好些日子颇为担心,担心不能兑现他对小法岱特许下的诺言。他以父母的名义许下诺言,要把家里最好的东西送给她。不过他看见父亲并不把西尔维涅的赌气出走看得很重,也没有为此不安。他担心下回法岱特上门讨债,父亲会嘲笑她耍的把戏，嘲笑朗德利对她许下的承诺，然后把她撵出家门。

随着他对哥哥不安的消失，他觉得自己很幼稚，竟以为她施了法术。他不能确定小法岱特是否捉弄他，但值得怀疑。他找不到好的理由去说服父亲，向他证明自己许下了必要的诺言，也找不到任何逃避的办法。

但令他大惑不解的是，无论是事情发生的第二天，还是以后的一个月，一个季度，他在孪生村或普里歇都没听见有人提到小法岱特，她也没到卡优大叔家找他算账，也没到父母家索要任何东西。朗德利在田里远远看见她的时候，她甚至没向他这边回头，似乎并不在意他。这可不似她的作风。因为她喜欢跟着人跑，或出于好奇打量这个人，或取笑、捉弄那些好脾气的人。

法岱大妈的家邻近普里歇村和戈斯村。朗德利常常与小法岱特在小路上碰面，免不了要站住讲一两句话。

有天晚上，小法岱特赶鹅回家，后面跟着她的弟弟"蚱蜢"。朗德利到牧场上牵牝马，把它们赶回普里歇。他们在圆石浅水滩的下坡小路上相遇。这条小路夹在陡壁之间，朗德利无处回避，他脸色通红，害怕小法岱特责令他兑现诺言。从远处看见她的时候，他纵身跳上马背，催马快跑。但他骑的那匹马身体状况不佳所以跑得不算快。朗德利看见离小法岱特很近了，他不敢看她，他回头装作看后面的小马驹是否跟上了他。等他再朝前看的时候，小法岱特已经过去了，她什么话也没说，他甚至不知道她是否看了他，或点头向他问好。他只看见"蚱蜢"横着走路，不怀好意地拾石头扔在马脚上。朗德利很想抽他一鞭，但他怕停下来，要向跛子的姐姐做解释。他只好装出没看见的样子，不看自己的后面。

以后几次遇到小法岱特，情况都差不多。逐渐他的胆子大了，敢看她了，因为随着年龄的增加、阅历的丰富，他不再为这种小事担惊受怕了。然而当他鼓起勇气冷静地看她，等着听她说话的时候，却惊讶地发现这个姑娘故意扭头不看他，似乎她也害怕他有话对她说。这样一来，他就更不必胆怯了。他是个有良心的人，不管她是要计还是出于偶然解除了他的困扰，他却因没对她说感谢的话觉得不妥。他决定下一回见到她就向她走过去。这个机会很快便来了，他向她至少走了十步，张口要向她问好，与她攀谈。

他走过去，她却摆出骄傲和几分恼怒的神气，四目相对时，她的目光是那样地轻蔑，弄得他不知所措，不敢跟她讲话。

这是这一年朗德利最后一次与她近距离相遇。从这一天起，小法岱特不知何故，老是避开他。远远看见他，她便扭头躲开，或兜个大圈子不与他碰面。朗德利以为她恼他忘恩负义，可小法岱特不像别的孩子，天性并不记仇，除非别人出语伤人，她也会回敬几句尖酸刻薄的话，但总是后发制人。她从不与人赌气，但也有人嫌她一个十五岁的大姑娘，缺乏应有的矜持稳重。她的举止像男孩，她喜欢逗西尔维涅，捉弄他，尤其是看他发呆，弄得他很窘。她常常尾随他，嘲笑他的多愁善感。因此，可怜的西尔维涅比朗德利更相信她是女巫。他惊讶她竟能猜中自己的心事。他打心眼里憎恶她，蔑视她和她的家庭。又因为她躲避朗德利，他也躲避这可恶的"蟋蟀"。他说小法岱特迟早会走她母亲的道路。小法岱特的母亲行为不检点，抛夫弃子。"蚱蜢"出生后不久，她作为卖酒食的随军商贩，离开了家乡，此后便杳无音讯。她的丈夫不久后便死去。法岱大妈只好承担起抚养两个孩子的重担。她照料马虎，更由于吝啬、年纪大，从不好好看管孩子。

由于这些问题，朗德利虽然不像西尔维涅那样高傲，但也不喜欢小法岱特，他后悔与她打过交道，并且小心翼翼地不把这事告诉其他人，甚至不告诉哥哥。西尔维涅也隐瞒了小法岱特对他的种种恶作剧，尤其是她看透了他的嫉妒心理，令他引以为耻。

时间一天天过去。对于孪生兄弟这个年纪的人来说，他们的身心变化是一个星期等于一个月，一个月等于一年。朗德利很快便忘了这事，起初他还有点内疚，后来就像做了场梦罢了。

朗德利到普里歇已经有十个月了，快要过圣让节了，这一天也是他与卡优大叔契约期满的日子。老实善良的卡优大叔打心眼里喜欢朗德利，满意他的表现，决定增加他的工钱，不放他走。朗德利求之不得，他乐意留在邻村，继续与当地人相处。他习惯了这儿的生活。他甚至喜欢上了卡优大叔的一个侄女，她的名字叫玛德隆，是个身材颀长的姑娘。她比他大一岁，有时还把他当孩子看待。但这种情况日渐变化。年初，玩游戏或跳舞时他搂住她还有点难为情，她则嘲笑他。后来她不敢再惹他，见面便脸红，也不再单独与他待在马厩或干草房了。玛德隆的家境不错，在当地是有名望的人家，他们之间的婚姻可望成功。卡优大叔眼见两个孩子互相爱恋、互相躲避，对巴尔布大叔说他们是天生一对，让他们多接近了解没有任何坏处。

他们商定，圣让节前八天，朗德利留在普里歇，西尔维涅留在父母家。因为西尔维涅懂事多了，巴尔布大叔正在发高烧。这孩子干地里的活儿很顶用，他害怕被父母送到别处干活儿，这担心对他有好处。因为他越来越努力克制自己对弟弟过分的感情了，至少不轻易流露出来。他们一家又恢复了原先的平静与融洽。孪生兄弟一个星期才见一两回。圣让节对于他们来说是个欢乐的日子。他们一起到城里去看招雇零工的集会，然后在大广场上跳舞。朗德利与美丽的玛德隆跳了不止一次奥弗涅民间舞。西尔维涅为了讨好她，也邀请她跳舞。他跳得不怎么好，玛德隆尊重他，牵住他的手，面对面教他跨舞步。西尔维涅用这种办法靠近兄弟。

他没有太嫉妒玛德隆，因为朗德利对她的态度有所保留，而且玛德隆讨好他、鼓励他，态度十分殷勤。不了解内情的人还以为玛德隆喜欢的是西尔维涅。朗德利本来有理由嫉妒哥哥，但他不懂什么是嫉妒，也许因为他天真，也许他以为玛德隆是为了讨他的欢心才接近哥哥的。

大约在三个月的时间里，一切事情的进展都十分顺利。直至圣安多歇节，它也是戈斯村举行主保瞻礼的日子，正好在九月的最后几天。

那一天，教区的大胡桃树下有各种各样的舞会和游戏活动，原本备受兄弟俩的期待。没想到这一天却给他们带来了新的不快。

卡优大叔允许朗德利在节日前夕回家睡觉，以便第二天一早参加活动，朗德利晚饭前就动身了，很高兴能给哥哥一个惊喜。因为哥哥还以为他第二天才回去。这是个昼短夜长的季节。白天朗德利无所畏惧，但独自走夜路，他的年纪还是小了些，尤其是秋天的雾大，巫师可以藏起来耍他们的把戏，施行法术，故弄玄虚。朗德利习惯独自牵牛出门或赶牛回家。那天晚上，他比平日大意了些，但也脚步匆匆，高声唱歌，天黑时人为了壮胆都这样。因为人的歌声能吓走野兽和坏人。

他走到圆石浅滩的右面——这里的石头滚圆，人们便这样称呼这地方，他卷起裤腿，因为水深几乎没过了小腿肚子。他小心向前探路，水底坎坷不平，有深浅不一的坑洞。朗德利非常熟悉浅水滩的地形，绝不会走错路。透过大半已落叶的树林，可以看见从法岱大妈家透出来的灯光，借着灯光朝前走，不可能弄错方向的。

树底下漆黑，朗德利用棍子在浅水滩摸索着向前走。他吃惊地发现河水比以往深多了。他还听见一小时之前打开的闸门的声音。他凭借法岱家窗户透出的灯光，冒险向前走了两步，但水没过膝盖。他忙往后退，以为自己走错了路。他上上下下地探路，探到的却是更深的坑洞，天上并没下雨，闸门流出的水老是发出隆隆的声音，十分蹊跷。

12

朗德利想道："难道是我走错了路，走到马车道上来了？法岱大妈家的烛光怎么在我的右面，它本来应当在我的左面啊。"

他溯流而上,一直来到那个名叫"野兔十字架"的地方。他看看四周的树木和灌木丛,发觉自己又回到河流的附近。虽然他很熟悉浅水滩的地形,却不敢再往前走几步,因为他突然发现法岱家的烛光几乎就在他的身后,本来它应当在他的正面的。他朝另外一个方向转回浅水滩,这一回,水几乎淹至腰间。他一直往前走,朝烛光走去。

他停住脚步,因为脚下依然坑坑洼洼,水深没过肩膀,十分寒冷。他停下来考虑是否该回头,因为烛光似乎改变了位置,他甚至看见它在动,在跑,在跳跃,从此岸飞到彼岸,最后落到水中,光亮比之前大了一倍,像一只鸟展翅摇晃,发出树脂油灯轻微的噼啪声。

朗德利毛发倒竖,差点吓昏。他听人说世上再没比这火更蛊惑人的东西了:谁看见它,它就迷惑谁,它把人诱至深水处,并以它特有的方式,戏弄胆怯的人。

朗德利闭上双目不去看它。他大着胆子迅速转过身去,走出坑洼,又回到了岸上。他扑到草地上,看着追逐他的鬼火,看着它舞动、狞笑。这东西看了让人恶心,它时而像翠鸟般飞窜,时而倏然不见;时而硕大如牛首,瞬间又细如猫眼;它飞近朗德利,绕着他飞快旋转,弄得他头昏眼花。它看到他不愿跟随它,便掉头跳进芦苇丛中,在那儿疯狂跳动,好像生他的气,对他讲蛮横无理的话。

朗德利不敢动弹,掉头走开并非驱赶鬼火的良策。大家都知道它会紧紧咬住试图逃跑的人,令他们发疯,处于极被动的境地。他又怕又冷,浑身哆嗦,这时他听见身后有人轻声唱歌:

法岱，法岱，小巫婆，
拿着你的蜡烛和小号角，
我拿着自己的风帽和斗篷，
每个傻妞都点鬼火。

他随即看见小法岱特快快乐乐地准备过河，脸上毫无惊骇之色。她乍见跌坐在泥地上的朗德利，吓了一跳，忙往后退。一面低声咒骂。

"是我，芳松，"朗德利站起身，说道，"别怕，我不是坏人。"

此刻他怕她像怕鬼火一样。他听见了她的歌声，看见她对鬼火念咒语。那鬼火跳动着，疯了般在她跟前扭动，似乎看见她后显得很兴奋。

"俊孪生子，"小法岱特听到他的声音后说道，"看得出你在恭维我，因为你已怕得半死。你的嗓门和我的祖母一样，直颤抖。可怜的心肝，你在夜里可不像白天时那样骄傲，我敢担保没有我你不敢过河。"

"我想过河，但差点被淹死。小法岱特，你敢冒险吗？你不怕淹死在浅水滩？"

"嗨！为什么我会淹死在这儿？"小法岱特笑着说，"我看是你怕淹死吧，好啦，把手伸过来，胆小鬼，鬼火不像你想象的那么可怕。它只能伤害害怕它的人，我早已习惯了，我们是老熟人了。"

说到这儿，她以朗德利料想不到的力气抓住他的手臂，小跑着领他到了安全的地方，一面唱道：

我拿起自己的风帽和斗篷，

每个傻妞都点鬼火。

朗德利不喜欢鬼火，更不喜欢与小巫女打交道，然而他宁可目睹魔鬼的真容，也不愿遇到阴森森瞬息万变的鬼火，因而他没有抗拒。他感觉到小法岱特把他拉到了干燥的石子路上，很快便安了心。两个人走得飞快，他们像气流般穿过鬼火，但这流星般的小东西老是追逐他们。我们学堂里的老师称鬼火为流星般的小东西。老师对这类知识知道得很多，常教导我们不要害怕它们。

13

也许法岱大妈对这东西颇为了解，她教导孙女别害怕夜晚出没的磷火。圆石浅水滩四周常有这玩意儿，小法岱特早已司空见惯；而朗德利偏偏从未见过它们。也许小法岱特认为教他认识这东西对他会有好处吧，看见朗德利在磷火靠近时便发抖，她说道：

"傻瓜，这火不烫人的。如果你够灵敏的话，不妨摸摸它，你就知道它几乎虚若无物。"

"这就更可怕了，"朗德利心想，"不烫人的火，这说明它不是从上帝那儿来的，因为仁慈的上帝创造的火是有温度的。"

但他没把这想法告诉小法岱特，安全地上了岸，他很想甩下小法岱特逃回家去。但他又是那种知恩图报的人，不愿就此一走了之。

"芳松,这是你第二次帮我的忙了,如果我不对你说我将终生记住你的好处,我就真不是个东西了。你见到我的时候,我正待在那儿都快吓傻了,鬼火不断纠缠我、迷惑我,我过不了河,也许永远走不出这个地方了。"

小法岱特说:"你本来可以毫不费力、安然无恙地过河的,只是你太傻了,我真不相信像你这样一个大小伙子,下巴都长了胡子,却大惊小怪、胆小如鼠,瞧见你那个熊样我才乐呢。"

"芳松,你乐什么?"

"因为我一点也不喜欢你呗。"

"为什么你一点不喜欢我?"

"因为我一点也不尊敬你,也不尊敬你的哥哥,还有你的父母,他们财大气粗,别人为他们效劳,他们心安理得,他们教你们忘恩负义,朗德利,一个男人最大的缺点是怯懦,然后是忘恩负义。"

朗德利听了她的责备,觉得受了侮辱。他认为她言过其实了。他辩解道:

"如果我犯了错,你责备我好了。我的哥哥、父母都不知道你帮了我的忙,但这一回,我会告诉他们的。你会得到你想要的报酬。"

"嗨!你太自负了,"小法岱特说,"你以为你送礼给我就对得起我了。你以为我和我的祖母一样,只要有人给钱,就任人轻贱,我不需要也不想要你的礼物。我蔑视来自你那儿的一切东西,因为一年前我解了你的困扰,而你连一句道谢的话都没有。"

"我承认,是我不对,"朗德利说,头一回见她说话有理有据,他大为意外,"可是你也有不对的地方,我找到哥哥并不是依靠你的法术,也许在我向你祖母探询之前你就看到他了,你责备我,但如果你真是个好心人,你不会故意拖延时间让我忧心如焚,还让我绕远路。相反你会立即告诉我'穿过牧场,在岸上便能见到他',这又不费什么事。你也不会拿我的痛苦寻开心,并向我讨要报酬呢。"

小法岱特反应敏捷,只见她略假思索,说道:

"我看你是在为自己开脱。为了说明你不欠我的人情,无须给予我要求的报酬。我又一次看出你的心肠又冷又硬,因为你看不出我其实并不想要你的东西,我甚至没有责备过你是负义之人。"

"芳松,你说得不错,"朗德利真诚地说,"我错了,我也知道自己错了,真对不起,我应当向你道谢的。我本来也想做这事,但你的脸色很难看,我不敢跟你讲话。"

"如果你在事情发生的第二天对我讲一句友好的话,我就不会摆出难看的面孔了。你也就会知道我不会要你的报酬,我们会成为朋友,你就不会给我留下坏印象了。我本来想让你独自对付鬼火的。晚安,孪生村的朗德利,去烤干你的衣服吧,去对你的父母说:'没有这个破衣烂衫的小蟋蟀,今晚我就要在河里喝上一肚子水了。'"

说到这里,小法岱特转身回家,嘴里哼着歌:

拿着你的功课和包裹,
孪生子朗德利·巴尔布。

这一回朗德利十分后悔。他并非要与这个聪慧刁钻的姑娘交朋友，也不喜欢她的粗野举止，她好玩却一点不讨人喜欢。但他自尊心很强，不愿良心上过不去。他追上去，拉住她的斗篷：

"喂，芳松，我们必须处理好这件事，打消我们之间的疙瘩。你对我不满，我对自己也不满意。你必须告诉我你想要什么，最迟明天我把这东西带给你。"

"我希望永远不再见到你，"小法岱特冷冰冰地说，"不管你拿什么东西给我，我都会扔到你的脸上去。"

"对一个诚心悔过的人说这样的话不太礼貌吧？如果你不要礼物，或者我能帮什么忙，能向你表达我对你的感激，没有任何恶意，说吧，告诉我该怎么做才能让你满意。"

小法岱特停住脚步，说：

"你不能真诚地向我道歉，和我交个朋友吗？"

"对不起，你的要求太高了。"朗德利答道，他无法克服自己对这个姑娘的偏见，因为小法岱特得不到人们对她这个年纪的少女该有的尊重，她也缺乏自重，"至于与你交朋友，法岱特，你为人古怪，我无法信任你，你还是向我要我马上可以给你的东西好了，我也不必再欠你的人情。"

"好吧，"小法岱特再次冷冰冰地说道，"朗德利，我就按你的意愿要件东西吧。我不要你的物件，你却非要我要不可，现在我向你要的东西，在你兑现诺言的那天，你要听我的吩咐。这一天不是别的日子，就是明天的圣安多歇节。你必须答应我的是：做完弥撒后，你请我跳三次奥弗涅舞，晚祷之后跳两次，三钟之后跳两次，一共跳七次。从你起床到睡觉，这一整天你不能和其他姑娘跳舞，如果你做不到，我就知道你身上有三大毛病：忘恩负义、胆小怯懦、言而无信。晚安，明天我在教堂门口等你。"

朗德利一直跟着她走到她的家门口，她拉开门闩，溜了进去，不等他回话，门就被重重地关上了。

14

朗德利开始觉得小法岱特的想法很可笑，他想："这姑娘并不可恶，就是有点疯癫。没想到她为人仗义，她要的报酬没让我为难。"

但细想之下，越觉得他为还债要做的事情棘手。小法岱特是个跳舞高手，他曾看见她在田里或路边和雇工跳舞。乱蹦乱跳像个小妖精，动作灵活敏捷，舞伴很难跟上她的节拍。但她长得不漂亮，衣服又邋遢，与朗德利同龄的小伙子们都不会请她跳舞，尤其是星期天，在众目睽睽之下。只有一些猪倌，还没领第一次圣体的小伙子尚肯屈就。村里的姑娘都不愿意她加入她们的行列。要与这样不受欢迎的姑娘共舞，朗德利不免觉得委屈。他想起他曾与美人玛德隆约好至少跳三场舞，如果他不请她跳，得罪了她，她会怎样对待他。

他又冷又饿，老是害怕鬼火跟在身后。他不敢再想，加快脚步，也不回头。回到家后，他抹干身子，对家人说由于天黑看不见浅水滩，好不容易才过了河。他羞于承认自己的胆怯，也没谈鬼火，以及有关小法岱特的事。他上床睡觉，心想明天的事情明天再说。现在就为今晚遭遇的后果受罪，未免为时过早。但无论他怎样想，始终睡不安稳。他做了无数的梦，梦中看见小法岱特骑在鬼火上，那鬼火像只红色的大公鸡，一只爪子抓着角灯，角灯里点着一根蜡烛，烛光照亮了整片水草地。然后小法岱特变成大如山羊的蟋蟀，得意地唱起一首他听不懂的歌。他只听见押韵的几个词：蟋蟀、法岱、斗篷、鬼火、孪生子、西尔维涅，他的脑袋快要炸开了，闪烁的鬼火那么活跃迅捷，他醒了之后，眼前还闪动着黑色、红色、蓝色的光点，就如我们过久地注视太阳之后，眼前会出现光斑一样。

一夜无眠，朗德利疲惫不堪，在教堂做弥撒的时候，他直打瞌睡，神甫的话一句也未听进去。走出教堂，朗德利整个人无精打采，心事重重。可她偏偏站在门前，就在美人玛德隆的身旁。玛德隆自信朗德利邀请的第一个舞伴必定是她。朗德利走近她，要和她说话的时候，看见了小法岱特。小法岱特向前走一步，高声喊道：

"喂，朗德利，昨晚你约了我跳第一支舞，我们可别耽误了。"

朗德利脸红如被火烧，他看见玛德隆的脸也涨红了，因为事发突然，他十分恼火，便鼓起勇气顶撞小法岱特，说道：

"我答应过邀你跳舞，蟋蟀，但在你之前我已邀了另一位姑娘，等我履行了与那人的约定后再与你跳吧。"

"我不干，"小法岱特寸步不让，"朗德利，你记错了吧，在我之前，你没有与任何人订约，因为我早在去年就与你订约，昨晚不过是旧话重提。玛德隆想和你跳，但那儿不是有与你长得一模一样的孪生哥哥吗？他可以代你与她跳呀，这不是一回事吗？"

"言之有理。"玛德隆恼羞成怒，傲然道。她拉起西尔维涅的手。"既然你们有约在先，朗德利，你应该言而有信。我也喜欢和你的哥哥跳舞。"

"好的，好的，这是一回事，"西尔维涅天真地说，"我们四个人都跳便是了。"

为了不引起旁人的注意，朗德利只好和"蟋蟀"跳了。她神气十足，敏捷灵活地蹦跳起来。没一个人跳得比她更有节奏感，比她出色。如果她长得漂亮可爱，那必定艳压全场。因为她舞跳得好，没有一个美人像她那般体态轻盈，舞步平稳。可惜可怜的她衣衫不整，没有人愿意多瞧她一眼。朗德利再无颜面对玛德隆，他沮丧，像受了辱似的。他看着自己的舞伴，觉得她比平日里更脏更丑，她还以为自己很美呢，教人忍俊不禁。

她头上戴的女帽因长期压在箱底而发黄，而当地正时兴小巧、向后翘起的样式。帽子的两侧有两片又宽又扁的护耳，脑袋后面的帽尾直垂至颈项，看上去挺像她的祖母。这顶帽子使她脑袋的比例看上去极不协调；粗毛呢衬裙太短，而在这一年她长得高多了；两条被阳光晒黑的瘦胳膊，从袖子里伸出来像是蜘蛛的爪子，那条她引以为傲的水红色围裙，是她母亲的，她没想到提起裙裾。这种围裙的式样十多年前便已经淘汰了。可怜的小法岱特太不注重打扮了，像个男孩子，不关心自己的外表，只顾贪玩、讥笑人，因此大家蔑视她的衣着，认为她并非贫穷买不起新衣，而是由于她的祖母太吝啬，她本人品位低俗。

15

西尔维涅见弟弟突然喜欢上了小法岱特，颇为困惑，他比朗德利还要讨厌她。朗德利不知该如何解释这件事，他真想钻进地缝里去。玛德隆对他极为不满。小法岱特拉着他，迫得他的双腿不停地蹦跶，但他却把脸拉得长长的，旁人还以为他被魔鬼缠身呢。

第一场舞跳毕，朗德利马上溜走，躲到屋边园地里。过一会儿，小法岱特由"蚱蜢"陪伴着——"蚱蜢"帽子上插着孔雀翎毛，缀着假金球，比平日更加吵嚷，很快就来纠缠他，并领来一群比她年少的女孩子，因为与她同龄的少女都羞于与她为伍。朗德利看见她强拉了这群丫头作证，以防他拒绝与她跳舞。他顺从了，把她领到核桃树下，找个没人注意的角落与她跳。也算他走运，玛德隆、西尔维涅以及其他人都不在这里，他想赶紧完成任务，与小法岱特跳第三次舞时，他们周围只有一些不太注意他们的外人。

跳完舞后，他跑去找玛德隆，想邀她到树阴下吃麦糊。但她正忙于和其他舞伴吃夜宵。她冷冷地拒绝了他。一脸的傲气，却比任何时候都美。大家都在注视着她。玛德隆看到他待在角落里流泪，便急急吃完东西，从桌子旁边起来，高声说：

"现在打晚祷钟了，晚祷之后谁和我跳舞？"她向朗德利这边转过身来，以为他会马上响应道："和我跳！"但他还没张口，其他人已争先恐后、毛遂自荐了。玛德隆不屑于向他投去怜悯的目光，便和她的追求者们参加晚祷去了。

晚祷歌唱完后，玛德隆以最快的速度与皮埃尔、让、埃荻安纳这三个小伙子一个接一个地跳舞。玛德隆天生丽质，她才不肯错过任何跳舞的场合呢。朗德利用眼角瞟她。小法岱特待在教堂里，在别人后面念着长长的祷文。每个星期天她都如此。有些人说她出于虔诚，有些人说是为了掩饰她与魔鬼之间达成的交易。

看见玛德隆对他不屑一顾，朗德利十分伤心。她跳得兴奋异常，脸红如草莓。朗德利迫于无奈冷落了她，她已从其他舞伴那里得到了安慰。朗德利从她的态度中想到了过去没想到的问题。她好出风头，对他并无多深的情意，没有他她一样快活。

不错，他自知难辞其咎，但她看见他在树下郁郁寡欢，是能够猜到他必有苦衷的，他也会向她做解释的，然而她漠不关心。

她跳完舞之后，朗德利向她走过来，希望私下与她谈谈，尽力解释自己行为所造成的误会。他不知道该怎么把她拉出来，因为在他这个年龄，还没有足够的勇气与女性拉拉扯扯，也找不到合适的言辞，更不敢拉起她的手命她跟他走，而她则以暗含抱怨的语气说：

"喂，朗德利，你终于来邀我跳舞了？"

"我不是来邀你跳舞的，"他不会作假，只是老老实实地说，"我想和你谈谈，希望你能听我解释刚才的事。"

"噢，朗德利，如果你有秘密要与我谈，那等下回吧，"玛德隆抽回她的手，"今天是跳舞的高兴日子，我的双腿还没跳累呢,既然小法岱特令你觉得疲惫,回去睡觉吧,我还要留在这儿。"

说到这儿,她接受了来邀她跳舞的热尔曼,然后转身离去。朗德利听见热尔曼在谈论自己:

"他还以为你一定会和他跳这场舞呢。"

"可能是吧,"玛德隆点点头,"但这场舞还轮不到他。"

朗德利听了这话大受刺激。他靠近舞会观察玛德隆的神态。她红光满面,目中无人,他恼了。她掠过他的身边,见他看她的眼神有讽刺之意,便揶揄道:

"喂,朗德利,今天你找不到舞伴了,我的心肝,你只能去找'蟋蟀'了。"

"我这就去找她,"朗德利答道,"她虽然不是舞会中最美的姑娘,却是舞跳得最棒的一个。"

说到这儿,他到教堂的四周找小法岱特。他把她领到舞场,故意对着玛德隆跳了两场舞。你想想"蟋蟀"该有多得意多骄傲啊!她毫不掩饰自己的得意和快乐,那对调皮的黑眸子闪闪发亮。她高昂起戴着大帽子的小脑袋,就如一只长有羽冠的母鸡。

但倒霉的是,她得意的模样惹恼了平日邀她跳舞的五六个小伙子。他们再不接近她,以前他们只是因为她跳得好而尊重她。现在他们议论她,责备她骄傲。他们在四周窃窃私语:"瞧瞧'蟋蟀',自以为迷惑了朗德利呢,这个自不量力的家伙活像只掉进篝火里的野猫……"他们以当地挖苦人的方式,念了一连串押韵的废话。

16

后来小法岱特经过他们身旁,他们扯她的衣袖,或伸腿绊她,弄得她跌倒。有一个最没教养的小孩揪住她的帽耳,让它从一边旋转到另一边,大喊道:"瞧这橄榄帽!瞧这橄榄帽!瞧这个法岱大妈!"

可怜的"蟋蟀"朝左右捆了五六个巴掌,招惹了更大的麻烦。大伙儿想:"瞧瞧我们的蟋蟀,今天撞大运了,朗德利请她跳了一整晚的舞!她跳得不错,但太卖弄了,像只喜鹊似的自鸣得意呢!"有人则朝朗德利喊:

"可怜的朗德利,她向你施了魔法吗?你干吗只找她?是不是你想做巫婆的情人,不久我们将看到你牵狼到田里去啦。"

朗德利觉得受了莫大的侮辱,西尔维涅更难堪。他素来认为他的弟弟是最出色的、最受人尊敬的小伙子,看到他被众人嘲笑,连外地人也掺和进来,他们也说:"你是个俊小伙,怎么竟喜欢这么难看邋遢的女娃?"玛德隆也来看热闹,她幸灾乐祸地听着他们的嘲笑,非但不同情,还火上浇油:

"你们要他怎样?朗德利还只是个毛孩子,只要有人朝他抛媚眼,他才不管那是巫婆还是淑女呢。"

西尔维涅抓住弟弟的胳膊,低声对他说:

"我们走吧,不然我们要闯祸了。他们把羞辱小法岱特的矛头转向了你。我不知道你今天打的什么主意,连续找小法岱特跳了四五次舞,你好像在猎奇呢。马上结束这场游戏吧。这姑娘习惯了被蔑视和嘲讽,但你可受不了。

我们走吧,敲完三钟,我们再回来,你请玛德隆跳舞吧,她才是真正的淑女。我对你说过很多次,你太喜欢跳舞了,它会让你尽干傻事的。"

朗德利跟着哥哥走了几步,听见人群里一阵喧哗。他回头一看,只见玛德隆和其他姑娘怂恿她们的追求者捉弄小法岱特。其中一人一拳打掉了小法岱特的帽子,弄得她一头浓黑的头发披散在背上,她既伤心又愤怒地挣扎。她无辜受虐,委屈地哭着。一个顽童用棍子挑走了她的帽子,她夺不回来。

朗德利觉得他们实在太不像话了,激起了他正义的冲动。他抓住顽童,夺过帽子和棍子,还用棍子在后面打了顽童一下。这小子和其他闹事者一样受惊后便慌忙逃窜。朗德利抓住可怜的"蟋蟀"的手,把帽子还给她。

朗德利敏捷的身手,小子们的狼狈落跑令围观者们拍手称快。他们向朗德利鼓掌喝彩,但玛德隆为此对他生气,其他男青年则嘲笑他。

朗德利不再觉得难为情,他觉得自己仗义勇为,从心里涌出一股豪气。众目睽睽之下,他保护了舞伴,保护了弱女——无论她是美还是丑,是高还是矮。他发觉小伙子们站在玛德隆的立场上看待他的态度,便径直走到阿拉德尼斯和阿拉菲力浦跟前,冲他们喊道:

"你们对这事持什么看法?我关心小法岱特,怎么就得罪了你们呢?你们反对我保护她,为什么要私底下议论呢?我不就在你们的面前吗?你们没看见我吗?有人在这儿说我还是个孩子,却没有一个男人敢于当面对我说这话,我倒要看看谁还敢欺负小孩子的舞伴。"

西尔维涅寸步不离跟着弟弟，尽管他不赞成弟弟卷入纠纷，却随时准备与他同仇敌忾。在场有四五个高大的年轻人，比孪生兄弟高出一个脑袋，但看到他们神色凛然，而且考虑到为芝麻绿豆大的事情大动干戈很不值得，便没吭声，只是面面相觑，似乎在问谁愿意出头，与朗德利较量一番，结果没一个人出来。朗德利没有松开小法岱特的手，对她说：

"快点戴上你的帽子，芳松。我们跳舞去，我看谁还敢动你的帽子。"

"不跳了，"小法岱特一面抹眼泪一面说，"今天我可跳够了。"

"别这样，别这样，我们还要跳下去，"满腔勇气和豪气的朗德利说道，"别理会他们的目光和想法。"

他又请她跳舞，没人敢再对他说什么，也没人斜眼瞧他们了。玛德隆和她的追求者们到别处跳去了。跳完这场舞，小法岱特低声对朗德利说：

"朗德利，现在我可跳够了，我对你很满意，你兑现了自己对我许下的诺言。我要回家了，接下来你想跟谁跳就跟谁跳吧。"

她拉着弟弟走了，他正在和别的孩子打架。只一会儿，姐弟俩便不见了踪影。

17

朗德利和哥哥回家吃晚饭。看见哥哥对刚刚发生的事情耿耿于怀，只好把昨夜遭遇鬼火惹下麻烦，小法岱特如何解救他——或是她真的勇敢，或是她施了巫术，她向他讨报酬，要求在圣安多歇节与她跳舞的事一五一十地告诉了哥哥，其余的事他没再提。他没说去年他担心哥哥被淹死的事。这一点他是明智的，孩子们假如有寻短见的念头，如果你和他们提及，这会令他们感到痛苦，自尊心也将受到伤害。

西尔维涅赞成兄弟履行诺言，还说为履行诺言做出牺牲会增添人们对他的尊敬。听说弟弟在河中遇险，他暗自捏了一把汗。他对小法岱特缺乏了解，并有意疏远她，因此他不相信她是在河里偶遇他的，或出于好奇帮助他。

西尔维涅说："是她招来鬼火迷惑你，让你淹死的。上帝不允许她干伤天害理的事，因为你过去没干坏事，以后也永远不会干坏事。于是这个可恶的'蟋蟀'利用你的善心和对她的感激，让你许下诺言。她知道这诺言损害你的名誉，会惹恼你。这姑娘心眼很坏，所有的巫婆都喜欢干坏事的。她很清楚自己破坏了你和玛德隆的好事，伤了你和熟人的感情。她也想让人打你，然而上帝保佑了你，你差点就招来一场恶斗，遭遇不测。"

朗德利认为从哥哥考虑的角度看，他的话不无道理，就没有替小法岱特辩护。他们谈论起鬼火来，西尔维涅也从未见过鬼火，他很好奇地听兄弟形容它，但并不想看到它。他们不敢把这事告诉母亲，因为母亲一想到鬼火便害怕。他们也不敢告诉父亲，因为父亲会嘲笑他们，父亲见过鬼火不下二十次，从没把它放在心上。

大家还在跳舞，他们是要跳至半夜才罢休的。朗德利因为与玛德隆闹别扭，心绪不佳，不愿利用小法岱特给他的自由。他帮助哥哥到牧场找回牲口，而牧场距离普里歇不远，只差一半路程了，他的头又有点痛，于是便在水草地的尽头与哥哥告别。西尔维涅不同意他经过圆石浅水滩，担心鬼火或"蟋蟀"又在那儿作祟，他要弟弟答允他走远路，经过大磨坊的"小木板"回去。

朗德利按哥哥的要求走路。他没有穿过水草地，而是沿着山坡上的灌木丛往下走，他并不害怕任何东西，因为从远处还传来节日的喧闹声。他隐约听到风笛声，跳舞的人群的喊声，他很清楚鬼怪精灵只有在人们进入梦乡后才会出现的。

他下山坡后，到了采石场的右方，听见有人哭泣呻吟。起先他以为是杓鹬鸟叫，但他走过去，听出那是人声。他是个热心助人的好孩子，便壮着胆走入采石场。

听见有人来，那个伤心人登时停止了啜泣。

"谁在这儿哭呀？"他问。

那人不答。

"有人受伤了吗？"他又问。

那人依然不答，他便打算走开。但很快，月亮升上来了，月光下看得见的确是有人躺在地上，面孔朝下，纹丝不动，像个死人。这人可能身体不适，或因悲伤过度趴在地上。因为不想被人看见，所以一动不动。

朗德利从没见过死人，他以为这是具尸体，心里大为震动。他克制住紧张的心理，觉得应当帮助他人，便毅然决然地走过去摸这人的手。这人见来人已发现自己，并逐渐靠近，马上要站起来，朗德利很快便认出这人原来是小法岱特。

18

每次总是在路上遇到小法岱特,朗德利很恼火。看见她在啜泣,他又动了恻隐之心。以下是他们的对话:

"怎么啦,蟋蟀,是你哭得这样伤心吗?谁打你啦,是不是他们赶你走,害得你躲在这儿哭?"

"没有,自从你为我挺身而出后,没人欺负我了。再说我谁也不怕,我躲在这儿是为了能哭个痛快。没人这么傻,让别人看见自己的痛苦。"

"你为什么感到痛苦呢?是因为今天大家欺负你?你也有错,不应当再伤心了。"

"朗德利,为什么你说我也有错?是因为我要和你跳舞,令你受辱?难道我是唯一没有权利娱乐的姑娘?"

"我不是这个意思,也绝对没有责备你想和我跳舞的意思。我做了你要求我做的事,我做了自己该为你做的事,你的过错是在今天之前犯的,不是对我,你知道,是对你自己犯的。"

"朗德利,你说得不对,说真的,就和我热爱上帝一样真切,我不知道我自己错在哪儿,如果我要自责的话,那便是我无意间做了令你不快的事。"

"别提我的事了,小法岱特。我没有抱怨你的意思。我们还是谈谈你吧。既然你还没意识到自己的错误,你愿意平心静气地听我说说你的缺点吗?"

"好的,朗德利,我愿意。我认为这是我帮助你之后,你给我的最好报酬,或是我做了对不起你的事,你给我的最好惩罚。"

"好吧,既然你通情达理,而且我第一回看见你这样温和谦虚,我就给你说说为什么你得不到一个十六岁的姑娘应得的尊重吧。这是因为你的言谈举止不像个女孩,倒像个小子。你不注意自己的形象,首先,你给人肮脏邋遢的感觉,你的衣着和语言给人留下不好的印象。你知道孩子们给你起了个比'蟋蟀'还要难听的绰号,他们常叫你'男人婆'。你不像淑女,那像什么?你像松鼠般爬树,不用缰绳和鞍就跳上马背,你像魔鬼般纵马狂奔。不错,你能干敏捷,你天不怕地不怕,对于男孩子来说,这是优点,但作为一个女孩子,这就太过分了。你给人一种好出风头的感觉。于是大家便揶揄你,戏弄你了,撵狼似的跟在你后面吆喝。你又是个不甘示弱的人,反应迅速,讲一些令人捧腹大笑的调皮话,无意间影射了他人。不错,比人机敏是好事,但你只顾表现你的机敏,却与别人结了仇。你又好奇,探得别人的隐私之后,毫不留情地当面揭短,狠狠地挖苦他们。这样,你便令人生畏,令人憎恨。于是他们咬牙切齿,便要伤害你。最后,不管你是不是女巫,我相信你有知识,但我希望你不要闹恶作剧,你闹恶作剧,吓唬那些与你作对的人,就糟蹋了自家的名声了。这就是你的缺点,由于这些缺点,大家就与你作对了。想想我说的话吧。如果你和别人一样处世,他们会因为你比他们聪明而尊重你的。"

"谢谢你,朗德利,"小法岱特神情严肃,专心听完了朗德利的肺腑之言,"你对我说的话差不多是大家平日责备我的话。而你说得恳切,很有说服力,别人绝对做不到。现在你愿意听我的辩解吗,你能坐在我旁边,多待一会儿吗?"

"这地方可不好。"朗德利说。他倒不担心与她耽搁些时间,有人说,魔法总是施在相信它的人身上。

"你觉得这地方不好,是因为你们这些有钱人太苛刻了。你们要有绿油油的草坪,才肯坐在外面。你们可以在牧场和花园挑选最舒适的座位、最凉爽的绿阴。但一无所有的人对仁慈的上帝没有任何过分的要求。他们随便找到一块石头就可以当枕头,荆棘不会刺伤他们的腿,他们不管待在什么地方,都能心满意足地欣赏大自然中一切美丽可爱的东西。朗德利,对于那些真正了解真善美的人来说,没有一个地方是肮脏可厌的。我不是巫婆,我知道,你脚下践踏的草对于牲畜来说是好东西,我知道它的用途。我看着它们,不讨厌它的气味与外形。我对你说这话,朗德利,是为了等一会儿我要告诉你与圣徒的灵魂有关的事,花园里的花与地里的荆棘的关系。也就是说人过于注重外表,蔑视丑陋的东西而忽略了它也有可用的一面、有益的一面。"

"我听不懂你说的话。"朗德利坐在她的身旁。

他们有一会儿没说话。小法岱特的思绪飞到朗德利不了解的事物上去了。他呢,尽管不如小法岱特聪明,但也能津津有味地听她的言论。他从未听过这么温和的声音。此时小法岱特说了这样意味深长的话。

"你听着,朗德利,其实我更值得你们怜悯而不是责备。如果说我做了对不起自己的事,但我从未做过对不起别人的事。如果乡亲们公正无私、通情达理,他们应当注意到我的善良而不是纠结于我衣衫褴褛的外表,只要看看，稍作了解——如果你们不知情的话，自从我出生以来，我遭受的是什么样的命运吧。人人都诽谤侮辱我那可怜的母亲，而她又不在这儿，无法为自己辩护。我也不能为她辩护。我就不说她的坏话了，我不清楚她做了什么坏事，为什么被迫做坏事。唉！世态炎凉，我的母亲抛弃了我，我还在伤心哭泣的时候，别的孩子只要对我稍有不满，为了一件小玩意儿，为了一点小事，他们之间可以互相原谅，对我可就不肯轻易放过。他们总羞辱我和我母亲。也许换了你说的那些淑女，她们会缄口不言，默默忍受，任由亲人遭人辱骂以保全自己。但我，我做不到。骂我的母亲比骂我还要难以忍受。母亲就是母亲，不管她是否如大家所说的那样不堪，我都认她是我的母亲。我就当没听过别人的议论。我永远全心全意地爱她。因此，一旦有人叫我是'出走女人的孩子'或'私奔女人的孩子'，我便火冒三丈。并不是为了自己，因为我没做一点坏事。我为这个可怜的女人而感到生气，我有责任保护她，可我没有办法也不知道该如何保护她。我要为她报仇，于是我便揭他们的短，以此证明他们并不比被他们侮辱的人强多少。这就是为什么他们斥责我放肆无礼的原因；为什么我探得他们的隐私又到处宣扬的原因。不错，上帝把我造成喜欢探听别人隐私的人，但如果他们对我友好一点，人道一点，我不会做为了满足好奇心而损害别人名誉的事情。我的祖母传授给我许多治病的秘方，我本应乐此不疲，花草树木——大自然的奥秘足够我忙碌的、消遣的。我喜欢四处游荡搜寻。我可以独来独往，不知人间忧烦。我最大的乐趣就是去人们不常去的地方，在那儿放空自己。想些我没听人说过的事情。而这些人都自以为是，都是些自以为博学的人。我也与人交往，用我所学帮助他们。我不计报酬地给同龄的孩子治病疗伤，我教他们用药，他们不但不感谢我，还诬蔑我是巫婆，需要的时候他们来找我，可一有机会便诋毁我，讲些令人难以忍受的蠢话。"

"这便激恼了我。我本来可以做损害他们的事，因为我既懂治病的良方，也懂害人的毒药。但我从没用过，我不懂得什么是仇恨积怨。我有时也讲气话，但说完了我心里就舒坦了，然后我便不再放在心上，听从上帝的教导，原谅了这些人。说到我不修边幅、大大咧咧，这是因为我从不自以为是，认为自己长得美，我知道我长得丑，没人会注意我。人们常对我说我长得丑，我有自知之明，看到人们对被上帝忽视了的人冷嘲热讽，我就以惹他们不快为乐。我安慰自己，我的容貌没有招来上帝的厌恶。他们不责备我，我也不会责备他们。因此我不是说这些话的人：这是毛虫，肮脏的东西，啊！可恶的毛虫！必须弄死它！我从不伤害上帝创造的生灵，毛虫掉进水里，我会递过去一片叶子将它托起来。所以有人说我喜欢昆虫，我是巫婆。因为我不愿伤害一只青蛙或扯断胡蜂的爪子，把蝙蝠活活钉在树上。可怜的小动物，我对它们说：'如果人类要消灭一切丑陋的东西，那我也没有生存的权利了。'"

19

小法岱特谈到这些时态度谦卑、平静，朗德利受了感动。采石场夜色朦胧，他看不清楚她的脸庞。他对她说，并非存心恭维她：

"小法岱特，你并非如你所说的那样丑陋啊。好些姑娘长得比你难看，大家都没有笑话她们。"

"朗德利，总之我谈不上漂亮吧，好啦，别想方设法安慰我了，我并不因为长得丑而伤心。"

"嗨！如果你像别人那样注意衣着打扮，谁知道你给人的印象会怎样呢？有人说，如果你的鼻子不短，嘴巴不大，皮肤不黑，你一点不丑，大家还说，当地的姑娘没一个人有你那样漂亮的眼睛。只是你的目光充满野性，否则，大家都喜欢看你的眼睛。"

朗德利不明白自己为什么要讲这番话。他正在回想小法岱特的优缺点。他第一次注意她、关心她，而在此之前，他根本不会这样做，她觉察到了这一点，但没有表露出来，她是个精明的姑娘，不把这事当儿戏。

"我的眼睛能辨别出美的东西，能怜悯有缺陷的东西，我得罪了我讨厌的人，并不感到内疚。我不明白，被人恭维的漂亮姑娘怎能对所有的男人都抛媚眼。要是我长得美，我只对心上人示爱。"

朗德利马上联想到玛德隆。小法岱特不容他多想，继续说道：

"朗德利，这就是我所谓的'错误态度'，我不要求人怜悯自己。我素面向人，这便惹恼了他们，让他们忘了我常为他们做的好事，忘了我从不伤害他们。再说，即便我有心装扮，我到哪儿去弄好衣裳？我身无分文，难道我去行乞不成？祖母什么都不肯给我，仅供糊口。我只能在可怜的母亲留下来的衣物中挑几件穿穿。从十岁起我便被母亲抛弃,无人关心爱护我们,没人教我穿着打扮,难道这也是我的错?我知道别人责备我,你又好意开导我:我已十六岁了,我可以挣钱养活自己了。我懒散惯了,只好留在祖母身边。她有钱雇仆人,但她一点也不疼爱我。"

"这是真的吗,法岱特?有人责备你懒,你的奶奶也说你懒,她说要花钱雇仆人替你干活儿?"

"我的祖母动辄骂人,终日唠叨,但每逢我要离开她独自谋生,她便挽留我,她很清楚留下我对她有好处,只是不肯承认罢了。她的眼睛和腿脚都不行了,找不到草药。她需要人去远处,到难以攀爬的地方去找。我告诉过你,我能找到她不认识的草药。她看到我制出的药疗效很好,大为意外。我养的羊皮毛光滑,产奶量大。别人看到我们在条件有限的情况下能养出一群羊都感到吃惊。祖母知道这些活儿都是谁干的。她不愿我离开她,我的用处大着呢。我爱她,尽管她对我粗暴,夺去了我许多东西。但我还有一个理由不能离开她,如果你想听的话,朗德利,我就告诉你。"

"说吧。"朗德利说。听她娓娓道来自己的苦衷,他一点不觉得厌烦。

"那是因为我十岁时,母亲就撇下一个可怜的小孩,他和我一样丑,比我更不文雅,他出生时就是个瘸子。孱弱、多病、性情阴郁、调皮,因为他的身体老在熬受痛苦,可怜的小子!大家总找他的麻烦,推搡他、欺负他,我可怜的蚱蜢!我的祖母老是吼他、打他,我装着代她骂他,其实是在保护他,我小心不触及他的皮肉,他明白这个。他做了错事,便跑来找我,对我说:'打我吧,趁祖母还没抓到我。'我就笑着打他,这个小捣蛋就假装乱叫乱嚷,然后我才安慰他。我没办法让他不穿破衣服,可怜的小东西。我只能找来大人的旧衣改改后给他穿。我给他治病,因为祖母不懂给小孩看病,我保住了这可怜孩子的性命。没有我,他的生活会更悲惨,早就和我们可怜的父亲埋在一起了。我不知道养活他对他来说是不是件好事。他身体残疾、不讨人喜欢。我已竭尽全力了。有时我想去打工为自己挣点钱,摆脱目前的困境,我就自责,充满了对他的怜悯。我就像是他的母亲,他受罪是我的过错。这便是我的不是,朗德利,现在让上帝评判我吧,我原谅那些不了解实情的人。"

20

朗德利听完小法岱特的讲述,深受触动。她对弟弟的怜爱关怀,令他刮目相看,顿生好感。他打算站在她的那一边,反对大家对她持有的偏见。

"听你这么一说,小法岱特,误解你的人才是错的。你说得很好,真切感人。没人会怀疑你是个好心肠的姑娘,为什么不让大家了解你呢?说出来以后大家就不会误解你了,会还给你一个公道的。"

"我刚才说过了,朗德利,我不需要取悦对我有偏见的人。"

"可你还是把这些事告诉我了,这就是说……"

朗德利说到这儿住了口,他为差点说出的话吃了一惊,然后他说:

"这就是说,你只尊重我?可我以前还以为你恨我呢,因为我对你并不友好。"

"以前我是有点恨你,"小法岱特说,"但从今天开始我不再恨你了。我告诉你为什么我会恨你吧,朗德利,以前我认为你骄傲,现在你仍然骄傲。但你愿意克服自己的傲气完成应尽的职责,这是你的优点。我原以为你是个不知感恩的人,你的骄傲是受了别人的影响。但你不惜一切代价兑现了自己的诺言。还有,我原以为你是个胆小鬼,我曾经甚至有点瞧不起你,但我看你不过是因迷信所致,面临真正的危机时,你是不乏勇气的。今天你邀我跳舞,尽管你觉得委屈;三钟之后你又来教堂旁边找我,当时我已原谅了你,我做了祷告之后,已不想为难你了。你还保护我,挺身而出对付那些坏家伙,没有你他们便会欺负我了。今晚听见我的哭声你过来安慰我。朗德利,我不会忘记这些事情,而且我将永远铭记于心。以后无论什么时候,即使现在你也可以向我索取你要的东西。但在今天,我知道自己深深地伤害了你,是的,我知道,朗德利,我是巫婆,今早我就猜到了你的心事。我没猜错。我并不坏,只是有点狡猾罢了。还有,如果我知道你爱上了玛德隆,我不会强求你与我跳舞的。我不会破坏你和她的好事。不错,我觉得强迫你和我跳舞很好玩,逼你与我这个丑姑娘跳,把美女撇在一边很好玩。我以为这样能打击你的自尊心。我逐渐明白,我真的伤了你的心。你老是朝她那个方向瞧,她怨恨你,令你欲哭无泪。我也哭了,真的!你与她的追求者们打架的时候,我哭了,你还以为这是后悔的眼泪。这就是我躲在这儿哭的原因。现在我知道你是个善良、正直、勇敢的小伙子了，而我却伤害了你……"

她的眼中涌出泪水，朗德利大为感动，说道：

"可怜的芳松，就算你造成了我与玛德隆的误会，你真的能让我与她重归于好吗？"

"这点包在我的身上。朗德利，"小法岱特说道，"我还不至于蠢到不知道该怎样做解释。我会让玛德隆明白，一切过错都是我造成的，我会向她忏悔，还你清白。明天如果她不与你和好，这就是说她从未爱过你……"

"我就不该留恋她，芳松。如果她确实不爱我，你就不必难过了，别找她谈了，别为你给我造成的小小的烦恼而感到内疚了，我已经不难过了。"

"失恋的伤痛不可能这么快痊愈。"小法岱特说，"很快便会复发的。有人这样说过。朗德利，你是因为怨她才说这句话的。你就怀着这怨恼回去睡觉吧。明天你又会痛苦的，直到和那美人和好为止。"

"也好，"朗德利说，"我和你说心里话，我还不知道我是否爱她，我还没认真想过，是你说我爱上她的。就算我对她曾有过好感，我也差不多不记得了。"

"你的话令人不解了，"小法岱特叹口气道，"这就是你们这些男人所谓的爱情？"

"得了吧，你们这些姑娘，也不见得比我们强到哪儿去。你们动不动就生气，为了安慰自己，随便找一个情人，很快就移情别恋。我们现在谈的是我们还没达成共识的事情。尤其是你，小法岱特，你老爱嘲弄情人们。你别费心了，她会以为是我委托你解释的，她会误会的，看到我自作多情，把自己看作她的情人，她会恼火的。事实上，我从未对她说过一个'爱'字，我喜欢接近她，请她跳舞，她可没鼓励我向她求爱。所以顺其自然好了，她愿意与我和好，她会来找我的，如果她不理我，我想我也不会觉得天塌下来了。"

"我比你更了解你的心情，更清楚你对此事的看法，朗德利，"小法岱特说道，"你告诉我，你从未向玛德隆表示过你对她的好感，没向她求爱，这个我相信。可除非她是个头脑简单的人，才不会感觉到你对她的情意。尤其是在今天。解铃还需系铃人，既然我是始作俑者，我会让你们双方解除误会的。这也是个好机会，让玛德隆了解你对她的心意，这事该由我来做。我会见机行事的。相信小法岱特吧，朗德利，相信'蟋蟀'吧，她的内心不像她的外表那么丑陋，原谅她折磨了你，这事对你有好处。你将会了解到，拥有美人的爱是甜蜜的事，拥有丑姑娘的友谊是有益的事。因为丑姑娘无私坦荡，没有什么事能引起她的嫉妒和仇恨。"

"无论你长得美还是丑，芳松，"朗德利握着她的手说，"我已经明白，你的友谊十分宝贵。爱情与之相比黯然失色。你心地善良，现在我知道了，今天我得罪了你，你毫不介意，你赞美我的行为仗义，我却觉得自己很不礼貌。"

"朗德利，你干吗说这句话？我不知道你指的哪个方面……"

"芳松，我说的是跳舞时我一回也没有搂过你。然而这是我的责任和权利，因为按习惯，跳舞时男方该搂住女方，我把你当作小姑娘了，可你几乎与我同龄，我这样做有瞧不起对方的成分，要不是你善良大度，你该有所察觉……"

"我想都没想过这事。"小法岱特说道，她站起来，她说的不是真心话，但她不想表露出来。"你听，"她故作洒脱，"蟋蟀在麦秆地里欢叫，它们在叫我的名字呢。猫头鹰在吼，提醒我时辰不早了，夜空也如钟面，星星便是时针。它们都在提醒我时间。"

"我也听见它们的叫声了，我该回普里歇了。与你分开之前，我问你，小法岱特，你不愿原谅我吗？"

"我没怨你呀，朗德利，我无须原谅你什么呀。"

自从听过她有如灰雀在荆棘丛中啁啾般的柔声细语后，他便产生了说不出来的感动。他说："不，不，你应当原谅我，也就是说你该让我拥抱你，弥补白天的过失。"

小法岱特浑身不由得微微颤抖，但很快便恢复了平静：

"朗德利，你想通过惩罚自己来改正你的错误，好吧！小伙子，愿意和一个丑姑娘跳舞，已显绅士了，还要拥抱她那就太了不起了。"

"别说这样的话，"朗德利抱住她的手臂，嚷道："拥抱你不是什么惩罚……除非你厌恶、反感……"

他很想拥抱她，又怕她不肯，竟抖了起来。

"听着，朗德利，"她用柔和的动听的声音对他说，"如果我长得美，我会对你说现在不是偷偷拥抱的时间和地点；如果我是个好卖弄风情的女人，我的想法会截然相反，这是拥抱的绝佳时间和地点。因为夜色掩蔽了我丑陋的面容，没有人会笑话你品位低下。可我不美又不爱卖弄风情,所以我对你说:握握我的手表示纯洁的友谊吧,有了你的友情我便会满意的。我从未有过朋友,今后也别指望有别的朋友。"

"好吧,我诚心诚意地握你的手,你听见了吗?小法岱特,最纯洁的友谊是我对你的友谊,并不妨碍我们拥抱,如果你拒绝我的请求,我会认为你对我仍心存芥蒂。"

他想趁其不防拥抱她,但她挣扎着,而他坚持要抱。她哭了,又说道:

"放过我吧,朗德利,你缠得我很苦。"

朗德利愕然,他住了手。看见她满脸泪水,他难过,但也有点怨恼。

"我看,你没说实话,你说你想要的唯一感情是友谊,但你存有比友谊更强烈的感情,所以你拒绝我的拥抱。"

"不,朗德利,"她呜咽着答道,"我担心你在夜里看不见我的时候拥抱我,白天看见我的时候,你会感到后悔的。"

"难道我以前没见过你?"朗德利有点不耐烦,"难道现在我看不见你?过来,到月光照得到的地方来吧,我看得见你,我不知道你是否丑陋,既然我喜欢你,我就喜欢你的脸庞,不过如此。"

然后他拥抱她,起初他簌簌发抖,然后冲动热烈起来。她怕了,一面推开他一面说:

"行啦!朗德利,你好像在赌气。或者在想念玛德隆吧,冷静点,明天我会和她谈的,明天你会更快乐地拥抱她,这种快乐是我不能给你的。"

说到这儿，她匆匆离开了采石场。

朗德利像着了魔似的失魂落魄。他想追赶她，犹豫一阵后，才决定从河边下山坡。后来，感觉到身后有魔鬼，他拔腿就跑，到了普里歇才停住脚步。

第二天，天色微亮，他去看管牛群，给它们喂草料，抚摸它们，一面想着他在采石场与小法岱特的谈话：足足谈了一个钟头，但短暂如须臾。由于睡眠不足，经过苦苦的思索后，他的脑袋还在发沉，他困惑、害怕。这姑娘重现在他眼前，像与他往日见到的那样丑陋、衣衫不整。他有时想象自己把她拥入怀中的情景，他对她产生的爱，让他突然觉得她一下子变美了、变可爱了，而不是现实中的这副模样。

"她一定如人们所说的会迷惑人，虽然她本人否认有这回事。昨夜她一定对我施了魔法，"他想，"有生以来，对父母、兄弟姐妹，更不用说美丽的玛德隆了，我可从来没有过对她那样的感情：两三分钟内就产生了激情。这都是小法岱特捣的鬼。可怜的西尔维涅若能看穿我的心，准会伤心的。我喜欢玛德隆，并不影响我对他的感情，但对法岱特的感情可就不同了，我待在她身旁才不多会儿，整整一天我就神魂颠倒了，着了魔似的。除了她，我谁都不记得了。"

朗德利羞愧、疲倦、烦躁不安。他坐在牛背上，担心小法岱特的魔力夺去他的勇气、理智和健康。

天色大亮，普里歇的农夫们起床，拿他与肮脏的'蟋蟀'跳舞的事开玩笑。他们嘲笑她，把她说得又丑又没教养，笑她的衣着，弄得他无地自容。他羞愧，羞愧的不仅是他之所见，还有他内心不让人知道的事。

然而他不生气，因为当地人都是他的朋友。他们的嘲笑没有恶意，他还有勇气对他们说小法岱特不是他们所说的那样，她和别的姑娘没两样。她能够做许多有益的事，为此大家越发嘲笑得厉害。

"她的母亲我们就不说了，至于她，她是个不懂事的孩子。如果你生了病，我劝你别吃她的药。她是个牛皮大王，根本就没有什么秘方。但她的药似乎能迷惑小伙子，自圣安多歇节后你就离不开她了。你小心提防她是对的，否则大家就要叫你雄蟋蟀或小法岱特的鬼火了，魔鬼始终会缠着你，从床上拉我们的被单，惊扰我们的马群，我们只好叫人给你驱魔了。"

小索朗日说道："准是昨日上午，他穿反了一只袜子，所以招来了小法岱特这个巫女。"

21

白天，朗德利在地里播种，看见小法岱特走过去。她脚步匆匆，走向幼林，玛德隆正在那儿摘喂羊的树叶。这是放牧牛群的时刻，朗德利把牛群赶到牧场，眼睛老盯着小法岱特，她脚步轻捷，似乎脚不沾地。他很好奇，想知道她对玛德隆说些什么话。他不急于吃晚饭，于是沿着幼林轻轻走过去，窃听两个姑娘的谈话。他看不见她们。玛德隆嘟嚷着，声音低沉，他不知道她说了些什么。而小法岱特的声音温和清脆，他一字不漏地听得真切。她没有高声喊叫，向玛德隆谈起他，告诉玛德隆，十个月之前她怎样要他许下诺言，约好那天邀她跳舞，她向玛德隆解释事情的前因后果，态度谦卑、和蔼，听她说话是件乐事。小法岱特没有说鬼火与朗德利担心的事，她说圣安多歇节前夕，朗德利差点失足淹死在圆石浅滩的河流中，她尽力从有利于朗德利的角度说话，她说错在自己异想天开，虚荣心重，想与一个高大英俊的小伙子跳舞，因为以前与她跳舞的都是小个子。

听到这儿，玛德隆恼火了，提高了嗓门：

"你跟我讲这些干吗？你一辈子都和他跳好啦。蟋蟀，我一点也不痛苦，一点也不嫉妒。"

小法岱特又说：

"别对可怜的朗德利说这么无情的话吧，玛德隆。朗德利已把心交给了你，你不接受的话，他会痛苦的。"

她的话说得这么恳切，声音这么柔和，说了朗德利那么多好话，朗德利听了真想拦住她，别对玛德隆讲这些话。得到小法岱特这样的肯定，他高兴得脸发红。

玛德隆也暗自惊讶，小法岱特说得出这么感人的话，但她实在不把小法岱特放在眼里，所以不愿表露出来。

玛德隆对小法岱特说：

"你这个爱饶舌的粗人，真是不知天高地厚。看来你的奶奶没给你上课，你也学会了哄骗人了。但我不喜欢和巫婆说话，免得招来厄运。可恶的蟋蟀，饶了我吧，你找到了一个追求你的人，你就留着他吧。因为这是第一个也是最后一个欣赏你的人了。我才不要你吃剩的东西，哪怕他是国王的儿子。你的朗德利是个傻子，他算什么东西，居然会以为你把他从我这儿夺走了，要你来求我把他捡回去。如果他真是我的心上人，小法岱特你休想打主意！"

"如果这件事伤了你的自尊心，"小法岱特仍谦卑地说，"如果你骄傲到这个地步，非要侮辱我才称心，你就尽管侮辱吧。把可怜的、田野里长大的蟋蟀的自尊心和勇气踩在你的脚下吧。美丽的玛德隆，你以为我瞧不起朗德利，才会请你原谅他。你要了解事实。我来告诉你吧，我早就爱上他了，他是我唯一思念的小伙子，也许我一辈子都会想念他。但我理智且骄傲，我从未想过让人家爱我。我知道他是谁，我知道自己是谁。他英俊善良，受人尊重。我丑陋贫穷，受人歧视。我很清楚他对我无意，你大概也看到了节日那天他如何不把我放在眼里。现在你可以满意了，小法岱特看都不敢看的人，你可以用爱怜的目光去看。你就夺走他作为对我的惩罚吧。不管是为了对他的友情，还是为了惩罚我的不逊，请答应我，等他向你请求原谅的时候，善待他，给他一点安慰吧。"

玛德隆并没有被小法岱特的谦卑恭顺、低声下气所感动，仍然态度冰冷傲慢。她打发小法岱特走开，说朗德利是小法岱特的。至于她本人，她觉得他太孩子气，太傻，但小法岱特做出的巨大牺牲还是产生了效果。美丽的玛德隆虽然粗暴地拒绝了小法岱特的好意，但女人却有这样的通病：看到一个男人被另一个女人爱慕尊敬时，她就会觉得他像条汉子。玛德隆从未认真地考虑过朗德利，打发走小法岱特之后，她想念起朗德利来了。她回味着小法岱特这个伶牙俐齿的丫头对她述说的朗德利爱上了她的话，以为小法岱特也爱上了他才敢向她坦陈心迹。她为能报复这个姑娘而得意。傍晚她到普里歇去，她的住所距那儿不远。她找了个借口,说自家的一头牲畜跑到田里,混入叔叔的牲口群当中去了。她故意让朗德利看见她,用目光鼓励他前来与她讲话。

朗德利把这一切看在眼里,自从小法岱特干预他的事情后,他变得敏感了。他想:"小法岱特准是有法力的,她劝玛德隆回心转意,只用了一刻钟的时间。而这样的事我花一年的工夫也做不来。她真是个聪明的姑娘,心地也是少有的善良。"

这么想着,他无动于衷地看着玛德隆,没和她搭话。她见状便走了。他并不是不好意思,这证明他并不乐意见到她,并不希望挽回她的爱。

吃完晚饭,他装作去睡觉,事实上是溜到街上,沿着墙根往圆石浅滩走去。这天晚上鬼火忽明忽暗,他从远处就看见了。他想:"太好了,鬼火在,小法岱特就不远了。"他毫不畏惧地过了浅水滩,也没迷路,径直来到法岱大妈的房子旁。他四面张望,待了好一会儿,不见烛光,没听见任何声响。大家都睡了。他希望经常趁奶奶和弟弟入睡后晚上出门的"蟋蟀"到四周闲逛。他又是吹口哨又是唱歌,以期引起小法岱特的注意,但他只看见逃窜到草丛中的獾、在树上的猫头鹰,他只好回去,未能偶遇到那个帮助他的好女友。

22

一个星期过去了,朗德利没遇见小法岱特。他纳闷、不安。他想:"她又会以为我忘恩负义了。我不是没等她,没找她。一定是我在采石场强抱她，惹她生了气，然而我并无恶意，并非存心为难她。"

他在这个星期里思索的东西比他一生思索的还要多。他并不清楚自己想要什么，但只觉得若有所失，始终坐立不安。他只好卖力干活儿。但强壮的牛群、锃亮的犁、经秋雨滋润的美丽土地，都无法使他摆脱神思恍惚、心不在焉的状态。

星期四晚上他去探望孪生哥哥，看见他像自己一样满腹心事。西尔维涅的性格与他截然不同，但有时也会一样。他似乎猜到了有什么事扰乱了朗德利的平静，但他未能猜到事情的真相。他问朗德利是否与玛德隆冰释前嫌了。朗德利头一回对哥哥撒谎，点了点头。其实他没同玛德隆再讲一句话，他认为有的是与她讲话的时间，没必要急着找她。

星期天终于到了。朗德利头一个来到教堂做弥撒。钟尚未敲响，他走进去。他知道小法岱特习惯在这个时候来，因为她要做长时间的祈祷，对此无人不嘲笑她。他看见一个个子不高的女孩跪在地面上，背朝着他，面孔埋在双手里，虔诚地祈祷，看姿势像小法岱特，但她戴的不是她的帽子，也不似她的身材。朗德利走出教堂去看，看看门廊上是否挂着她的破外套，做弥撒的人通常都把衣服放在那儿。

他在那儿没有看见她的破衣。做弥撒的钟声敲响了，他仍未看见她。教堂里唱弥撒的序祷时，他看见那姑娘还在虔诚地祈祷，他看见她抬起头，认出她就是自己要找的"蟋蟀"，但衣服和神气与以前迥然不同了。她穿的还是那件寒酸的上衣，红色的围裙，没有花边的麻帽，但她把它们洗得干干净净，重新缝过，裁剪过。裙子加长了，拖至袜子上，显得十分合体；帽子也是，改了新的款式，束着她黑亮的秀发。围巾是新的、好看的浅黄色，衬着她微黑的皮肤，短上衣也加长了，恰到好处地突显出她曼妙的身姿，像一只美丽的蜜蜂。不知道她用什么草药配方混合在一起，用它们熬水泡澡，如今她的面孔白皙润滑了，一双纤手柔软得就像春天的白槿花。

朗德利看见她发生了这么大的变化，惊得手上的经书都掉到地上了。小法岱特闻声转身看着他，他也看着她。她的脸微微发红，虽红不过荆棘丛中的小玫瑰，却令她更加楚楚动人了，再加上那双无可挑剔、水汪汪的黑眼睛，她整个人都变了样。朗德利想道："她无疑具有法力，她变丑为美，奇迹般地成为了美人。"他有点慌张，但慌张归慌张，他仍忍不住想走过去和她攀谈。直至弥撒结束，他的心一直在咚咚咚地狂跳。

但她没再看他，祈祷结束后，她没有和孩子们一起奔跑嬉戏，而是悄无声息地走了。朗德利几乎来不及仔细观察她的转变。朗德利不敢尾随她而去，何况西尔维涅正目不转睛地盯着他。一个小时之后，他终于溜了出去。这一回是爱慕之心驱使他找小法岱特。她正在凹地上乖乖地看管牲畜。这地方被人称为"近卫骑兵凹路"——古时候，国王的近卫骑兵在这儿被戈斯人所杀。因为他们奉国王之命，强迫穷人交法律规定之外的重税，并要求成年男子去服苦役，从而引发了当地的民愤。

23

这一天是星期天,小法岱特看管绵羊。她没有四处奔跑,正在玩一种安静的游戏:寻找四叶草。这种草很少见,据说能给摘到的人带来好运。

"你找到了吗,芳松?"朗德利走到她身旁,轻声问道。

"我常常找得到,但它们并没给我带来好运。我的书里夹着三株,根本没用。"

朗德利坐在她身旁,似乎要跟她聊天,他突然觉得浑身不自在,在玛德隆身边他都没有这种感觉。他有满腹的话要向她倾吐,却又找不到一句话。

小法岱特也不自在。朗德利不说话,但他看她的眼光怪怪的,她忍不住问他为什么吃惊。她问道:

"不是因为我把帽子的式样改了吧?我是听了你的建议改的,我想要做个淑女,首先要从衣着开始着手。我不敢露面,怕有人说闲话。怕他们说我东施效颦,白费功夫。"

"别人爱嚼舌根就让他们嚼去吧。"朗德利说,"我不知道你为了改变形象做了些什么事,事实是今天你成功了,只有瞎眼的人才看不到你的变化。"

"别笑话我了,朗德利,"小法岱特说,"有人说,美貌垂顾美人,丑陋伤透人心。我早已习惯被人指指点点,我若以为有人喜欢我,那便成了顾影自怜的傻子。我才没那么傻呢。你来找我不是为了谈这个的吧,我等着听你告诉我,玛德隆是否原谅了你。"

"我不是来跟你谈玛德隆的,我不知道她是否原谅我,我也没去打听。我只知道你找她谈过话,你的话说得很好,我该感谢你。"

"你怎么知道我找她谈过话?她告诉你了?这么说,你们和好了?"

"我们没有和好,但这并不重要。我知道你找她谈了话,因为她把这事告诉了别人,那个人又转告了我。"

小法岱特羞得两颊绯红,她显得更美了。想到她曾向玛德隆坦陈她爱慕朗德利的心迹,给了对方嘲笑自己的把柄,她有点不安。

"玛德隆说了你什么话?"她问。

"她说我是个大傻瓜,没有一个姑娘喜欢我,连小法岱特也不喜欢我、瞧不起我,老避开我,整整一个星期藏起来不见我。这周我四处找寻你,我成了众人的笑柄,芳松,因为大家都知道我喜欢你,而你一点也不喜欢我。"

"这些话说得可恶极了。"小法岱特听了愕然。说到底她还不是巫婆,猜不到朗德利比她还要狡猾。"我不相信玛德隆会信口雌黄,不过你原谅她吧,朗德利,这是因为她怨恨你才说这些话的,而怨恨就是爱的表现。"

"你的话也许说得对,"朗德利说,"所以你一点也不怨恨我,芳松,你什么都肯原谅我,因为你瞧不起我的一切。"

"我不值得你说这些话,朗德利,你说的不是真话。我不配。我还不至于这么傻,说那些别人强加给我的谎话。我和玛德隆交谈中所说的话全是为了她好,也没损害你,恰好相反,我向她表明我对你的尊敬。"

"你听我说,芳松,别在你说了还是没说什么话上纠结了，你是个聪慧的姑娘，我想请教你。上个星期天，在采石场，我不知怎的，对你产生了一股强烈的感情，整整一个星期我茶饭无心，坐卧不宁。我不想对你隐瞒我的感觉。对着你这么一个聪颖睿智的姑娘，我也瞒不了。我承认，星期一早上，我为自己对你的感情感到羞愧，我想远远地离开你，不让自己陷入如痴如醉的感情里。但当天晚上，我依然情不自已。我蹚过浅水滩，毫不畏惧鬼火，本来我是很怕它不敢找你的。鬼火还在那儿，恶意地嘲笑我，我也回敬它。自星期一以来，每天早上我都痴痴傻傻的，因为大家嘲笑我对你的感情。每天晚上我亦如此，我觉得自己对你的爱慕压倒了羞愧。今天我看见你这么可爱大方，这么娴静斯文，相信大家都会刮目相看的，如果你保持这种状态，大家定能体谅我对你的爱，其他人也会像我一样爱你。我没资格爱你，你也无须对我有所偏爱，然而你还记得过节那天的事吧，还记得我在采石场对你提出拥抱你的请求吧，我充满激情地拥抱你，是发自内心的强烈渴望，我认为拥抱你是我的责任。小法岱特，告诉我是否可以拥抱你……"

小法岱特双手掩面，并不回答。朗德利因为听了她对玛德隆说的那一番话，以为她爱自己，她的爱对他产生了很大的影响。可现在看到她羞愧忧伤的神态，他担心她对玛德隆说的话只是出于好意，是促成他与玛德隆和解的花招，虽然他对她的感情更深了一层，但也因此而失望。他把她的手从脸上移开，看见她的脸色惨白。他责备她不回应自己的一片痴情，她合起双手，跌坐在地上，轻轻叹息着。她激动得说不出话来，软瘫着倒下。

24

朗德利慌了,拍她的双手让她清醒,她的双手冰冷、僵硬。他把它们握在自己的手心内,把它们焐暖,并使劲地搓了许久。她终于可以开口说话了:

"朗德利,你在捉弄我吧,有些事情是不能开玩笑的,请你让我安静会儿吧。别和我讲话……"

"芳松,芳松,你说的这些话不对了,是你寻我的开心,你恨我,然而你却让我以为你爱我。"

"我!"她用悲哀的口吻说道,"我做了什么事情让你觉得自己受了欺骗?我给了你友情,跟你对大家一样的友情,也许是还要纯真的友情。因为我不好妒,我没有破坏你们之间的感情,我只是帮你的忙。"

"你说的都是实情,你善良有如仁慈的上帝。我不该责备你。原谅我吧,芳松,让我尽力爱你,我对你的爱可不像我对自己的兄弟姐妹那样平静。但我会克制自己,我答应你,如果你不喜欢的话,我不会要求拥抱你。"

朗德利反倒自责,以为小法岱特对自己仅限于平静的友情。他不是虚浮、爱夸口的人,竟有点胆怯起来,不敢对她有进一步的表示,好像他没有亲耳听见她对玛德隆说告白他的话。

冰雪聪明的小法岱特终于明白朗德利如痴如醉地爱上了自己。她内心狂喜,竟昏迷了片刻。她担心很快失去这来之不易的幸福,所以她要给朗德利时间,让他验证内心真实的想法。

他在她身旁待到入夜,不敢向她表白满腔的深情,只是一脸幸福地望着她,听她讲话,片刻也不肯离开她。他和她的弟弟"蚱蜢"玩耍,姐弟俩几乎形影不离,这时弟弟来找她了。他对"蚱蜢"和和气气的,很快发觉这个可怜的小东西,对于善待他的人既不傻也不凶。一个小时之后,他变得温和可亲,称他为"我的朗德利",就如称他的姐姐为"我的芳松"一样。朗德利被他感动了,动了恻隐之心,觉得过去他和大家误解了法岱大妈的这两个孩子。他们是最可爱善良的孩子,和别人一样,也只需要一点点关爱。

接下来的几天里,朗德利找到小法岱特,有时是在夜里,他可以与她谈谈;有时是在白天,在地里碰到她。她不能停留太久,她不肯放弃自己的责任。能与她交谈四五句话,或看看她,他便感到满足。她的声音还是那么温和,她的衣着干净整洁,对大家的态度也亲切起来,大家也注意到了她的变化,不久后,大家对她也改变了语气和态度。她不再做不合时宜的事,大家也不再侮辱她,她听不到别人骂她,也就不再惹是生非。

当然,人们的看法不能跟决心一样转变得那么快,还需要时间,让大家对她的态度由蔑视改为尊敬,由反感转为好感。等会儿我再给你们讲这变化是如何产生的。至于现在,你们只要想象一下,人们还没怎样注意小法岱特的打扮,倒是四五个善良的老人像父母一样看着孩子们长大,有时在戈斯的胡桃树下,慈祥地望着这群青少年,围坐在他们附近;这一伙在做游戏,那一伙在跳舞,老人便说:"这个娃子会成为勇敢的士兵,因为他身体壮实,免不了要服兵役；那一个像他的父亲般精明能干；那个和她的母亲一样通情达理、温和可亲；这个小露塞特已准备做农场的女仆；那个胖路易丝会迷倒不止一个男孩；这个小玛丽翁，她还小呢，长大了会像别人一样懂事的……"

轮到小法岱特被他们评判了：

"她的变化可真大啊，现在既不唱歌也不跳舞了。自从圣安多歇节之后，再看不到她了。大概因为这里的孩子把她的帽子挑走了，惹恼了她吧？所以她换掉了大帽子，现在她变好看了。"

"你注意到她的皮肤最近变白了没有？"古杜里尔大妈说道，"以前我靠近她时，看见她的脸上满是雀斑，就像鹌鹑蛋，现在我奇怪它怎么变得这么白，甚至有点苍白，还以为她发烧呢。看她现在这个样子，以后她会出落得更加美丽动人。"

"她懂事了，"纽宾老爹说，"知道自己是大姑娘了，学会讨人喜欢了，举止文雅了。她也该意识到自己不是小子了。我的上帝，她要是野性难驯那才是个麻烦。现在她和别的女孩一样打扮，改变形象了。她知道自己应该更加稳重，为声誉着想。"

"上帝保佑，"古杜帝埃大妈说，"一个丫头的神气像野马，那还成什么体统。但我对这个小法岱特还心存希望，昨天我碰见她，她不像从前那样在我的背后学我一瘸一拐地走路了，还向我问好，很有礼貌地询问我的身体状况呢。"

"你们说的这个女孩人倒不坏，就是有点野，"亨利老爹说，"她的心肠不坏，她常在地里帮我看小孩，完全出于同情。我的闺女生病时,她照管我的外孙,很仔细的,他们舍不得离开她呢。"

"他们说巴尔布大叔的一个儿子在圣安多歇节上迷上她了,是真的吧?"古杜帝埃大妈又问。

"得了吧!"纽宾大爷说,"这些传言岂能当真?这不过是孩子们之间闹着玩的事罢了,巴尔布家的人都不傻,他家的孩子不逊色于父母,听见了没有?"

人们就是这样猜测小法岱特的,一般情况下大家都没在意她,因为她几乎不再露面。

25

常常见她、注意她的人是朗德利·巴尔布,他像着了魔似的。他不能与她坦然谈话,但只要依傍在她的身旁,便心满意足了。她教他道理、开导他;她和他玩小游戏,这些把戏大概都有些调情的成分。至少他有时这样想。但她的动机不坏。她不煽情,除非他的脑子里老想着这事。他没有权利生气。他对她怀着真挚的感情,她不能怀疑他欺骗自己,因为他的爱在乡下人当中不多见。乡下人的爱比城里人的爱更有耐心。而朗德利的爱甚至超过了众人。谁也不能想象,他的爱有如烛火,却能烧得那么旺,没人知道(因为他掩藏得很好)他沉浸在爱河当中。小法岱特见他真心爱她,爱得突兀,担心这只是草点的火,烧不长久,反而担心自己惹火烧身。因此,他们的恋爱十分规矩,因为他们尚未到婚嫁的年龄,至少父母是这样说的。他们不要求对方付出什么,所以从不毛手毛脚。两个热血沸腾的少年人能够克制住自己，真是奇迹。

从表面上来看，小法岱特更孩子气。事实上她的理智超出了她的年龄。要做到这点，她必须坚强，具有超人般的毅力。因为她天性热烈，也许比朗德利还要热烈，她狂热地爱着朗德利，但行动却极其谨慎小心。她每时每刻、不分日夜地思念朗德利，如饥似渴地想见到他、抚摸他，但见面后却不动声色，言行理智，甚至装出不理会他的样子，只允许他握握自己的手。

而朗德利呢，在入夜时分与她相会，本可以忘记一切，不管她的克制和谨慎，但他爱得太深，极怕惹她生气。他不相信她爱自己，不敢越雷池一步，只把她当作自家的小妹妹般对待。

她不愿鼓励他有过火的举动，为了把他的注意力引开，她把自己学到的知识传授给他，她的聪明和才华使她的知识超过了祖母教授的范围。她不愿朗德利对她的知识有误解，因为他对巫术素存畏惧之心。她极耐心地让他明白，她的知识当中根本没有巫术的成分。

有一天，她对他说："朗德利，流言蜚语干扰了你的思想，世上只有一种思想，它是好的，那就是上帝的思想。魔鬼路西法是神甫先生捏造出来的，魔鬼乔治是乡下的长舌妇胡诌的。年幼的时候我相信它们，我害怕祖母的巫术。她嘲笑我，如果有人什么都害怕的话，那些骗子便会得逞。没有人不相信魔鬼和巫师，他们便装神弄鬼，说他们能随时召唤魔鬼，他们从没见过魔鬼，也从未得过魔鬼的帮助，只有头脑简单的人才信这些，而且去召唤它，却从未能把它们召来。例如祖母给我说过，'狗洞'这地方的磨坊主曾手执一条粗棍,到处召唤魔鬼,说要狠狠地揍它一顿。大家听见他在夜里喊:'你来吗,狼脸?你来吗,疯狗?你来吗,魔鬼乔治?'乔治从未来过,磨坊主却自吹自擂,说魔鬼害怕他所以不敢出来。"

朗德利说:"你认为魔鬼并不存在,但你怎么又是个虔诚的基督徒,芳松?"

"对这个问题我不想争论,"她答道,"即使有魔鬼,我敢肯定它也不会来人间骚扰我们,向我们索要灵魂。因为这世界是上帝创造的,他不敢那么放肆无礼。"

朗德利不再害怕魔鬼,他不禁赞赏小法岱特的虔诚,赞赏她是个忠实的基督徒,她全心全意地爱着上帝,因此她对一切事情都很热心,且有一颗爱心,她对朗德利谈到对上帝的爱时,他惊讶地发现自己学会了念祷文,并按上帝的旨意行事。过去他不理解这些祷文的内容,如今他和小法岱特一样,恭恭敬敬地履行职责,他的心充满了对生活的热爱。

26

他与她闲谈,与她一起散步,一边学习各种植物的特性,治疗人或牲畜的药方。不久他给卡优大叔治好了一头奶牛,运用了他学到的知识,取得了良好的效果。卡优大叔的奶牛草吃得太多,身体浮肿,兽医说没治了,活不了一个钟头。朗德利偷偷给它喝了小法岱特教他配制的汤药。早上,卡优大叔正为失去一头奶牛而感到沮丧,到奶牛的坑洞里去找它,却惊讶地发现它站起来了,全身差不多已经消肿了,精神也变好了。又有一次,小马被毒蛇咬了,朗德利根据小法岱特教他的方法,及时救了它。他还治好了普里歇村的一条疯狗,使它不再咬人。由于朗德利小心不让人察觉到他与小法岱特的来往,且不吹嘘他治病的本事,大家还以为他是通过细心护理治好牲畜的。只有卡优大叔有点纳闷,作为一个经验丰富的农夫,他本就懂一点治疗牲畜的知识,因此他对人说:

"巴尔布大叔并不懂给牲畜治病,而且他本人很不走运,去年死了几头牲口。朗德利却似乎精通此道。看来是天赋异禀呢。有人懂治病,有人不懂,到兽医学校学过的人懂,蠢人绝对不懂,看来朗德利聪明过人,他能找到治病的药材。他真是天才,有了这个天才,农场的事业可谓顺风顺水。"

卡优大叔并不轻信,也非傻瓜,但他认为朗德利是天才却是错了的。朗德利不过做事认真,活学活用。天才并非神话,小法岱特确有才能,是因为她的祖母教了她一些基本知识,她本人在摸索中发现了草药的用途,掌握了一些配制的方法。她绝对不是巫婆,完全有理由为自己辩护。她聪明,耐心观察、比较、试验,不可否认这就是天分。卡优大叔的推测离事实太远了。他以为有些农民能干,有些不能干,会不会给牲畜治病,全看他在牛棚里的活儿干得怎么样。这个看法虽然片面,但也有一定的道理。因为精心照料,搞好清洁卫生,做有效的活计,也能养好牲畜。而粗心大意的料理是会造成损失的。

朗德利把心思和兴趣全放在这些事情上,他对小法岱特的感情与日俱增。他感激她教给了自己这些学问,他敬佩她的才能，他感激她在陪伴中令自己享受到爱情的乐趣。更难能可贵的是他发现她更热衷于提高他的才干，而并不是一味地享受他的恭维与关怀。

小法岱特是公认的没有教养的丑姑娘，和她谈情说爱是会招致闲言碎语的。但朗德利迷恋她到了这个地步，完全把这些顾虑抛至九霄云外。他小心翼翼，不让外人知道他们相好的事。他深知哥哥会嫉妒，他的哥哥做出巨大的努力，才接受了他对玛德隆的爱情。现在看来，对比起他对芳松·法岱的爱，朗德利对玛德隆的爱是不足为道的。

朗德利的爱过于热烈，很难不露痕迹，而小法岱特做事不喜张扬，她也不愿朗德利遭受众人的奚落和讪笑。由于太爱他，她才把自己辛酸的身世告诉他。她要求他至少在一年内不公开他们的恋爱。朗德利竭力不让哥哥发现自己的行踪。由于他们村落的人口不多，到处是山谷沟壑，繁茂的树木，阻挡了各家和旁人的视线，十分有利于恋人间的秘密来往。

西尔维涅发现弟弟不再与玛德隆交往，起初他不得不同意玛德隆分享弟弟的感情，认为这是不得已的需要。由于朗德利在感情方面表现得过于羞涩，玛德隆又故作矜持，这一对男女的感情并不热烈。如今弟弟不与她来往，西尔维涅求之不得，朗德利不用把感情分给一个女人了。西尔维涅不用嫉妒了，他安心了，不再留意兄弟的行踪，任由他在节假日四处活动。朗德利也能找到许多借口来来去去。尤其是在星期天的晚上，他很早便离开父母家，半夜才回到普里歇村。这事也不难办，因为他在一个地方安置了一张小床。这地方叫作"卡尔法尼翁"，学堂里的先生看见我这样写这个词会生气的,他要我们写成"卡尔法拿尤",先生会写,但不知道这是什么东西。我只好告诉你,它就是牛棚隔壁的谷仓。谷仓里储藏牛轭、铁链、钉蹄铁等各种劳动工具。朗德利到这里睡觉,不会打扰别人的。这样他就可以充分利用自己的周末,直到星期一的早上。而卡优大叔和他的大儿子都是循规蹈矩的人,从不到小酒馆去,即使节假日里也分外注意关照农场的牲畜。他们说,年轻人平日为他们辛劳干活儿,理应在上帝安排的节日里自由消遣、玩耍嬉戏的。

冬夜寒冷,年轻人无法在野外露天谈情说爱。朗德利和小法岱特躲到雅科的塔里,它被弃置多年,如今用作鸽棚,遮盖严密,也属于卡优大叔的产业。他用它收藏多余的猎物。朗德利有钥匙,鸽棚位于普里歇村的边境,离圆石浅滩不远,在密不透风的苜蓿田中央。魔鬼若能在那儿听到这一对小情人的情话,那它真是神通广大。天气暖和的时候,他们到幼林里去,那是窃贼藏身、情人幽会的绝佳地点。而我的家乡没有小偷,情人们便在这儿谈情说爱,十分安全也不会感到乏味。

27

但正如俗语所说:没有不透风的墙。一个星期天,西尔维涅经过墓地的围墙时,听见围墙拐角处后面传来他弟弟的说话声。由于近在咫尺,虽然声音很轻,但西尔维涅还是辨出了他的声音。

"你为什么不来跳舞?"朗德利对一个人说,西尔维涅看不见这个人。"好久都没见你在弥撒结束后留下来跳舞了。我邀你跳舞,别人不会笑话的。他们不会议论我爱上了你,还以为我是出于礼貌邀请你呢。你很久不跳舞了,我不知道你的舞技是否生疏了。"

"不跳了、不跳了,朗德利。"那个人说,西尔维涅听不出那个人的声音,因为他许久没听过小法岱特的声音了,她远避大家,尤其避开西尔维涅。"没必要让人家注意到我。如果让你邀我跳一次舞,你每周都会忍不住邀我的。朗德利,你信我的话吧,要是他们知道你爱我,我们便要遭罪了。你还是让我离得远远的,在你和兄弟、家人团聚后,再到我们认为合适的地方见面吧。"

"老不能在一起跳舞多遗憾呀!"朗德利说,"你热爱跳舞,亲爱的,你的舞姿那么美!搂着你,让你在我的怀里旋转是多么快乐的事情,看着你轻盈可爱的样子,我内心是多么的快活啊!"

"这正是我们不能做的事。我的朗德利,我看你很想跳舞,我不明白你为什么要放弃它。你去跳吧,你快活,我想起来也会快活的,我会更耐心地等着你的。"

"啊!你太耐心了!"朗德利说,"要我与一点也不喜欢的姑娘跳舞,我宁可失去双腿,给我一百法郎我也不会搂她的。"

"那好呀!我去跳,我就不光与你一个人跳了,我也要和别人搂抱的。"

"去你的,去你的,"朗德利说,"我可不让别的小伙子搂抱你。"

一会儿后,西尔维涅听不见他们的说话声,只听见他们远去的脚步声，为了不惊动往回走的弟弟，他赶紧躲进墓地，让弟弟过去。

这个发现如同一把尖刀插入西尔维涅的胸口。他并不追究那个得到朗德利的爱的姑娘是谁。知道弟弟爱上了一个姑娘后而忽视了他，就够他受的了。弟弟竟瞒着他，不把这件事透露给他。"他不信任我，"西尔维涅想，"他爱的这个姑娘使得他怕我、恨我，现在我不觉得奇怪了，为什么他不愿待在家里，我和他散步时他为什么心神不定了。我放过他，因为他喜欢独自行动，现在我装作什么也不知道的样子，否则他会恨我的。我独自熬受痛苦而他会因为摆脱了我而庆幸的。"

西尔维涅本来已治好的忧郁症又发作了，十分严重且难以治愈。很快家人便从他的脸上看出来了。母亲温和地安慰他，因为他难为情，十八岁的人了，还患十五岁少年的毛病。他不愿承认自己的心病。

然而正是他的忧郁症救了他。慈悲的上帝只抛弃自暴自弃的人，勇敢忍受痛苦的人比抱怨痛苦的人强大。可怜的西尔维涅终日郁郁寡欢，脸色苍白，时不时发高烧，他虽然已是个青年人，但体质虚弱，他的体力支撑不了重活儿，这可不是他有意偷懒，他知道干活儿对自己的身体有好处。他知道终日愁眉不展会惹恼他的父亲，他可不愿得罪他的父亲，不愿父亲因他的懦弱而自责。他尽力干活儿，用干活儿惩罚自己；干力不能及的活儿，干完便精疲力竭，倒头大睡。

父亲说："他永远成不了顶梁柱，但他已尽力了，我不能打发他到别人家去干活儿，他受不了责骂，力气又小，去别人家干活儿，死路一条。我会因此自责一辈子的。"

母亲赞同他的看法，她千方百计地开导这个儿子。她请教了几个医生。有些医生说要小心照顾他，只给他喝牛奶，因为他体弱多病；有些医生说该让他干活儿，喝烈酒，因为他需要强健体魄，可怜的母亲不知该听谁的，意见太多了，反倒无所适从。

幸好，她是个有主见的妇人，没有盲目听信旁人的意见，所以西尔维涅沿着上帝给他开辟的道路继续行走，他拖着这些小毛病，直到朗德利的恋情引起轩然大波，弟弟给他造成的痛苦又加深了。

28

发现秘密的人是玛德隆。她虽没有坏心眼，却利用此事出了坏主意。她与朗德利的关系不了了之，她庆幸没花费多少时间在他身上，而且不费力气便忘了他。但她心里尚存一丝怨艾，一有机会就要表露出来。在女人的心里，怨恨比懊悔更难以释怀。

事情是这样的，美丽的玛德隆以矜持稳重著称。实际上她好卖弄风情，并不像可怜的"蟋蟀"那样纯情专一，不及对方一半懂事，但可怜的小法岱特却无辜遭人贬责，只有朗德利除外。玛德隆已有两个秘密的情人，甚至还有第三个，是她的表兄，也就是卡优大叔的小儿子。她给了他追求自己的希望，便被他严密监视起来，她害怕他把两人的关系张扬出去，妨碍她找新的情人，她便听从他的建议，偷偷到鸽棚会面，正好碰上朗德利与小法岱特在那儿聊天。

小卡优曾寻找过鸽棚的钥匙，因为它装在朗德利的口袋里，他找不到，又不敢问人，因为他找不到合适的理由。因此，除了朗德利，没人找这把钥匙。小卡优以为它弄丢了，或者在父亲的钥匙串里，便毫无顾忌，破门而入，却看见朗德利和小法岱特在那儿；两对男女见面时十分尴尬，但很快达成共识，互不张扬对方的恋情。

然而玛德隆看见朗德利自圣安多歇节以来对小法岱特这般钟情，既嫉妒又不服气，决计报复。小卡优为人正派，并不把朗德利与小法岱特的恋爱放在心上。玛德隆不会告诉他自己的打算，而求助于她的两个女友。这两个女友因为朗德利对她们十分冷淡，从不请她们跳舞而有点怨恨他。她要求她们监视小法岱特的行踪，她们无须花费多少时间便证实了小法岱特与朗德利相好的真情。她们看见他们相会，就在整个村子里散布消息。上帝知道，这些话要令人信服，需要反复地讲。她们大肆宣扬：朗德利不了解小法岱特的恶劣秉性，竟选择了她作为女友。

村子里的姑娘由于眼界狭隘都有好妒的缺点。因为一个相貌英俊、家庭富足的小伙子爱上一个姑娘，对别的姑娘就是不公正的。如果有人找到能伤害这姑娘的事，她们是不会轻易放过的。

玛德隆小心翼翼地不暴露自己是幕后主使，甚至装出刚刚知道这消息的样子，其实是她头一个偷偷泄漏这消息的。半个月之后，大家不知道玛德隆在鸽棚见到小法岱特的事，但男女老少都知道孪生子朗德利与"小蟋蟀"恋爱了。

这些传言终于传到巴尔布大婶的耳朵里，大婶颇为担心，她不敢把这事告诉丈夫。但巴尔布大叔却从其他地方得知了。西尔维涅一直小心守住兄弟的秘密，眼见大家都知道了以后，心里捏着一把汗。

有天晚上，朗德利像平日里那样，早早便要离家，父亲当着母亲及兄弟姐妹的面，严肃地说：

"别急着离开我们，朗德利，我有话要对你说。我在等你的教父过来，我要当着最关心你前途的家人的面，要求你给我们一个解释。"

朗德利的教父——他的叔叔朗德利歇到了，巴尔布大叔说：

"我要说的话可能会冒犯你，朗德利，但我不得不当着家人们的面，强迫你说出事实来。我希望你能回心转意，不任性胡为，这事会有损你的声誉。"

"在很早以前就有人和我说过，看见你整天与我们这儿最丑、最邋遢、名声最狼藉的姑娘跳舞，我不以为意，认为你只是闹着玩，我不赞成他们的看法。我们虽然不该与坏家伙交往，但也不能落井下石，墙倒众人推，让他们遭受被孤立憎恨的不幸。所以我没有提醒你，因为圣安多歇节过后的第二天便见你怏怏不乐，不再赴舞会了。但如今，我听见一些人议论——他们还是值得信赖的人，我不相信，除非听你亲口承认。如果传言是错的，告诉我，是大家误解了你吧。"

"父亲，"朗德利说，"你为何事要我做出解释？"

"朗德利，你大概也听到了，大家议论你与法岱大妈的孙女来往。法岱大妈是个坏女人，再别说这倒霉女孩的亲生母亲了，她不知廉耻、抛夫弃子。大家议论你和小法岱特频繁见面约会，我担心你被她诱惑，与她恋爱，那你将后悔终生，你听见了没有？"

"我听见了，亲爱的父亲。在我回答你之前，请你回答我一个问题，到底是因为她的家庭，还是因为她本人，会毁掉我的人生？"

"因为她的家庭，也因为她本人。"巴尔布大叔板起面孔，他原以为朗德利听了他的话会难为情，没想到他毫无愧色，心安理得，"首先，像我们这样的清白人家是不愿与法岱家结亲的。小法岱特本人也不被大家尊敬信任。我看着她长大，我们知道她是什么人。我听见有人说，我也见过她两三回，一年来她有所转变，不再和男孩子们一起乱奔乱跑了，不冲人讲难听的话了。你看我还是挺公正的。尽管如此，我仍无法相信一个缺乏教养的孩子会变成贤妻良母。从对她祖母为人的了解，我有足够的理由担心她们在策划阴谋，诱你入歧途。有人说，小法岱特怀孕了，我不会轻信，但我听了如万箭穿心，因为这涉及你的名誉，最终会酿成一桩丑闻。"

朗德利从谈话的开始便告诫自己，要谨慎行事，要冷静地做解释。听了父亲的这番话，他还是失去了耐性，满脸通红，站起来说：

"父亲，这是含血喷人，他们诬蔑中伤芳松·法岱，如果说这话的人给我逮住了，我要他认错，还要与他决斗，拼个你死我活。我会对他们说，他们是懦夫，叫他们当面对我说这些别有用心的话！我们等着瞧吧！"

"不必大发雷霆了，朗德利，"西尔维涅垂头丧气地说，"父亲并非责备你对这个姑娘做了错事，他担心她与别人有暧昧关系，而她与你来往密切，将会引发严重的误会……"

29

哥哥说完这些话后，朗德利的火气稍有收敛，但也未能完全平静下来，他说：

"哥哥，你对这事一点也不了解。别人老对你说小法岱特的坏话，其实你一点也不了解她。别人怎样议论我，我不在意，别人反对她我也不理会。我希望父母了解我，放心，这世上还没有一个姑娘像她那么正派，那么懂事，那么善良，那么无私的。她生活不幸，家庭名声不好，正因为这样才更突显她的出类拔萃。我不相信真正的好人会因为她的出身而责备她的。"

"你好像是在责备我呢，朗德利，"巴尔布大叔也站了起来，为了向儿子表示两人之间的分歧更大，他不在乎，"我看得出你在怨我，你对小法岱特的感情比我想象的还要深。既然你不觉得羞耻，也不后悔，我们就不再谈论这事了。我做了我该做的事，劝你别犯年轻人冒失的毛病。现在你该回你的雇主家了。"

"你们不能就这样一走了之，"西尔维涅拦住弟弟，朗德利正抬腿要走，"父亲，朗德利惹你生气，他也很难过，说不出话来了；原谅他吧，拥抱他，他快要哭了。我相信，他为此已经受到惩罚了。"

西尔维涅哭了，巴尔布大婶哭了，大姐哭了，朗德利歇叔叔也哭了。巴尔布大叔和朗德利没哭，但心里却很难受。大家鼓动他们拥抱和解。父亲并未要儿子许什么诺言，他知道，热恋中的人的诺言是不可靠的，他不想滥施父威，但他要朗德利明白，他们的话尚未说完，他还要重提此事。朗德利既气恼又苦闷地走了。西尔维涅本想跟他走，但他不敢。他知道自己晚上无法入睡了，想着家庭不和，定会整夜叹息。

朗德利敲小法岱特的门，法岱大妈耳聋，一旦躺下，根本叫不醒她。自从朗德利和小法岱特的恋情公开后，朗德利只能在老太婆和"蚱蜢"睡后，到他们家附近和小法岱特聊天。他冒着很大的风险，因为老巫婆无法容忍他，不但不欢迎他，还会用扫帚赶他出门。朗德利向小法岱特述说了他的痛苦。她的反应令他觉得十分欣慰。她首先劝他从自己的利益出发，别再想念她，只保持一般的朋友关系。后来看见他悲苦的样子，她答应日后再谈论他们的婚事，眼下先听父亲的劝告。

"朗德利，你听我说，我早就预见到我们会有这一天了。我考虑过，万一出了事，我们该怎么办。你的父亲没错，我不怪他。出于对你的关心，他才担心你爱上我这样一个品格不佳的女孩子。我原谅他对我的偏见。我以前的确是个野孩子，我们是不相配的。你不爱我的时候，不也责怪过我吗？一年来，我虽改变不少，但毕竟时间不长，不足以令他信服。今天他不也是这样对你说的吗？这还需要时间的考验，人们对我的成见才会逐渐消除。到时候这些诽谤会不攻自破。你的父母将看到我的优点，不会带坏你，不会要你的钱财。他们对我们的爱情会有个公正的评价，这样我们便可以光明正大地见面了，不用背着人聊天了。但在此期间，你要听你父亲的话，我敢肯定，他会禁止你来找我的。"

"我没有离开你的勇气,真要这么做的话我宁可投河自尽。"朗德利说。

"如果你没有勇气离开我,为了你,让我鼓起这勇气吧。"小法岱特说,"我走,我离开家乡一段时间。两个月前,有人给我在城里找了一份工作。我的祖母耳聋,又上了年纪,她没有精力制药卖药了,再不能给人看病了。她有一个不错的亲戚,答应来这儿和她作伴,会照顾她和我那可怜的'蚱蜢'的……"

想到要离开她最爱的这个孩子和朗德利,她哽咽了,住了嘴,好一会儿,她鼓起勇气,又说:

"现在他的身体还好,没有我也能生存了。他将领第一次圣体,与其他孩子一起祈祷、玩耍,可以排遣我离开后的惆怅。你也注意到他懂事多了,其他男孩再不能欺负他了。最后,朗德利,你看,该让大家忘了我这个人,现在有些人嫉妒我,对我有气,我离开这儿一两年,然后带着成果和好名声回来。我在别处比在这儿更容易得到这些东西,他们就不会再为难我们了。"

朗德利听不进这类建议,他失望、沮丧、伤心,那模样让铁石心肠的人见了也要怜悯他。

两天之后,他拿酿酒桶装酿酒用的葡萄,小卡优对他说:

"朗德利,你在恨我吧。最近一段时间,你不和我讲话,大概你以为是我把你和小法岱特的事张扬出去了。我很生气,你居然以为我会干这种缺德事。我说的是真话,我从未透露过一点风声。大家给你添了这些麻烦,我于心不忍。我一向看重你,也从未诋毁过小法岱特。自从我们在鸽棚见面之后，我甚至很尊敬这位姑娘。她真是个谨慎的姑娘，她本可以张扬你们的关系，她可以利用你爱她的这个事实去嘲笑玛德隆，她很清楚玛德隆是散布谣言的始作俑者，但她根本没做这样的事。朗德利，我们不能只看表面，不能轻信平日的'声誉'，大家以为小法岱特人品不佳，其实她心地善良，大家以为玛德隆纯情友善，但她却是个不讲信义的人，不仅对法岱特如此，对你、对我亦如此，我已看透她的为人。"

朗德利真诚地接受了小卡优的解释，小卡优极力安慰他。

"可怜的朗德利，大家害苦你了，但你可以从小法岱特那里得到安慰。她暂时离乡是明智之举，不会造成你家庭的不和，我刚才对她本人说了这些话，顺便和她道了别。"

"小卡优，你说什么？她走了吗？她走了？"朗德利大嚷道。

"你不知道吗？我以为这是你们商量后的事呢，因为怕别人议论你才不送她的。她走了，她经过我们家，大约一刻钟之前。她臂下挽了个包袱，要到梅让堡去，此刻她该离老城不远，或者在尤尔蒙附近。"

朗德利把刺棒斜挂在牛的额骨上，拼命奔跑，从尤尔蒙葡萄园往下到佛列梅列纳的沙路上追上了小法岱特。

精疲力竭的朗德利横倒在地上，他说不出话来，对小法岱特做了个手势，让她从自己身上踩过去，只有这样她才能离开他。

等他稍冷静下来，小法岱特对他说：

"我本想免了你的别离之苦，亲爱的朗德利，而你却使尽办法让我失去勇气。请你拿出大丈夫的气概来吧,别阻拦我做正确的事。我需要拿出比你想象的还要多的勇气。想到我可怜的弟弟会找寻我,在我身后喊叫,我便心如刀绞,双腿如灌铅般沉重。啊!求求你了,朗德利,帮助我吧,不要让我背离职责,今天我要是走不成,我就永远也甭想走了,我们之间就完了。"

"芳松·法岱,你不需要鼓足勇气。"朗德利答道,"你只怜悯你的弟弟,但他很快便会得到安慰的,因为他是个孩子。而你却不顾及我的失望,你不知道什么是爱情。你一点也不爱我,很快会忘了我,你也许永远也不会回来了。"

"我会回来的,朗德利,我向上帝保证,早则一年,迟则两年,我会回来的,我不会忘了你,除了你,我永不会有别的朋友与爱人。"

"没有别的朋友,我信,芳松,你再找不到像我这样忠诚的朋友了。说到情人,我就不知道了,谁能担保?"

"我能担保!"

"小法岱特,你也不能担保的,你从未爱过一个男人,等你爱上一个男人的时候,你便把可怜的朗德利忘得一干二净了,啊!如果你像我爱你那样爱我,你就不会这样离开我了。"

"朗德利,你以为我不爱你吗?"小法岱特用忧郁又严肃的目光看着他,"你不知道你在说什么。我认为我做这些事情更多的是受爱情的驱使,而不仅仅是友情。"

"好呀,如果你是受到爱情的驱使,我就不会这么伤心了。啊!是的,芳松,如果是爱情,我即使不幸也会高兴的。我相信你说的话,对未来抱有希望,真的!可是你多次对我说过,你对我的感情不是爱情,你在我身边的时候,态度也很平静。"

"你凭这个就认为我对你没有爱情了,你这么肯定?"小法岱特说。

她痴痴地看着他,双目饱含泪水,泪水沿着脸庞滚下,而她的嘴角含笑,既温柔又凄凉。

"啊!我的上帝!我的好上帝!"朗德利把她搂进怀里,"是我误会你的感情了吗?"

"我认为你确实误会了我的感情。"小法岱特轻声道,"从十三岁时起,可怜的'蟋蟀'就看上了朗德利,再没注意别人。她跟着他在田里在大路上跑,对他说一些戏弄的疯话,目的在于强迫他注意她,她还不明白自己做了什么事,是什么原因促使她接近他。那一天,她知道朗德利万分焦急地寻找西尔维涅,她看见西尔维涅在河边若有所思,膝上捧着一只小羊羔。她对朗德利略施法术,令朗德利不得不与她联络;她在圆石浅滩戏弄他,所以后来他没再和她讲话。她怨恨他,她生气。她想和他跳舞,因为她喜欢他,希望通过自己的舞姿取悦他;她在采石场哭泣,是因为她给他带来了麻烦,她后悔、内疚。他想拥抱她,她拒绝了;他向她倾诉爱情,她却以友好的态度回应,这是因为她担心太快满足他便会失去这来之不易的爱情。当她肝肠寸断地远走他乡时,是因为她希望归来之时让大家认为她配得上他,成为他的妻子,不辱没不惹恼他的家庭。"

听了这一番话,朗德利真的乐疯了,他又笑又叫又哭,双手搂着小法岱特,跪倒在她的裙下,吻她的脚,好像她要折磨他似的。她把他扶起来,给了他一个真正的爱情之吻,他如痴如醉。因为这是他第一回得到她的吻,就在他愣神回味之际,她拾起她的包裹,羞得满脸通红。她不准他跟着自己,信誓旦旦地向他保证自己一定会回来的,便赶紧跑了。

30

朗德利听从小法岱特的命令,返回酿酒坊。他奇怪自己已不再伤心了。知道有人深爱着自己,他心里喜滋滋的。一个人坠入情网,对爱人便会充满信任。惊喜之余,他不禁把这事告诉小卡优,小卡优也佩服小法岱特,认为她自从与朗德利相爱之后,懂得克服弱点,审慎行事。

"这个姑娘品格端方,我很高兴。我一直就没小看过她,也从未嫌弃过,她长着一双漂亮的眼睛,是一位颇有气质的姑娘。最近,我们不是看到,如果她肯打扮,一天比一天顺眼吗?但她只钟情于你一人,朗德利,不被别人讨厌她便满意了,但只希望得到你的赞美。我喜欢这种用情专一的女子。她虽然孩子气,但勇敢、善良。如果每个人都讲良心话、讲真话,大家都会这样评价她的。但世界不公平,她被欣赏她的人追求,大家便不甘心了,向她扔石头,败坏她的名誉。真不明白她们在干什么,竟以排挤别人为乐哩。"

听了小卡优这一番评论,朗德利大为宽慰。从这一天起,他们成为了好朋友,把心里话倾吐给朋友,他的心情好多了。有一天，他甚至对小卡优说：

"别再思念那个玛德隆了，她不值得你追求。她给我俩带来痛苦。你与我同龄，并不急于成婚。我有个妹妹，叫作娜涅特，性情温和，玲珑可爱，常到我们家坐坐吧。我的父亲很尊敬你，等你认识了我们的娜涅特，你会明白做我的妹夫是明智的选择。"

"谢谢你，"小卡优说，"我以后每个星期天都会上你家串门的。"

芳松·法岱离乡的那一天，朗德利想去看父亲，他要告诉父亲小法岱特的高尚行为。同时，他想告诉父亲，现在他愿听他的劝告，但对将来的事他有所保留，不作保证。经过法岱大妈的家门口，他触景生情，心如刀绞，但他鼓足勇气，在心里安慰自己，要不是芳松离乡，他也许还不知道她已钟情于自己。他看见芳歇特大娘，她是芳松的亲戚和教母，她来代替芳松照顾老人和小孩。她坐在门口，"蚱蜢"坐在她的膝头上哭泣，不愿上床睡觉，因为他的姐姐还没回来，是芳松教他念祷文，哄他睡觉的。芳歇特大娘尽力安慰他、哄他。朗德利见她为人温和，柔声细语，十分高兴。"蚱蜢"看见朗德利经过家门，从芳歇特大娘的怀中挣脱出来，跑过去扑到朗德利的脚下，抱住他，向他提问题，要他把芳松带回来。朗德利把他抱搂进怀里，一面哭一面安慰他。他想给他一串自己新摘的葡萄，那是卡优大娘给巴尔布大婶的。平日"蚱蜢"很馋嘴，现在却不要了。朗德利只好叹着气答应他去找芳松，否则他不会听芳歇特大娘的话。

巴尔布大叔没料到小法岱特下了这么大的决心，他很满意，因为他是个公正且善良的人，对她的离去也很惋惜。

"朗德利，上帝会保佑这孩子在异乡不受苦的，她的祖母和弟弟不会因她不在而受累的。有许多人说她的坏话，但也有人为她辩护，向我保证她是个好姑娘，对家庭极为负责。说她意外怀孕是错误的，我们清楚真相后也会为她辩护的。如果不幸确有其事，你又是罪魁祸首，朗德利，我们会为她主持公道，不让她受罪。"

"父亲，"朗德利说，"我与你的看法截然不同，我只请你原谅我之前的无礼。以后我们再谈她的事，以及你答应我的事。"

巴尔布大叔只好作罢，他为人稳重谨慎，不会把事情闹僵。对这样的结果他也该满意了。

从这时起，家里不再提小法岱特的事。大家不提她的名字，要是谁对朗德利提到她的名字，他的脸色先是通红，然后苍白，大家不难看出他并没有忘记她。

31

知道小法岱特远走他乡后，西尔维涅出于自私的考虑，起初很高兴。他暗自庆幸，今后弟弟只在乎他一个人了，不会为别人而离开他了。但情况并非如此，除了小法岱特，朗德利最爱的就是西尔维涅，可西尔维涅一点也不愿消除自己对芳松的偏见。弟弟不满意他，只要朗德利谈到她，要哥哥对她改变看法时，他便生气。他责备朗德利顽固不化，始终纠缠在令大家烦恼的事情里。朗德利从此不再与他谈这些。在小法岱特离开的日子里,他就与小卡优、"蚱蜢"一起玩。他领"蚱蜢"散步,反复教他念祷文,尽力教导他、安慰他。有人看见他跟这孩子在一起,大胆些的便挖苦他。朗德利不许人嘲笑他,向外人表现他对芳松弟弟的友谊他不仅不以为耻,反以为荣,并以此抗议人们的闲言碎语。乡亲们说,他的父亲精明过人,断绝了他与小法岱特的来往。

西尔维涅看见弟弟并非如他所愿地回到自己的身边,便把他的嫉妒与怨恨转移到"蚱蜢"和小卡优的身上。另一方面,他看到妹妹娜涅特总是安慰小卡优,温柔地照顾他,密切地关注他,也把兴趣放在他身上——两个家庭赞成他们的恋爱。可怜的西尔维涅,他的梦想就是独自拥有他爱的人的爱,如今陷入了极度的烦恼与悲哀之中,他消沉沮丧,大家不知道该怎样才能使他满意。他不再有笑容,对所有事都不感兴趣,提不起劲头干活儿。他日渐消瘦憔悴。最后,大家担心他支撑不了多久。因为他高烧不退,有时说胡话,说些让父母听了揪心的话。他说没人爱他,他本是家里最受宠的孩子,他想死,说他一文不值,一事无成,大家因为怜悯他才宽容他,他是父母的包袱,上帝给他的最大恩典就是帮他们摆脱他。

有些时候,巴尔布大叔听到这些话后,会严肃地批评他,但毫无效果。有时父亲哀求他正确看待感情问题,这便更糟了:他哭,后悔不已,求父母和兄弟姐妹原谅他,病态的感情大肆发泄之后,他烧得更厉害了。

他们又去找医生,医生也无计可施,认为他的毛病出在他是孪生子。当地都传,孪生兄弟相克,而他正是虚弱的那个。他们又请教克拉维厄尔的老太婆，她是继萨吉特之后镇里最有本事的妇人——萨吉特已经去世，而法岱大妈已老糊涂了。这位精明能干的妇人对巴尔布大婶说：

"只有一个办法可以救你的孩子，那就是让他爱上一个姑娘。"

"他无法忍受女人呢。没有一个小伙子像他这样高傲、冷漠。自从他的孪生弟弟闹恋爱，他就说我们认识的所有姑娘的坏话。他说有个姑娘夺去了兄弟的心，于是他便咒骂所有的姑娘。"

大妈对所有的心理疾病都了如指掌，她说："如果你的儿子有朝一日爱上一个姑娘，他会比他的兄弟更为痴情。这是我给你的预言。他感情充沛，一直把它倾注在弟弟身上，到了忘我的程度，在这方面他违反了上帝的法则。上帝要求男人爱一个女人甚于爱兄弟姐妹。然而，放心吧，不管他爱的姑娘贫穷或富裕、美丽或丑陋，你们都不要犹豫，马上给他订亲。因为，他感情专一，需要有极大的奇迹才能使他与孪生兄弟分开。只有爱情才有这般效力。"

巴尔布大叔对大妈的话深信不疑。他打算把西尔维涅打发到待字闺中的姑娘家里去干活儿。尽管西尔维涅英俊不凡，一表人才，可他的冷漠而忧郁的气质打动不了姑娘们的心。她们不肯接近他，他性格又羞怯，害怕与她们打交道，令她们以为他厌恶女性。

卡优大叔是巴尔布大叔一家的好友，最好的顾问。他出了一个主意：

"我老是对你们说，把他们分开是最好的办法。你看朗德利，他本来对小法岱特如痴如狂，然而小法岱特走后，他既没失去理智也没失去健康，他不像以前那样憔悴了。我们注意到这个情况，我们不明白其中原因。现在他变得听话且懂事了。西尔维涅的情形也一样。只要不让他看见兄弟五六个月便行了。我告诉你一个慢慢把他们分开的办法。我在普里歇的农场发展得不错，但在阿尔同那边的产业却不如人意，大约一年来，我的佃农病了，一直在休养，我不想赶他走，因为他是个真正的好人。我可以派一个小伙子帮助他，减轻他的压力，因为他是力气出得太猛而累病的。如果你同意，我安排朗德利过去，不必告诉西尔维涅他要去多久，或只说去八天。八天过后，我们再告诉他还要八天，这样往后拖，直至他习以为常。听我的劝告吧，不要老是迁就、过分纵容一个异想天开的孩子了，这样下去只会徒增整个家庭的烦恼。"

巴尔布大叔愿意听取这个劝告，大婶却大为恐慌，她担心这建议会给西尔维涅以致命的打击。他们只好向她妥协，她要求大家把朗德利留在家中十五天，时时刻刻地守着他的哥哥，看西尔维涅的身体是否好转。如果他非但没有痊愈，还进一步恶化，她同意实施卡优大叔的主张。

大家就按这主意办，找个借口，说父亲需要朗德利帮忙收割麦子。西尔维涅已经不能干活儿了。朗德利悉心照料哥哥，尽力让哥哥满意。他时刻守在他身旁，与他同睡一张床，把他当作小孩子般照料。第一天，西尔维涅很高兴，但第二天，他说朗德利讨厌他了。第三天，西尔维涅生气了，因为"蚱蜢"来找朗德利，朗德利不忍心打发他走。过了一个星期，他们必须放弃这个法子。因为西尔维涅越来越暴躁苛刻、无理取闹。于是家人决定实施卡优大叔的主张。朗德利一点也不愿去阿尔同，不愿到陌生的地方生活，他热爱自己工作的地方。但为了哥哥，他服从家人提出的一切要求。

32

朗德利离家的第一天，西尔维涅伤心得差点死掉。但第二天，他恢复了平静。第三天，他退了烧。开始时出于听从父母的命令，后来是自己下定了决心。过了一个星期，大家意识到兄弟不在他身旁，他的状态要好些。理智的时候，他发觉嫉妒心在偷偷地作怪，朗德利外出他反倒高兴。他以为兄弟去的是陌生地方，人生地不熟，不可能马上结交朋友，不适应环境就会思念哥哥，后悔自己冷落了哥哥，等他回来了，就会更爱哥哥的。

朗德利走了三个月，小法岱特离乡大概一年后，她突然回家。因为她的祖母瘫痪在床。她极尽儿孙之孝，任劳任怨，但半个月后，法岱大妈撒手人寰。三天后，小法岱特安葬了可怜的老妇人，收拾了家务，给兄弟换衣，打发他睡下，拥抱了教母；教母到另一间房睡觉去了，她忧郁地坐在炉火前，炉火将熄。她听见壁炉上的蟋蟀在唱歌，似乎对她说：

蟋蟀，蟋蟀，小蟋蟀，
每个傻妞都点鬼火……

雨水噼噼啪啪地敲打着窗户。芳松思念着她的恋人，

有人敲门,悄声问道:

"芳松·法岱,你在这儿吗,你还记得我吗?"

她急忙扑过去开门,喜出望外。朗德利将她拥到心口。朗德利知道老祖母患病及小法岱特回家的消息。他控制不住想见她的念头。他想黑夜来天亮走。他们整夜都在火旁聊天,但不逾矩。因为小法岱特提醒朗德利,祖母离开人世不久,此时此地都不允许他们忘乎所以。两个人觉得在一起很幸福,能够看见彼此便已心满意足。

天快亮了,朗德利没有分手的勇气。他要求小法岱特把他藏在谷仓里,让他在第二天夜里与她见面。她仍然劝他理智,她说他们很快就会见面,她已决定留在家乡了。

"我有留下来的充分理由,日后我会告诉你的。我留下来不会影响你我的婚事。你去干好自己的活儿吧,我听教母说,你离开西尔维涅后对他的病有好处。"

"就是为了治好他的病我才决定离开家乡的,"朗德利说,"我可怜的孪生哥哥给我带来了不少麻烦。我担心他以后还会这样下去。你是个有主意有见识的姑娘,大概能找到办法治好他的病吧。"

"我只知道做人要通情达理。"她说,"是他的心病影响了身体。治好了心病身体便能痊愈。但他讨厌我,我没有机会和他说话,安慰他。"

"你足智多谋,小法岱特,想要说服谁便能说服谁。只要你愿意和他谈一个小时,定能产生效果的。试试吧,我求你了。别介意他的傲慢和坏脾气。强迫他听你的话,为了我尽力吧,也为了我们的婚事。"

芳松答应了。他们发誓永远相爱,然后才依依惜别。

33

有人告诉西尔维涅朗德利回来了,于是他又病倒了。他无法原谅兄弟回来探望小法岱特而不探望他。

过了两天,小法岱特换上干净整洁的衣服。现在她不是身无分文的穷光蛋了。她穿的丧服是斜纹毛料做的。她穿过戈斯村,因为她长高了,看见她的人一下子没认出她来。她在城里生活了一年,漂亮多了,吃得好,终日不晒太阳,肤色、脸色焕发出青春的光泽。她不再像个男人婆了,她的身姿袅娜苗条了,她的面容洋溢着难以言表的喜悦之情。总之,她虽不是世上最美的女子,但在朗德利眼中,她是最佳的对象。

她手挎一只大篮子,走进孪生村。要求与巴尔布大叔谈谈。第一个见到她的是西尔维涅,他马上转过身去,满肚子的不高兴。她彬彬有礼地问他,他的父亲在哪儿,他只好答话,领她到谷仓,他的父亲正在那儿忙于做木匠活儿。小法岱特请巴尔布大叔领她到一个可以安静谈话的地方。他关上门,告诉她可以畅所欲言了。

小法岱特不在意巴尔布大叔冷淡的态度。她坐在一只草靴上,他则坐另一只,她这样对他说:

"巴尔布大叔,虽然我去世的祖母和您之间有过节,您对我也素存成见,但我仍然认为您不失为我们这地方最公正最可靠的人。您只有一个不足之处,我的祖母也批评您骄傲,但您办事还是公正的。再说我与您的儿子早有交情,他多次向我提到您,我从他那儿,比别人知道更多有关您的为人与德行。因此我来这儿请您帮个忙,我信任您。"

"说吧,小法岱特,"巴尔布大叔说,"我从未拒绝过帮助任何人。如果是上帝允许我做的事,你尽管信任我。"

"事情是这样的,"小法岱特掀开篮盖,把它放在地上,"我去世的祖母一生靠给人看病卖草药赚钱。她省吃俭用,又不存放投资,谁都不知道她在食物储藏室的洞里藏了多少钱。她常常指给我看,对我说:'等我不在人世了,你就在这儿找我留给你的东西。这是留给你和你弟弟的财产。现在我对你吝啬,也是为了将来你们得到更多的东西。但别让外人觊觎,他们会令你们一无所有,到你掌管的时候,好好利用这笔钱,你们将一辈子衣食无忧。'"

"我可怜的祖母下葬后,我按她的嘱咐取了储藏室的钥匙,拿掉她指给我看的墙砖,找到了篮子里的东西,把它带到这儿来了。巴尔布大叔,请你指点我找个合适的地方投资,我对这些一窍不通,免得让我吃亏上当。"

"谢谢你的信任,孩子,"巴尔布大叔没有打开篮子,尽管他有点好奇,"但我没有权利收你的钱和管理你的事务,我不是你的监护人,你的祖母留下遗嘱没有?"

"她没留遗嘱,法律规定的监护人是我的母亲。但你知道我久已没有她的消息,我不知道她的生死。可怜的人!除了她,我没有其他亲人,就只剩下我的教母芳歇特,她是个老实正派的女人,但完全不懂管理我的财产,而且保不住她会把这事告诉别人,引来不必要的麻烦。我担心她做了错误的投资,或被起坏心思的人利用,无故损失钱财,因为可怜的教母连算术都不会。"

"那么这是一件很重要的事咯?"巴尔布大叔说,他的眼睛不由得投向篮盖,他抓住把手掂掂它的分量,觉得特别沉,他感到十分惊讶,说道:

"这里面难道装着铁块吗?"

机智的小法岱特在心里暗暗发笑,看见他想看篮子,她装作要打开它,但巴尔布大叔觉得如果让她打开的话,便有失体面了。

"这是你自己的事情,我想我不应该插手。"

"巴尔布大叔,请你帮我点小忙吧,计算一百以上的数目,我不比我的教母强,我也不懂旧币新币的价值,我只能依靠你来告诉我,我有钱还是没钱,我的财产到底有多少。"

"那就瞧瞧吧,"巴尔布大叔说,他不再坚持了,"我尽力而为。"

小法岱特敏捷地提起两只篮盖,拿出两只大布袋,每只布袋里装着两千埃居。

"哈,这是笔相当丰厚的财产了,"巴尔布大叔对她说,"能让你被好几个对象追求了。"

"这不是全部。这儿还有,篮底有些玩意儿,我从没见过。"

她拿出一只皮质的钱袋,把里面的东西倒在巴尔布大叔的帽子里。有一百金路易,弄得大叔这个老实人瞪圆了眼睛。他数完后,放回皮袋里。她又拿出第二只皮袋,然后是第三只,第四只……最后,金的、银的加在一块儿,篮里装着不少于四万法郎的钱财。

这些东西大约是巴尔布大叔全部财产的三分之一,而乡下人从不用硬币交易，他还从未亲眼看见过这么多钱币。

一个农民无论多么正直，怎样漠视金钱，也难免动了心。巴尔布大叔额上沁出汗珠，他数完后说：

"还差二十二个埃居你就有四万法郎了，这样一来你就是本地最有钱的年轻人了，小法岱特。而你的兄弟"蚱蜢"，也将终生不愁吃穿了，他可以坐在小推车里数钱了。高兴吧，可以说你是个富人了，如果急着出阁，不妨宣扬你的财产。"

"我并不急着找丈夫，我还要求你替我保守秘密。巴尔布大叔，我不自量力，我长得丑，但不愿别人为了这笔钱娶我。我在这一带的名声不好，我打算过一段日子，让大家了解我不是坏女孩。"

"小法岱特，说到样貌，"巴尔布大叔抬起一直盯着钱篮的眼睛，"说实话，你到城里后大大改变了，现在可以说你是个很可爱的姑娘。至于你的坏名声，我相信你不是坏女孩，我同意你的看法，推迟婚事，也不张扬财富，因为有许多人会因贪图钱财娶你的，那就得不到一个女人想得到的丈夫的尊敬了。"

"至于你想把钱交给我存放的事，这是不合规矩的。以后会引起别人的怀疑和指责，这儿多的是造谣生事的人，再说这笔财产当中还有你弟弟的一份。我能做的事，就是匿名替你询问。我会告诉你如何安全稳妥地处理这些钱财。不经讼师①之手，他们不可靠。你把这篮子带走，藏好，直到我给你答复为止。我愿替你办事，有机会时可

---

① 讼师，指帮人处理诉讼事务的人，或替人出主意的人。

替你做证人。关于我们计算过的数目,以及共同继承人的钱财数,我会把它写在谷仓的角落里,以免忘记。"

小法岱特正是要让巴尔布大叔了解她的财产,让他心中有数,知道她有钱。她觉得有点自豪,因为他不能再怀疑自己是因看中了他家的财产才与朗德利来往的。

34

巴尔布大叔见她做事审慎,为人精明细心,并不急着替她办理存钱及投资的事情,而是先去梅让堡打听她的名声和行为,她在梅让堡待了一年。小法岱特的嫁妆吸引了他,使他可以不去计较她的名声了。但事关未来儿媳的品行问题,这是不能忽略的。他听说小法岱特根本就没有怀孕,而且品行优良,没有一点可责备的过失。她侍候一个高尚年长的女信徒,这个妇人喜欢和小法岱特亲近,她认为这姑娘贞静娴淑、善解人意。她怀念她,说她是个很不错的年轻人,勇敢、节俭、认真、性情和蔼,她再也找不到一个这样的人了。这个老妇人富有,常做善事。小法岱特常常帮助她照顾病人,准备药品,还学到了主人以前在修道院里掌握的几个秘方。

巴尔布大叔满意而归。他决定把调查工作进行到底。他发动全家,委托大儿子、大女儿、兄弟等所有亲戚,小心调查小法岱特的一言一行。如果大家议论她所谓的坏行为其实只是孩子气,那确实是十分可笑的。如果有人看见她有不良行为,或做了不道德的事,他就必须坚持自己对朗德利下达的禁令,不准与之来往。调查按他的要求小心翼翼地展开，他没有泄漏有关她嫁妆的事，他只字不提，包括对他的妻子。

这一段日子里，小法岱特待在她的小房子里深居简出。她不愿改变房子的面貌，只是把它打扫干净。她给弟弟换上干净的衣服，不让他抛头露面，坚持健康卫生的饮食习惯，这些措施很快便在这孩子的身上产生了效果。他变化很大，身体强健了，良好的生活条件很快改变了他的坏脾气。他不再受到祖母的威胁和责骂，听到的都是抚慰、疼爱他的话语，得到的都是关心。他长成了漂亮的小子，满脑子天真可爱的念头，不惹任何人生气，美中不足的只有他的瘸腿。

芳松·法岱整个人和生活习惯发生了巨大的变化。她的言行和态度不再粗野蛮横了。看见她步态轻盈，举止优雅，不止一个小伙子盼着她脱去孝服，能够追求她，请她跳舞。

只有西尔维涅不肯改变对她的看法。他发现家人谈到她的时候，态度神秘，像在秘密地策划什么行动。父亲再听到以前那些诽谤芳松的话，便维护朗德利的利益，说他不能忍受有人诽谤他的儿子与纯洁无辜的姑娘做了见不得人的事。

大家也在谈论起朗德利快要回家的事。巴尔布大叔希望卡优大叔同意让朗德利回家。西尔维涅发现家人不再反对朗德利的婚事了，他又发愁了。风向变了，最近家人们的态度偏袒于小法岱特，他们没说她有钱，但大家喜欢她，西尔维涅为此更不喜欢她了，他觉得她是偷走朗德利心的窃贼。

父亲不时地在他面前提到要给朗德利办喜事，说兄弟俩到了娶亲的年龄了。西尔维涅听到便心烦，似乎弟弟要与他永远分开了，他又开始发烧，母亲忙着给他找医生。

有一天，巴尔布大婶遇到小法岱特的教母芳歇特。芳歇特听见大婶抱怨诉苦，提起烦心的事，便问她为何舍近求远，花费钱财去求医。眼皮底下就有个比本地所有医生都高明的人，并且行医不收钱，显然，这人便是小法岱特。

巴尔布大婶把这事告诉丈夫，他并不反对。他告诉妻子，小法岱特在梅让堡很有声望，不少外地人找她看病。

巴尔布大婶请小法岱特来看西尔维涅，他正卧病在床。芳松不止一次寻找与他谈话的机会。因为她答应过朗德利，而西尔维涅却对她爱搭不理。她看见他发高烧，她请他的家人让她单独与病人谈话。江湖医生素来行动诡秘，家人不以为怪，便都出去了。

小法岱特首先把手抚在西尔维涅悬在床沿的手上，她动作轻盈，所以他并未发觉。他正在浅睡，一只飞来的苍蝇弄醒了他。他的手热得像火，在小法岱特的手里就更热了。他表现出躁动，但没把手抽回来。小法岱特又把另一只手抚在他的额头上，也是轻轻的，他更不安了，逐渐地，他平静下来。很快，她觉得西尔维涅又陷入了昏沉，她就这样一直待在他身边，直到看到他快醒了，于是她退到床帏后面。从房间里走出来，对大婶说：

"去看看你的儿子吧，给他吃的，他烧退了。今晚我会再来的，观察他是否好转。"

35

西尔维涅烧退了，巴尔布大婶自是惊喜，赶紧给他端上食物。他居然有了些胃口，开始吃东西了。他已有六天水米未进，身体十分虚弱，因此家人对小法岱特的医术大为赞赏。她并没叫醒他，也没让他喝什么药液，大家认为她只是通过祛邪的法子就让他身体有了好转。

入夜之后，西尔维涅又发起高烧。他处于混沌的状态，正在做梦，似乎在田野上奔跑。醒来后，看见身旁围着几个人，吓了一跳。

小法岱特来了，和早上一样，单独与他待了将近一个小时，只是轻轻地抚摸他的手和额头，悉心观察他的状态。

过了一会儿，他退了高热，不再呓语。离开的时候，她依然嘱咐他的家人不必告诉他是她来治的病。家人见他安静入睡，神色如常，悬着的心终于放了下来。

小法岱特没有用药，她只是向上帝祈祷，为弟弟治病时她也是这样祈祷的："慈悲的上帝，请把我的健康转给病人吧，就像耶稣为了拯救人类的灵魂，牺牲自己一样。如果你认为需要我献出生命才能挽救他，那便拿去吧，我诚心把它归还给你，我请你用我的生命换取他的痊愈。"

虽然这疗法的效果都是来自命运的眷顾，总之，她在三天之内使西尔维涅退了烧。她最后一次来的时候，他比平日更清醒些，看见她向他俯身，轻轻从他的额头上抽回她的手。

起初他还以为这是幻觉，闭上眼睛不去看。然后他问母亲小法岱特是否真的摸过他的额头和脉搏,还是自己在做梦。巴尔布大婶听丈夫讲过有关对小法岱特的计划,希望西尔维涅改变对小法岱特不友好的态度,就告诉他小法岱特确实来过,来了三天,早晚都来过,她偷偷治好了他的病。

西尔维涅不相信是她治好了自己的病。他说高烧是自行退去的。小法岱特虚荣、爱吹牛,吹嘘她有什么秘方。几天之内他终于安静下来,身体痊愈了。巴尔布大叔认为该趁此机会和他谈谈朗德利的婚事了,但没有说出对方的名字。

"你不必隐瞒他未来妻子的名字了,我知道。是这个女巫迷惑了你们大家。"

确实,巴尔布大叔秘密进行的调查有利于小法岱特。他不再犹豫,他要提醒朗德利把握时机。他不再担心西尔维涅的嫉妒,他要彻底治好儿子的劣症,要告诉他,朗德利没有小法岱特就永远不会幸福。对此,西尔维涅答道:

"你就办吧,我弟弟应该得到属于他的幸福。"

但大家还是不敢办婚事,因为西尔维涅一激动便发高烧。

36

巴尔布大叔担心小法岱特怨恨自己过去对她不公平的态度。幸好朗德利不在村子里,她不想别的人。她来孪生村照顾西尔维涅,他想趁此机会和她谈谈朗德利与她的事,但她佯装不知,弄得他很尴尬。

一天早晨，他下了决心，找到了小法岱特。

"孩子，我来这儿向你提一个问题，请你老老实实地给我一个答复。你的祖母去世之前，你知道她会留一大笔遗产给你吗？"

"知道的，巴尔布大叔，"小法岱特答道，"我多少知道一些。因为我经常看见她在数金子、银子，却从不见家里有大的花费。别的姑娘嘲笑我衣着破旧，她常对我说：'别为这个操心，小家伙，你会比她们都富有的。如果你喜欢，总有一天你会从头到脚穿绸裹缎的。'"

"你有没有把这事告诉朗德利？我的儿子是不是为了钱财假装爱你？"

"说到这个，巴尔布大叔，"小法岱特答道，"我还不至于蠢到告诉朗德利，我的钱都装在皮袋里。然而我本来可以告诉他，这对我而言根本没有影响，因为朗德利只是单纯地喜欢我，他从不打听我的财务状况。"

"你能否老实告诉我，我亲爱的孩子，自从你的祖母去世后，朗德利是否从你或别人那儿知道你的钱财？"

"我对您说实话，就和我爱上帝一样真诚。除了我自己，您是世上唯一知道我有钱的人。"

"孩子，你认为朗德利还爱你吗？你的祖母去世后，你觉得他对你是否绝对忠诚？"

"对这个，我有最满意的发现。我向你坦白，祖母去世后三天，他来看过我，他向我发誓，除非娶我为妻，否则他会忧伤而死。"

"你呢，你是怎样答复他的？"

"关于这个，巴尔布大叔，我不想告诉您。但我会让您满意的。我对他说,我们还有时间考虑我们的婚事。我尚未下定决心与一个不顾父母反对追求我的小伙子结婚。"

小法岱特的态度相当自负、洒脱,大叔颇感不安。

"我没有权利问你,孩子,我不知道你想让我的儿子终生幸福还是不幸,但我知道他很爱你,如果我是你的话,知道他爱的是你,我会这样想:我穿破衣裙的时候,朗德利便已爱我;大家排挤我的时候,他的父母把他的恋爱当作犯罪的时候,他不管这爱情带给他多少痛苦,仍然爱我;我在不在他身旁,他都爱我。总之,他这样爱我,我不能不信任他,我不可能挑别人做我的丈夫。"

"我早就这样想了,巴尔布大叔。"小法岱特说,"我再向您重复说一次,我不愿走进一个以我为耻,只出于软弱和同情而让步的家庭。"

"如果仅仅是为了这个你才为难,那么下决心好了,孩子。"巴尔布大叔说,"因为朗德利的家庭尊重你,喜欢你。别以为这是因为你有钱他们才改变了看法,并非因为你贫穷我们讨厌你。过去人们对你风言风语,如果他们的议论是真的,我的朗德利即使真的为你而死,我也不会答应你做我们的儿媳妇。我要了解这些议论的真伪,我特意去过梅让堡,在那个地方,在我们村,细细打听你的行为。现在我知道他们以前对你的议论是错误的,你善良富有爱心,品行端庄,正是朗德利满腔热情所肯定的人。为此,我来请你答应嫁给我的儿子,如果你同意,他八天之后便回来了。"

虽然小法岱特早就料到会有这番话,她仍然很感动,但她不表露出来,因为她要未来的夫家尊敬她,她只是含含糊糊地应着。于是巴尔布大叔对她说：

"我的女儿，我看你对我和我的家人还心存芥蒂，我真诚地告诉你，我的家人爱你、尊敬你，你就相信巴尔布大叔的话吧，他从没骗过任何人。好了，你愿意给你挑选的监护人一个讲和的吻吗，或一个来自你父亲的吻？"

小法岱特再也控制不住自己了。她扑过去，双臂搂住巴尔布大叔的脖子，大叔为此极为欣慰。

37

双方很快达成共识。芳松服丧期结束后便举行婚礼。剩下的事就是叫朗德利回来。巴尔布大婶当晚来看芳松，她拥抱她，祝福她，并告诉芳松，听到兄弟很快就要结婚的消息，西尔维涅又病倒了。她请求再用几天时间治好他，安慰他。

"你错了，巴尔布大婶，西尔维涅退烧后，看见我在他身旁，他根本没有做梦。现在他发自内心地排斥我、拒绝我，我在他面前，他的病情可能会恶化的。"

"我的看法可不一样，"巴尔布大婶说，"有时他不舒服了，会在睡觉时说：'小法岱特在哪儿？我感到她在安慰我，她不来了吗？'我告诉他我来找你，他表现得既兴奋又焦急。"

"那我去吧。但这一回我要采取另一种方法了。"

"你不用药吗？"

"是的，不用。他的身体并无大恙，我要对付的是他的思想。我要尝试灌输我的思想。但我不能向你担保一定成功,我们可以同时等朗德利回来。在我们还没有尽一切办法使他的哥哥康复之前,我不要求你们通知他返家。朗德利曾一再要求我治好他哥哥的病。他会理解我们这么做的。"

西尔维涅看见小法岱特在他的床边,露出不欢迎的样子,不肯告诉她有关自己的状况。她想摸他的脉搏,但他把手缩回去,并且把脸转向床的另一头。小法岱特要求家人们让她与他单独相处。大家走后,她熄灭了灯,屋内只有清澈的月光,她径自走向西尔维涅,语重心长地讲话,他像个孩子似的聆听。

"西尔维涅,把你的两只手放在我的手里,认真回答我的问题:我不是为了挣钱来自讨没趣的,我勉为其难地给你看病,可不是为了看你的冷脸,遭你的冷遇的,注意听我对你讲的话,小心回答我的问题,因为你骗不了我。"

"你尽管问你认为该问的问题吧,小法岱特。"西尔维涅答道,听见这个爱嘲讽人的小法岱特以严肃的口吻讲话,他愣住了,要是在过去,他会毫不客气地斥责她。

"西尔维涅·巴尔布,你似乎有自尽的念头。"

西尔维涅又愣住了。小法岱特稍稍用力握他的手,似乎在催促他说实话。他腼腆地说:

"我是家里的累赘和包袱,身体糟糕成不了顶梁柱,我……我死了不是更好吗……"

"把话全吐出来吧,西尔维涅,你绝不能对我隐瞒一丁半点东西。"

"我改不了自己的忧郁和悲观。"西尔维涅叹息道。

"还有你的坏心肠。"小法岱特冷冷地说。他听了很生气,更多的是害怕。

38

"你为什么责备我坏心眼?你看见我没力气辩护,便趁机欺负我、诋毁我。"他说。

"我对你说的是实话,西尔维涅。"小法岱特说,"我还要批评你的其他毛病。我一点也不怜悯你,因为我十分清楚,你的病并不严重。如果说你有危险,那也是你有成为疯子的危险。你巴不得成为疯子,你不知道自己的软弱和阴谋会造成怎样的后果。"

"你尽管责备我的软弱好了,但你说我有阴谋,我觉得这是在冤枉我。"

"别为自己辩护了,我比你还要了解你自己,西尔维涅。软弱产生错误,因此你自私,以怨报德。"

"你把我说得那么坏,芳松·法岱,我的兄弟朗德利,大概说了我很多坏话吧。我可以看出他对我的寡情,如果你了解我,或自以为了解我,只能是从他那儿了解到的。"

"我早就料到你会说这句话,西尔维涅。我知道你说不了三句话就要抱怨你的弟弟,就要责备他。你对他的感情过分狂热,极不正常,有转变成怨恨和憎恶的趋向。由此我知道,你差不多成了疯子,你并非好人。我告诉你,朗德利爱你胜于你爱他的万倍,他从来不责备你,你做了折磨他的事,换作你,你会事事怨他,但他总是让步,为你操心。我怎么会看不清你与他的差别？因此，朗德利越对我讲你的好话，我就越觉得你坏，我认为一个这么好的兄弟不该被看轻，不该被折磨。"

"所以你憎恨我了，小法岱特？我并没有误解你，我知道你对他讲我的坏话会夺去他的爱。"

"我也料到你会讲这句话，西尔维涅先生。我很高兴你终于攻击我了，好吧，我现在便回敬你。你是个坏心肠且撒谎成性的人，因为你看轻、诬蔑一个经常帮助你、在心里保护你的人，看轻、诬蔑一个了解你与她不同的人。为了你，她宁可失去唯一的快乐的人，见到朗德利并和他在一起而感到快乐的人，为了让朗德利守在你身边，让你得到安宁，她可背井离乡，远离爱人。我丝毫不欠你的情。过去你是我的敌人，从我记事时起，我从未见过像你对我这么冷酷无情的人，我本来可以报仇，机会有的是，但我没有这么做，我在你不知道的情况下以德报怨，这是因为我有高尚的思想和纯洁的灵魂，我应该原谅他人，取悦上帝，我对你谈上帝，大概你一点也没听见，因为你是上帝的敌人，是你的拯救者的敌人。"

"我有许多毛病，任由你说，小法岱特，但这句话太严重了吧，你在骂我是异教徒了。"

"刚才你不是说你想死吗？这难道是你该有的念头？"

"我没说这句话，我说的是……"

想到他曾说过的话，他愣住了，住了口。面对小法岱特的指责，他自觉极为羞惭。

她没让他安宁，继续训斥他：

"你说的话可能比你的思想糟糕，因为我认为你并非真的想死，你只是想让家人以为你想死，好让你心安理得地为所欲为，折磨你可怜又伤心的母亲。你的孪生弟弟朴实单纯，以为你真的要自尽，我才不上你的当呢，西尔维涅。我认为你和别人一样怕死，甚至更怕。寻死是你玩的把戏，只为吓唬爱你的人。你高兴地看到，家人们最理智的决定、必须做的事情，因为受到你自杀的威胁而让步，确实，只讲一句话，就让大家在你面前投降，这方法真便当，真见效，你就成了操纵大家的人。但这样做是违背情理的，你采取上帝反对的手段来达到目的，上帝会惩罚你，会使你更不幸。因为你不听从上帝的意旨而且要控制它。你厌倦了生命，而家人宠爱你，你的生活很不错了。我告诉你，你缺少什么所以成不了善良理智的男人。西尔维涅，你缺少严厉的父母，缺少苦难的生活经历，没挨过打骂。如果你生活在我生活过的环境里，你便不会以怨报德，你会懂得感恩。记住，西尔维涅，别责备你的孪生弟弟了。我知道你周围的人说得太多，什么孪生兄弟情深是自然法则，违反它就会招致恶果。你以为将这份感情极端化就是顺从命运的安排。但上帝不会这样不公平的，他也不会这么残忍。是你误解了他，你这个迷信的人，你以为自己的感情生来比别人更为深沉，也顾虑更多。事实绝非如此，除非你是疯子。如果你愿意，你可以和你的嫉妒做斗争。但你不愿意，家人太姑息你的缺点，太纵容你的任性而不提醒你的职责。"

西尔维涅无言以对，任由小法岱特滔滔不绝地数落了许久。她毫不留情，疾言厉色。他觉得她言之有理，就是缺少宽容：她认为他从未与自己的缺点做斗争，认为他未发觉到自己的自私,故意装作无辜的态度,这就使他痛苦,她的话深深地刺激了他。他希望她能更好地了解他的思想。至于小法岱特本人,她知道自己过分严厉,她是有意这样做的,她需要无情地批评他,然后才施以温情。她不得已摆出冷酷无情的样子,而在她的内心却充满怜悯和友善,离开他的时候,实际上她比他还要疲惫。

39

事实上,西尔维涅的病情并不严重。小法岱特在摸他的脉搏时便已知道,他口吐呓语,那是因为他的头脑比他的肉体更病态更虚弱。她认为应当从治心病入手,严厉一些,让他生畏,天刚亮时她就来到他的身旁。他根本没有睡觉。他平静,有些沮丧,看见她,他不但没缩手,反而伸出了手。

"为什么你向我伸手,西尔维涅?要我量你的体温吗?瞧你的脸,你不发烧了。"

西尔维涅觉得不好意思,他缩回她不愿摸的手,对她说:

"我只是为了向你问好,小法岱特,为了感谢你,为我费神做了那么多的事情。"

"如果是这样的话,我接受你的问候。"她握住他的手,"我从不拒绝接受别人的礼貌,你对我若不是有点好感的话,不会假惺惺地伸手的。"

西尔维涅已完全清醒了,手被握在小法岱特的手里,他觉得舒服。他温和地对她说:

"芳松,你昨晚严肃地批评了我呢,但我绝不恨你,我甚至觉得你来看我很好……"

小法岱特坐在他的床边,和他聊天,态度与昨日截然不同。她和风细雨,西尔维涅如沐春风,心旷神怡,觉得她这样比生气更令人畏服。他痛哭流涕,承认了所有的错误,请她原谅。他十分感激她馈赠的友情。她就此了解到他的好心肠,她让他尽情发泄,有时提醒他几句。她要走时,他拦住她,因为他觉得这只手同时治好了他的病和忧郁。

看到他恢复如初,她说:

"我要走了,你起来吧,西尔维涅。你的烧退了,你必须振作起来,你的母亲为你奔波得够累的了,为了陪伴你花了不少时间。你吃了你母亲拿给你的食物吧,这是肉类,我知道你说过自己不喜欢吃,你只吃清淡的食物,没关系,你克服克服吃下去,但不要表露出厌恶,你母亲看见你吃了肉后会开心一些的。而且下一回你的厌恶感就会淡些,第三次便能完全接受了。你试试看,我的话对不对,再见,别让我为了你这么早赶来了,如果你不愿意生病,你就不会生病了。"

"今晚你不来了吗?"西尔维涅说,"我以为你会再来的。"

"我可不是为了挣钱而行医,西尔维涅。你没生病,我就不需要来看你,我还有别的事要做呢。"

"你说得对,小法岱特,但我想见你。你认为这是自私的行为吗?这不是一回事,和你聊天我心里感到舒坦。"

"好的,你不缺胳膊少腿的。你知道我的家在哪儿。

你不是不知道我将成为你的弟妹,从我们的关系上说,我已是你的姐妹了,你可以来找我聊天,这没什么值得责备的。"

"既然你允许,我去。那么,回头见。我要起床了,尽管我头痛得要命,因为我一整夜没睡好。"

"我还可以治你的头痛病,但要知道这是最后一次了,今夜你要好好地睡觉。"

她把手放在他的额上,五分钟之后,他觉得舒服多了,头不再痛了。

"我不该拒绝你给我治病,小法岱特,你很了不起,别的医生只会用药折磨我。而你,只要摸摸我,便把我的病治好了。如果我可以老在你身旁,我就不会生病或出毛病了。告诉我,小法岱特,你不再生我的气了?你相信我已敬服你的话吗?"

"我不相信,西尔维涅。现在你起来吧,吃饭吧,聊聊天吧,散散步吧,像个健康的人一样行动,"她站起来说,"这就是今天我对你的嘱咐,明天你便可以干活儿了。"

"我会去看你的。"

"好吧。"她一面动身离开,一面以友善的目光看他,这就突然给了他力量,彻底摆脱那张让他懒散和痛苦的床。

40

巴尔布大婶对小法岱特的能干赞不绝口。有一天晚上,她对丈夫说:

"西尔维涅病了半年,现在才好些,今天他吃完了我给他端去的饭菜,也不再像平日那样食欲不振了。更没想到的是,他现在十分敬重小法岱特,对我说了许多她的好话。他希望兄弟赶快回家办喜事,真是奇迹,我不知道是不是在做梦。"

"不管是否奇迹,这姑娘天资聪慧,我看她会给我们这个家庭带来幸福的。"

三天后,西尔维涅动身去阿尔同找他的弟弟。他向父亲和小法岱特提出这个要求,他要头一个把父母允婚的消息告诉弟弟,作为对父母和小法岱特的报答。

"所有的幸福同时向我涌来,"朗德利抱住哥哥,无比兴奋地说,"因为是你亲自来找我,而且你看上去和我一样兴奋。"

他们俩一起回家,路上没有贪玩。可以想象,看到一家人围着桌子吃饭,中间还有小法岱特和她的小弟弟,没有比他们更高兴的人了。

在这半年的时间里,大家的生活温馨惬意。年轻的娜涅特被许配给小卡优,而小卡优是朗德利最好的朋友。卡优一家与巴尔布一家成了世交,他们商定两对新人的婚礼同时举行。西尔维涅与小法岱特的交情深厚,无事不向她请教,对她言听计从,好像她是他的姐姐。他的病好了,不再嫉妒了,有时他郁郁寡欢,若有所失,小法岱特便开导他,他很快便云开雾散,开朗起来。

两对新人的婚礼在同一天举行。因为他们不缺钱,所以婚礼热闹且隆重。卡优大叔平生烟酒不沾,为人审慎冷静,第三天也喝得有点醉意了,大家都十分尽兴。巴尔布与卡优两家都是富有人家,小法岱特也一样,他们对宾客们礼貌周到，慷慨大方。芳松心肠好，对那些曾藐视过她的人以德报怨。后来朗德利买了一块肥沃的土地，他与妻子以丰富的知识打理得再好不过，她在那儿叫人盖了一幢漂亮的房子，每天都接待全村生活不幸的孩子。她与弟弟不惮劳苦地亲自教导他们，教他们善良勇敢，并提供生活的必需品，她记得自己曾是被抛弃的不幸孩子。她自己的孩子漂亮聪明，从小对贫苦缺少疼爱的孩子和蔼可亲，充满同情心。

与沉浸在幸福中的家人们一起生活，西尔维涅的情况如何呢？有件事令巴尔布费解。弟弟与妹妹结婚约一个月后，父亲劝他寻一门亲事成家立业，他说自己对婚事毫无兴趣。他最近想实现一个愿望，那便是从军。

我们家乡的男丁不多，耕地的劳动力严重不足，几乎没有一个男儿自愿参军。因此大家对他的决定大为费解。西尔维涅没说出理由，此前没有人察觉到他有这样不切实际的想法。父母、兄弟、姐妹的百般劝解都不能使他改变主意，大家只好求助于芳松。她最有头脑，是家里最好的顾问。

她和西尔维涅谈了足足两个钟头，西尔维涅哭了，小法岱特也哭了，但两人很快平静下来。她不但不再阻拦他，还预言他日后必定鹏程万里。

家人不知道她的预言是否准确，但也不再阻挠。巴尔布大婶没少流泪，朗德利很失望。妻子对他说：

"这是上帝的意旨，我们的职责就是放他走，相信我的话吧，别再问了。"

朗德利为哥哥送行，他把一直扛在肩上的包袱交给哥哥，觉得自己把心都交给他带走了。他回家找他亲爱的妻子，她小心照顾他。整整几个月，朗德利因思念哥哥，忧伤得病倒了。

西尔维涅并不惆怅悲伤。他继续赶路，一直走至边境。此时正是拿破仑打胜仗的时候，尽管他对军事毫无兴趣，但他干得出色，勇敢无畏，不久后便成为优秀的士兵。他忠于职守，爱惜生命，同时他又受过良好的教育，在十年内，他凭借良好的表现晋升为上尉，还获得了勋章。

巴尔布大婶对丈夫说："啊，他能够回家就好了！"他们从他那儿收到了充满爱意的问候。他快成为将军了，该让他休息了！

"他的军衔够高了，"巴尔布大叔说，"一个平民孩子已经光宗耀祖了！"

"法岱特的预言果然灵验了。"巴尔布大婶说，"她早该对他明说的！"

"说不说都一样，"父亲说，"我不明白他为什么突然把心思转向从军去。他怎么发生了这么大的变化。他本是个安静敏感的孩子。"

"我的老伴，"大婶说，"我们的儿媳妇知道其中的原因。她不肯道破罢了。她瞒住我这个做母亲的，但我和她一样清楚。"

"你该对我说说了！"大叔说。

"好吧，我说。我们的小法岱特太吸引人了，她把西尔维涅迷住了，比她想象的还迷得厉害。她看到自己的魅力这么大，想劝阻他、感化他，但她做不到。西尔维涅发现自己无法自拔，就离家排遣，像个男子汉一样建功立业去了。小法岱特也支持他的做法。"

"如果是这样,"巴尔布大叔搔搔耳朵,说,"我担心他要打一辈子光棍了。克拉维厄尔的老太婆说过,如果他爱上了一个女人,他才不会对兄弟那么痴情呢,但他一辈子只能爱一个女人,因为他是个用情专一的痴心汉。"